弁護士日記

すみれ
―― 人に寄り添う

四宮章夫 著

発行 民事法研究会

推薦の辞

元東京高等裁判所判事
柳 瀬 隆 次

　本書『弁護士日記すみれ』（以下、「すみれ」という）は、弁護士四宮章夫氏が、前著『弁護士日記秋桜』（以下、「秋桜」という）出版後に書き溜めた日記から抜粋した135日分を続編としてまとめられたものである。「秋桜」カバー帯には、「法曹歴約40年の弁護士が脳梗塞に倒れ生還するまでの日々の中でさまざまな想いを綴った約100日の日記」とあるが、「すみれ」は、まさにその生還後着々と本来の弁護士活動を再開する中での思索と体験を綴った日記であり、その通奏低音は互いに響き合っているように思われる。

　前著「秋桜」には、大学時代の恩師である奥田昌道京都大学名誉教授の推薦の辞があり、同教授は、「日記という形をとりながら、時事問題や世界の諸事象に至るまで多様な諸問題に対する感想や意見が記されており、論評の対象は、政治問題、社会問題、医療・診療制度の在り方、外交問題、裁判ことに刑事司法の在り方、刑罰とりわけ死刑制度の問題等々まことに多岐にわたっている」とされたうえで、「著者の知識の該博さとさまざまな事柄に対する鋭敏な感覚とそれに対処する誠実さ」を讃え、「著者の正義感とそれに基づく主張ないし信念の吐露に対して敬意を表したいと思う」「著者の幅広い視野と経験と思索・研鑽に裏付けられた信念の主張の表白は並々ならぬものと感じ入る」と記されている。誠に行き届いた推薦の辞であり、私も全く同感を禁じ得ない。

　私としては、本書への道しるべとして、初校ゲラを通読しての若干の所感を述べて推薦の辞に代えたいと思う（以下、親愛の情を込めて、四宮氏を「四宮さん」とよばせていただく）。

　まず敬服するのは、四宮さんが日々の日記にこれだけの多彩で質量ともに豊かな内容の文章を書き継がれてきていることである。四宮さんは、「この

推薦の辞

日記に向かう時間だけは自らの神経を研ぎ澄まし、日頃不審に思っていたことを調べながら自分の考えをまとめる時間となっている」という（「[67] 予期せぬ依頼者の死」より）。そして「すみれ」は、「2012年9月1日から2013年5月5日までほとんど毎日つけた日記の中から適宜選択して、その後約1年かけて編集したもの」とされており（「あとがき」より）、広く資料、文献を渉猟、精査されるなど、その彫琢のほどが存分にうかがわれる。

四宮さんは、また「あとがき」で、「私は『弁護士日記秋桜』には一番書きたいことを書いていない。弁護士の仕事は、依頼者の人生と交錯することから始まり、その人生に寄り添う仕事であることから、依頼者や関係者の死とも不可避的に向き合うことになる。その経験やそれをとおして考えたことを認めたかったのである」と書かれている。この点が「すみれ」の特質であり、「秋桜」との最も大きな相違点といえよう。「[11] ある依頼者の心中事件」から「[133] あの世からの依頼」までの間にみられる12件の記録は、いずれも人の死という重く厳粛なテーマを真正面から取り上げたものであり、四宮さんの弁護士活動の真骨頂を示して感動的である。

「すみれ」には奥田教授が指摘されるように、日記の形をとりながら、時事問題や国内外の諸事象についての的確な解説、評論、主張など興味深い記述が続々と展開されており、それは今日の問題としても十分にそのまま通用する内容であるが、これらは本文に待つこととして、ここでは一寸視点を変えて四宮さんの趣味のことに触れておきたい。四宮さんは多趣味な人である。それも中途半端なものではない。化石の収集・鑑定、草花や樹木などへのボタニカルアートを思わせる観察・鑑賞、陶磁への思い入れ、古寺巡礼や郷土史研究などは専門家はだしである。さらにこれも趣味といってよいのか、ゴルフ（「110の王」と自称）、グルメと愛酒（池波正太郎の美味探訪を思わせる）、愛犬、愛車、そして旅行（旅行先では何でもみてやろうの軽快なフットワーク）等々と幅広く、日記の随所にこれらの趣味に打ち込んで楽しむ四宮さんの姿がみられる。

「すみれ」で目につくのは、四宮さんの家族への愛情や亡き父祖への敬慕

の念の深さである。四宮家の1日は、まず庭の花々に目をやったうえで朝の散歩から始まる。散歩といっても、母堂、ご夫人、愛犬を乗せた愛車を駆って1時間ほどの行程で近隣の風物を訪ねてまわるドライブであり、さもないときはご夫人とともに自宅周辺の公園の散策に向かう。こうして季節の移ろいに身を委ねる四宮家の雰囲気が日記の行間から伝わってくる。これを一例として「すみれ」には随所にさりげなくご夫人や家族への四宮さんの愛情や思いやりを示す情景が点描されていてほほえましい。こうした家庭におけるご夫人の厚い支えも、四宮さんの弁護士活動や社会活動への大きな源泉となっているのは間違いない。「秋桜」と同じく「すみれ」の名付け親もご夫人であるという。

　四宮さんの尊父は、郷里徳島で新聞記者として活躍されていた（「**64** 父四宮邦一」より）。「すみれ」にみられる四宮さんの旺盛な問題意識や知的好奇心、探究心、活発な行動力、そしてそれらを裏付ける正義感や熱血漢は、この尊父の記者魂にも由来するのかもしれない。尊父は55歳の定年直前に脳出血で倒れ、退職後は小説を書くことが夢であったとのこと、「すみれ」の中に市井の人間模様を描き出して掌篇小説を思わせるようなものが数多くみられるが、これも尊父の夢が引き継がれたものであるのかもしれない。また、四宮さんの岳父は、スモン病罹患後の闘病生活中に作句の道に精進され、遺句集『無患子』が編まれている（「**73** 句集『無患子』」より）。四宮さんの俳句や短歌の素養や文書表現の巧みさには、この岳父の影響もあろうかと思われる。日々の日記の結句の切れ味の鋭さなどについても同様である。なお、「すみれ」には、四宮家の祖先やその周辺に言及した記述もある（「**65** 四宮水軍とは」より）。四宮さんのはるかな祖先への思いを偲ばせて興味深い。

　四宮さんは徳島県に生まれ育ち、京都大学を経て法曹の道へ進まれ、弁護士となってからは現在の河内長野市に居を置き、大阪市中の法律事務所に拠り、八面六臂の活躍をされて今日に至っている。その弁護士活動の傍ら、四宮さんは第2の郷土河内長野を愛し、ロータリークラブ活動や福祉事業への参画を通じて地域に貢献され、また後進育成のため自宅から京都産業大学法

推薦の辞

科大学院への通勤出講を熱心に続けておられ、「すみれ」にはこれらの地域活動や教育活動に触れた記述も少なくない。四宮さんが法科大学院の第1回目の授業の際に学生に読み聞かせるのを常としているという本居宣長の『宇比山踏』（「⑬本居宣長の『宇比山踏』」より）などは、初心忘るべからずとして常に研鑽を怠らない四宮さんの自戒のお気持を代弁するかのようである。

　以上述べたような四宮さんのお人柄と力量を慕い、その活動を信頼し支持するファンがいかに数多いことか、「㊿快気祝い兼出版記念パーティー」の盛況をみれば瞭然であろう。

　最後に「元裁判長」として「秋桜」・「すみれ」の両著に取り上げてもらっている私と四宮さんとの交誼について述べておく。四宮さんは、司法修習を終えた昭和48年4月に新任判事補として私が部総括をしていた東京地裁刑事4部に着任され、それから2年余りにわたって、裁判長、左陪席として多くの合議事件の処理にあたった。刑事司法のあり方や死刑制度などについての論及には、その折の体験も大きく寄与しているものと思われる。その後久しい間親しく語らう機会も少なかったが、「秋桜」出版を機に旧交を暖めることとなった。今回「すみれ」推薦の辞を書くにあたって初校ゲラの校正をも試みたが、かつて四宮左陪席の判決起案を添削した裁判長時代に立ち戻ったような感慨に耽った次第である。これもまた人生における縁であろう。

　本書が多くの方々に広く読まれることを願い推薦する。

　平成27年2月15日

目　次

① 岩湧寺の秋海棠〈2012年9月1日（土）〉 …………………… 2
② シリア内戦〈2012年9月3日（月）〉 …………………………… 4
③ 烏帽子形城での合戦〈2012年9月4日（火）〉 ………………… 6
④ アフガニスタンとタリバーン〈2012年9月5日（水）〉 ……… 8
⑤ 刑事裁判と前科〈2012年9月6日（木）〉 ……………………… 10
⑥ ハラスメントと外部調査委員会〈2012年9月9日（日）〉 …… 12
⑦ 雪印乳業の食中毒事故〈2012年9月10日（月）〉 ……………… 14
⑧ アフガニスタン紛争とオサマ・ビンラディン〈2012年9月11日（火）〉
　　……………………………………………………………………… 16
⑨ アルカイーダの怒り〈2012年9月12日（水）〉 ………………… 18
⑩ 全共闘時代の思い出〈2012年9月15日（土）〉 ………………… 20
⑪ ある依頼者の心中事件〈2012年9月17日（月）〉 ……………… 22
⑫ 尖閣諸島をめぐる中国との外交問題〈2012年9月19日（水）〉 … 24
⑬ 本居宣長の『宇比山踏』〈2012年9月21日（金）〉 …………… 26
⑭ 無視された野田首相の国連演説〈2012年9月24日（月）〉 …… 28
⑮ 安倍総裁に注がれる世界の視線〈2012年9月26日（水）〉 …… 30
⑯ C.Wニコルさん〈2012年10月1日（月）〉 ……………………… 32
⑰ 多重債務者の自殺〈2012年10月3日（水）〉 …………………… 34
⑱ 寺ヶ池の築造など〈2012年10月7日（日）〉 …………………… 36
⑲ 山中伸弥教授へのノーベル賞授与〈2012年10月8日（月）〉 … 38
⑳ 帰国子女の司法試験合格〈2012年10月9日（火）〉 …………… 40
㉑ 金融資本のための経済構造の修正〈2012年10月11日（木）〉 … 42
㉒ ある事業家の自殺〈2012年10月12日（金）〉 ………………… 44
㉓ マイナリ受刑者の再審〈2012年10月16日（火）〉 …………… 46
㉔ 紛争解決センターの実績〈2012年10月17日（水）〉 ………… 48
㉕ 個人版私的整理のガイドライン〈2012年10月19日（金）〉 … 50

目 次

㉖ なんどき屋と甥の結婚式〈2012年10月21日（日）〉………… 52
㉗ イタリアで地震学者に実刑判決〈2012年10月23日（火）〉… 54
㉘ 恩師河原太郎先生のご逝去の知らせ〈2012年10月24日（水）〉……… 56
㉙ 木喰聖人の歌〈2012年10月25日（木）〉………………………… 58
㉚ 自己破産の依頼者の死〈2012年10月27日（土）〉…………… 60
㉛ ロヒンギャ族の悲劇〈2012年10月28日（日）〉……………… 62
㉜ 戦艦大和の最期、それから〈2012年10月30日（火）〉……… 64
㉝ ユーロ危機におけるドイツの立場〈2012年11月1日（木）〉… 66
㉞ 福島県の被災と除染の現実〈2012年11月2日（金）〉……… 68
㉟ 母成峠の戦い〈2012年11月3日（土）〉………………………… 70
㊱ 社会福祉の母瓜生岩子〈2012年11月5日（月）〉…………… 72
㊲ ある債務整理事件〈2012年11月8日（木）〉………………… 74
㊳ 天誅組の乱と河内長野市〈2012年11月9日（金）〉………… 76
㊴ 歌踊奏と化石販売〈2012年11月10日（土）〉………………… 78
㊵ 無批判な出生前診断を憂える〈2012年11月11日（日）〉…… 80
㊶ 尊厳死法案に反対する〈2012年11月13日（火）〉…………… 82
㊷ 習近平が最高指導者に就任〈2012年11月15日（木）〉……… 84
㊸ シンドラー社のエレベーター事故〈2012年11月17日（土）〉… 86
㊹ 動物愛護法〈2012年11月18日（日）〉………………………… 88
㊺ 依頼案件の相手方の死〈2012年11月19日（月）〉…………… 90
㊻ ヘレン・カルディコット博士の講演〈2012年11月26日（月）〉… 92
㊼ イスラエルの奇襲攻撃〈2012年11月27日（火）〉…………… 94
㊽ アナンド・グローバー氏の記者会見〈2012年11月28日（水）〉… 96
㊾ 観心寺のライトアップ〈2012年12月2日（日）〉…………… 98
㊿ 快気祝い兼出版記念パーティー〈2012年12月4日（火）〉… 100
㊼ 柳瀬隆次元裁判長〈2012年12月5日（水）〉………………… 102
㊾ フォークランド紛争〈2012年12月7日（金）〉……………… 104
㊿ ある事業家の死〈2012年12月8日（土）〉…………………… 106

54	金融市場の開放が招いた不況〈2012年12月9日（日）〉	108
55	Ｆ信用金庫の破綻整理〈2012年12月11日（火）〉	110
56	ロッキード事件の真相〈2012年12月13日（木）〉	112
57	米国による留学生の受入れ〈2012年12月14日（金）〉	114
58	エジプト情勢に思う〈2012年12月16日（日）〉	116
59	衆議院議員総選挙〈2012年12月17日（月）〉	118
60	日系人強制収容問題〈2012年12月18日（火）〉	120
61	なさぬ仲〈2012年12月22日（土）〉	122
62	エホバの証人の輸血拒否〈2012年12月23日（日）〉	124
63	ゴー・フォー・ブローク〈2012年12月26日（水）〉	126
64	父四宮邦一〈2012年12月27日（木）〉	128
65	四宮水軍とは〈2012年12月29日（土）〉	130
66	烏帽子形八幡神社〈2013年1月2日（水）〉	132
67	予期せぬ依頼者の死〈2013年1月4日（金）〉	134
68	立杭の里訪問〈2013年1月6日（日）〉	136
69	御所坊と有馬温泉の再生〈2013年1月7日（月）〉	138
70	愛犬の衰え〈2013年1月8日（火）〉	140
71	義父林良雄〈2013年1月9日（水）〉	142
72	治験委員会への参加〈2013年1月10日（木）〉	144
73	句集『無患子』〈2013年1月12日（土）〉	146
74	テンプラ調書〈2013年1月13日（日）〉	148
75	金長饅頭と金長狸〈2013年1月14日（月）〉	150
76	モラエスと社会福祉法人白寿会〈2013年1月15日（火）〉	152
77	マリ共和国の紛争〈2013年1月16日（水）〉	154
78	アルジェリアのプラント襲撃事件〈2013年1月19日（土）〉	156
79	イスラム社会と植民地問題〈2013年1月21日（月）〉	158
80	丹羽宇一郎前中国大使の特別手記〈2013年1月23日（水）〉	160
81	米国の二重基準〈2013年1月24日（木）〉	162

目 次

- ⑧② 阿倍仲麻呂と会津八一〈2013年1月26日（土）〉 …………… 164
- ⑧③ シリア内戦の激化〈2013年1月28日（月）〉 ………………… 166
- ⑧④ 事業承継の難しさ〈2013年1月30日（水）〉 ………………… 168
- ⑧⑤ エリザベス・サンダースホーム〈2013年2月1日（金）〉 …… 170
- ⑧⑥ サッカー・ロータリー・カップ〈2013年2月2日（土）〉 …… 172
- ⑧⑦ 立春の日〈2013年2月4日（月）〉 …………………………… 174
- ⑧⑧ 暴力問題に揺れる全柔連〈2013年2月9日（土）〉 …………… 176
- ⑧⑨ 紀州みなべの南高梅〈2013年2月10日（日）〉 ……………… 178
- ⑨⓪ チュニジアの悲劇──民主化がもたらすイスラム化〈2013年2月12日（火）〉
  ……………………………………………………………………… 180
- ⑨① 骨肉の争いとすみれ〈2013年2月15日（金）〉 ……………… 182
- ⑨② 河内源氏の祖・源頼信〈2013年2月17日（日）〉 …………… 184
- ⑨③ 沖縄散策〈2013年2月18日（月）〉 …………………………… 186
- ⑨④ 沖縄事業再生セミナー〈2013年2月19日（火）〉 …………… 188
- ⑨⑤ 長野公園と留学する弁護士の送別会〈2013年2月21日（木）〉 …… 190
- ⑨⑥ 大企業に翻弄された賃貸人の死〈2013年2月23日（土）〉 …… 192
- ⑨⑦ 化石のクリーニング〈2013年2月24日（日）〉 ……………… 194
- ⑨⑧ バーナンキFRB議長が支持するアベノミクス〈2013年2月26日（火）〉
  ……………………………………………………………………… 196
- ⑨⑨ 『あるべき私的整理手続の実務』の編集作業〈2013年2月28日（木）〉
  ……………………………………………………………………… 198
- ⑩⓪ メインバンクの支援による会社更生の事例〈2013年3月2日（土）〉
  ……………………………………………………………………… 200
- ⑩① 河内長野－五条－橋本－河内長野〈2013年3月3日（日）〉 ……… 202
- ⑩② 墓地の返還〈2013年3月5日（火）〉 ………………………… 204
- ⑩③ 37回目の結婚記念日〈2013年3月6日（水）〉 ……………… 206
- ⑩④ 北浜の証券マンに育てられたハヤシライス〈2013年3月7日（木）〉
  ……………………………………………………………………… 208

目　次

⑩5　東洋陶磁美術館の安宅コレクション〈2013年3月8日（金）〉……… 210
⑩6　原子力損害賠償法よりは裁判で〈2013年3月10日（日）〉……… 212
⑩7　フランシスコ1世の誕生〈2013年3月15日（金）〉…………… 214
⑩8　矢部喜好による良心的兵役拒否〈2013年3月16日（土）〉…… 216
⑩9　愛犬ハッピーと陽光桜〈2013年3月18日（月）〉……………… 218
⑪0　沖縄県民斯ク戦ヘリ〈2013年3月20日（水）〉………………… 220
⑪1　Kさんの死〈2013年3月21日（木）〉…………………………… 222
⑪2　賀名生梅林〈2013年3月24日（日）〉…………………………… 224
⑪3　わが国の整理回収機構の失敗〈2013年3月26日（火）〉……… 226
⑪4　弘川寺と西行の桜〈2013年3月27日（水）〉…………………… 228
⑪5　未批准のILO132号条約〈2013年3月30日（土）〉…………… 230
⑪6　楓果ちゃんの誕生〈2013年4月1日（月）〉…………………… 232
⑪7　川奈ホテルゴルフコース〈2013年4月3日（水）〉…………… 234
⑪8　生存中から始まる相続争い〈2013年4月4日（木）〉………… 236
⑪9　ロータリークラブの家族親睦1泊旅行〈2013年4月7日（日）〉…… 238
⑫0　虎の門界隈〈2013年4月8日（月）〉…………………………… 240
⑫1　柳瀬隆次裁判長を囲んで〈2013年4月9日（火）〉…………… 242
⑫2　観桜会2日目、3日目〈2013年4月11日（木）〉……………… 244
⑫3　倒木更新〈2013年4月13日（土）〉……………………………… 246
⑫4　中小企業の私的整理〈2013年4月15日（月）〉………………… 248
⑫5　法の強制力の根拠〈2013年4月16日（火）〉…………………… 250
⑫6　観心寺の七星如意輪観音像〈2013年4月17日（水）〉………… 252
⑫7　庭を彩る花々〈2013年4月20日（土）〉………………………… 254
⑫8　「歴史の教訓」と最高裁〈2013年4月21日（日）〉…………… 256
⑫9　プロフェッション〈2013年4月23日（火）〉…………………… 258
⑬0　ボストンマラソン中の悲劇〈2013年4月25日（木）〉………… 260
⑬1　マスコミの暴走〈2013年4月26日（金）〉……………………… 262
⑬2　黒い日銀による政策転換〈2013年4月27日（土）〉…………… 264

目次

| ⑬ | あの世からの依頼〈2013年4月30日（火）〉 …………… 266
| ⑭ | 団塊の世代のゴルフコンペ〈2013年5月1日（水）〉 …………… 268
| ⑮ | 河出書房の世界文学全集〈2013年5月5日（日）〉 …………… 270

・あとがき ……………………………………………………… 272
・『弁護士日記秋桜』〔表記訂正表〕 …………………………… 274
・著者略歴 ……………………………………………………… 275

弁護士日記

すみれ

① 岩湧寺の秋海棠

　2011年7月7日に脳梗塞を患ってから14ヵ月目を迎える。幸い後遺症の自覚もなく、徐々に職務に復帰し始めてから1年が無事経過した。
　再梗塞や脳内出血を起こすことがないよう、できるだけ仕事をセーブし、63歳にふさわしい仕事の仕方を工夫すべく、所属弁護士法人の仲間に協力と負担とをお願いしてきた。その結果、体重は14kgの減量に成功し、弁護士会の春季健康診断でも、γGTPが限界値であるほかは、血液、尿検査を含めて、すべての検査項目で異常がない。去る8月24日にはB病院でMRIの撮影をしたが、脳梗塞が起きた部分に新たな異常はみられなかった。
　なお、病後少量のバイアスピリンを使用してきたが、仕事量の増加に伴い、最低血圧90前後、最高血圧130台の日が増えてきたため、先月中頃から、血圧降下剤としてヘルベッサー錠の併用を始めた。幸い、ここ2、3日の血圧は、80と120といった理想の数字で推移している。当面、この数値が動かないような業務処理方法を考えていきたい。
　最近は、河内長野駅午前9時16分発の特急電車に、座席指定を受けて乗車し、重役出勤しているので、普段事務所に着くのは10時頃である。出勤までの時間は次のように過ごしている。午前5時頃起床、洗面、朝食の後はソファーに横になって、外国ニュースを見る。午前6時30分頃から、妻と私の母と愛犬のレモンを連れて車で出掛ける。途中15分くらい停車して妻が母の手をとって歩かせてくれる間、私は早足でレモンを散歩させるのである。
　今日は土曜日であり、出勤の予定はなかったが、散歩までの日課は平日と変わらない。天気予報では、気圧の関係で天候が1日安定しないとのことであったが、朝方はよく晴れていて、間もなく訪れる秋が感じられて気分がよかった。ドライブの目的地として標高897.7mの岩湧山の中腹にある岩湧寺

（山号は、湧出山）を選び、秋海棠の群生を見に行くことにする。

　岩湧寺の開基は役小角で、飛鳥時代に創建され、のち、文武天皇の勅願寺に定められたといわれているが、室町時代に建立された多宝塔がほどよく古びて、その侘びた姿が山の風情とよく溶け合っている。もう1棟残された本堂は江戸時代初め頃の建立であるが、秋海棠は、ちょうどその頃、中国からわが国に園芸用に持ち込まれた植物のようである。葉は比較的大きく擬宝珠のような形で茎に互生していて、スーッと伸びた茎の先が分枝してピンク色の花を咲かせる。全体は大振りであるが、花は比較的小さくて、雄花と雌花とがある。雄花の先には黄色い玉状に集まった雄ずいが伸びている。若い雄花だと花弁に包まれた雄ずいの黄色を半透明の花弁を通して見ることができ、思春期の少年の清潔さを連想させる。

　例年9月頃が見頃なので、若い雄花が初々しい時節かと思って出掛けたが、今年は開花が早く、少し遅れて咲く雌花も含めて、7、8分咲きであった。以前には気づかなかった白い花を咲かせる株も見かけた。母も車を降り、しばし岩湧寺の境内を散策した。約1時間程度のドライブと散歩の後に帰宅。

　午前10時にはО社が経営するスポーツジムのコ・ス・パが開場するので、私は、体重管理と体力維持のために向かい、この日は約1時間の自転車こぎで約300kcalを消費した。運動後の計測では、67.25kg。まずは予定どおりであった。

　帰宅後は、1日読書三昧。夕方の血圧測定では81と120。仕事のない日はストレスもない。

2012年9月3日（月）

② シリア内戦

　朝の「ワールドwaveモーニング」の中で、アナウンサーがシーア派とスンニ派とを混同して説明し、後刻謝罪していた。

　内藤正典著の『イスラーム戦争の時代』（2006年・NHKブックス刊）によれば、両派の成立は、7世紀中頃のことである。ムハンマド（私たちは、マホメットと教えられた）の従弟であり、娘婿でもあった第4代正統カリフであったアリーが、ウマイア朝との抗争の末に妥協したことから、反逆者によって暗殺された。この時に、アリーの子孫のみがイマームとしてイスラム共同体を率いることができるという主張からシーア派が形成され、アリーに先立つ3代のカリフの子孫にも後継者の資格を認める者がスンニ派を形成したとのことである。

　シーア派では、イマームは、12代続いた後突然「お隠れ」になり、いつか救世主（マフディー）として再臨するまでの間、すぐれた学識をもつイスラーム指導者たる法学者に委ねられたと考えられている。

　他方、スンニ派の名前のもとになった「スンナ」は、預言者ムハンマドが生前にしていた慣行を意味し、それを法源とみなすが、彼らには4つの法学派があり、具体的な法規範や罰則の内容が法学派によって異なることもある。その場合には、どれが正しいという判断を留保し、多様性を認めるが、全法学者が一致した場合に限り、イスラーム社会全体の合意とみなされ、ムスリム全体が拘束されるという。なお、スンニ派ではイスラム指導者の写真等も偶像として排斥される。

　シリア内戦の一方当事者であるアサド大統領や、イラクの現政権、イランの最高指導者である法学者のハメネイ師らはシーア派に属している。正確には、アサド大統領が属するのは、シーア派の一派、シリア国民の1割程度に

すぎないアラウィー派であるが、バース党に依拠して一国の支配権を確立し、専制支配を継続している。同派は、シリアの思想家であるミシェル・アフラクらによって形成された信条を基礎とし、公式名称がアラブ社会主義復興党であることからも明らかなとおり、容共的である。

このため、シリアでは、以前から、西側の援助を受けた反体制活動が盛んであった。インターネット上の情報によると、シリアの反体制派は米国務省から資金を得ていて、民主主義会議は630億ドルを受け取っており、ジョージ・W・ブッシュ政権は、事実上シリア攻撃を始めていたという。

中東地域でも、スンニ派の国家であるサウジアラビアやヨルダンに加えて、イスラエルもまた反政府活動を支援してきたようである。2011年3月のアラブの春をきっかけとする反政府運動は、すでに内乱と化し、今日までに2万6000人が死亡しているといわれているが、国際連合の常任理事会において、欧米がアサド追放を策し、共産圏のロシアと中国、そしてシーア派によって統治されるイランが、反政府勢力にも停戦を求めるのは、過去のそうした歴史を背景とする。

しかし、四分五裂しているシリアの反体制派の中には、スンニ派の過激派組織であるタリバーンも含まれ、その戦闘能力は突出し、逐次支配地域を広げている。欧米やアラブ世界が、必ずしも反体制派に対して、武器供与を含む武力支援を全面的に実施できないのは、そのためである。

2012年9月4日（火）

③ 烏帽子形城での合戦

　最近は朝の気温も20度前後となり、見上げると、天の高さを感じさせる秋の空となっていて、朝の散歩も実に清々しい。烏帽子形公園ではムクゲの花が咲き揃っている。花弁が純白のものや、ピンク、青味がかったり赤みがかった紫色のものなどが朝の散歩を出迎えてくれる。この公園には、一重の花が多いが、八重のものもある。ムクゲは朝開いた花が夕方には萎んでしまう儚い花であるといわれ、一日花ともいわれているそうである。夕方までに消えてしまった花を詠んだのが、松尾芭蕉の、「道のべの木槿は馬にくはれけり」である。ただし、本当のところ、数日間は開花している。なお、ムクゲは、韓国の国花だそうである。

　ところで、烏帽子形公園は、かつて城のあった烏帽子形山と、その麓にある烏帽子形八幡神社と、市営プール等からなっている。神社の歴史は室町時代にさかのぼり、現在の本殿からは1480年建立の棟札がみつかっている。江戸時代1617年の修理は、四天王寺の修理の際の余材で行われ、第二次世界大戦後の解体修理を経て、現在は国の重要文化財にも指定されている。

　そして、烏帽子形城は、2012年1月に国の史跡に指定されている。

　烏帽子形城は楠木七城の一つに数えられ、1332年に楠木正成によって上赤坂城の支城として築かれたとされる。それ以前の源平時代に関する古文書で「長野城」とされているのが烏帽子形城であるとする説もあるが、伝承の域を出ない。

　河内長野市教育委員会編集・発行の『烏帽子形城跡』によると、1369年一時北朝に転じた楠木正儀が烏帽子形城に拠って天野方面の南朝方と戦ったことがあり、1373年南朝の合戦大将の四条隆俊がこの城に夜討ちをかけて討死した天野合戦を経て、南河内の騒乱は終息したとされている。

③ 烏帽子形城での合戦

　この城は、その後、応仁・文明の乱が始まるきっかけとなった守護畠山持国の跡継ぎ争いの場所ともなっている。持国の子のうち、政長から始まる系統を政長流と、義就から始まる系統を義就流とよぶが、1466年の合戦では、義就が、政長が立てこもった烏帽子形城を攻め落としている。1524年の合戦では、烏帽子形城に拠った政長流の稙長が、義就流の義堯を破っている。1562年の合戦では、政長流の高政が烏帽子形城に立てこもったが、守護代から戦国大名に成長した三好長慶に攻められて退いている。

　この高政は、三好長慶の後継者から下剋上で実権を握った松永久秀と組み、根来衆の力も借りて、1567年の合戦で、烏帽子形城に立てこもる三好三人衆を攻めたが、敗退している。1570年の合戦では、織田信長に従った政長流の秋高が立てこもった烏帽子形城を、三好三人衆が攻めて、畠山勢180人を討ち取ったが、落城には至らなかった。

　守護畠山秋高は守護代の遊佐信教の下剋上によって自害に追い込まれた。畠山氏が滅亡した後、1573年の合戦では、遊佐氏が本願寺等と手を結んで、信長が拠った烏帽子形城を攻めたものの、撃退されている。

　その後、楠木正成の子孫の甲斐庄家の武将が烏帽子形城の城主となったこともある。甲斐庄正治はキリシタン大名として知られる。その子正房は徳川家の旗本となり、烏帽子形城自体は、彼の代に廃城となり、歴史上の使命を終えている。

　河内長野市では、すでに1934年に、観心寺境内と、金剛寺境内とが国の史跡に指定されている。烏帽子形城の指定は、市内３つ目である。

2012年9月5日（水）

④ アフガニスタンとタリバーン

　アフガニスタンでは、2012年8月29日ウルズガン州において、オーストラリア兵が国軍兵士に襲われて3名が死亡するという事件が発生した。同日ヘリコプター墜落によっても、オーストラリア兵2名が死亡しているという。
　9月1日には、ワルダク州で、反政府勢力タリバーンが犯行声明を出した自爆テロで、市民12名が死亡、40名が負傷しているし、8月27日には、ヘルマンド州で、タリバーンと思しき一団によって、音楽をかけて宴会を開いていた村人ら17名が頭部を切断されている。タリバーンは歌舞、音曲や、男女同席を禁止しているので、処刑されたとみられている。
　国境の隣のパキスタンのペシャワール州でも、9月3日アメリカ総領事館の車両を狙った自爆テロが発生し、領事館の職員、市民19名が負傷している。アフガニスタンとパキスタンの両国にまたがるパシュトン人居住地域の中に、ペシャワール州があることに照らせば、アフガニスタン国内では、2014年の国際部隊の撤収を前にパシュトン人居住地区でタリバーンの支配がいち早く復活し、全国的にもタリバーンの支配に戻りつつあることが示唆されていると思う。
　なお、オーストラリア兵が襲撃の犯人と思しき2名を射殺したことについてはカルザイ大統領も抗議をしているが、現政権も、国際部隊撤収後の生き残りのためには、自国民の声を無視できないからであろう。
　しかし、彼らには、タリバーン単独政権の復活を阻止する力がはたして残っているのであろうか。長引く内戦は、国内に武器を氾濫させ、イスラム特有の各部族による分割支配の様相が深くなってきているものの、この国でもタリバーンの戦闘能力は傑出しており、多くの国民の支持を集めており、アフガニスタンで国会議員選挙が実現したと仮定すれば、タリバーン勢力出身

議員が圧倒的多数を占めると思われる。カルザイ大統領もそのうち政権を放り出すのではないかと私は疑っている。

　タリバーンは女性の権利を認めていないので、その政権下では、女性の人権を制限する憲法が制定されるであろう。パキスタンで2012年10月、女子が教育を受ける権利を訴えていたマララ・ユスフザイさん（当時15歳）が、タリバーンに頭部を銃撃された事件が、事態の深刻さを物語っている。タリバーンが支配する部族社会の中でも、女性には現在以上に十分な生活が保障されるから、人権を剥奪されてもよいではないかとする意見もあるが、楽観的にすぎよう。

　しかし、女性の扱い一つをとっても、その社会の長い歴史、文化を背景とするものであって、中西久枝著『イスラムとヴェール』（1996年・晃洋書房刊）によると、イスラム社会の中でも、私たちが知っている近代民主主義社会とは異なる形で、女性解放のための運動が営々と継続されてきているようである。内藤正典著『イスラーム戦争の時代』（2006年・NHKブックス刊）が指摘するとおり、文明間の相互受容を通じてしか、その差異を克服し、各自の問題点を解決していくことはできないのかもしれない。

　イスラム教は本来懐の広い宗教であり、タリバーンの偏狭な思想は本来イスラム社会全体を覆う信仰にはなり得ないはずである。彼らが世界を席巻しているようにみえるのは、ソビエト連邦のアフガニスタン侵攻をきっかけとして誕生した彼らが、圧倒的な軍事力を背景に大きな政治力を有しているからであろう。しかし、イスラム社会の今後の成熟の過程で、その地位にも変化が訪れると、私は考えている。

5 刑事裁判と前科

2012年9月6日（木）

　H高校の女生徒の親から「いじめ被害」についての相談を受けている。4月の高校入学後間もなく始まり、両親が学校側に善処を求めていて、担任の先生は前向きであるが、いつまでも解決しないとの訴えである。しかし、担任の先生が前向きであれば、状況は改善するはずなので、改善しないということは、担任の無責任な発言に親が振り回されているだけだと直感し、①担任の先生に頼るのではなく、弁護士と詳しい相談をする必要がある、②対策を講ずるまでの間、被害生徒の精神的負担が高じて登校拒否したときは、無理に出席させないようにと、アドバイスした。そのうえで、事務所の若手弁護士によびかけ、いじめ問題に関心のある2人の弁護士と私の3人で弁護団を組むこととし、基礎的な情報を収集することにした。

　ところで、個人に精神的苦痛を与えるいじめの問題は、職場におけるハラスメント問題と同様に、人権無視、個性無視のわが国の文化の現状を反映しているようにも思われる。しかし、本当は、それぞれの社会に標準化現象がみられ、そこからはみ出す個人を非難し、排除しようとするのは、おおよそあらゆる社会に共通の現象である。エジソンも幼い頃いじめにあったといわれている。人種差別はその大がかりなものといえるであろう。

　いじめ問題の解決のためには、当該被害者の苦痛と、それの原因を直視することが必要であるが、「嫌がらせを誘発してしまった場合とか、通常人であれば苦痛を感じない程度のいじめであれば、我慢すべきである」という観念が、わが国では広く存在している。そして、それを良いことに、いじめやハラスメントについては、事実が確認できなかったことを言い訳とすることによって、被害者ではなく、当該社会の安寧を守ろうとする傾向がわが国社会では強い。これが、わが国のいじめ問題を、より陰湿なものとしている。

5 刑事裁判と前科

　なお、大阪弁護士会の大先輩のM先生は、学校の先生を、現代社会の三馬鹿の筆頭としている。子どもを人質にとっているために、皆からおだてられる一方、誰からも批判を受けないためにそうなるのだそうである。

　ところで、本日、最高裁判所（以下、「最高裁」という）は、原則として、同種前科を犯罪認定の証拠とすることができないとの判断を示した。インターネット上のNHK「NEWS WEB」によると、この事件は3年前、東京都葛飾区のアパートで現金が盗まれたうえ、部屋が放火されたものである。犯行を立証するため被告の前科の記録を証拠にすることが妥当かどうかが争われ、1審の裁判員裁判は、証拠として採用せず「放火は無罪だ」としたが、2審は逆に「以前も盗みに入って部屋に火をつけている」として、証拠として採用すべきだと判断し、逆転有罪とし、被告人側が上告していたものである。判決で最高裁第2小法廷の竹崎博允裁判長は、「際立った特徴のある犯罪を除き、前科を証拠とすべきでない」との判断を示した。

　しかし、私が刑事裁判官に任官した1973年当時は、それが常識であって、起訴時の起訴状には、犯罪の構成要件である公訴事実だけが記載され、事件の配点を受ける裁判所は、いかなる予断も排除されるようになっていた。

　そして、第1回公判期日において、被告人または弁護人が無罪を主張した場合には、立証にあたっての冒頭陳述においては、同種も含めて前科の主張は削除するよう求められた。なぜなら、「単に似ている事件がある場合はもとより、犯罪傾向があるという人格的な評価だけでは、とうてい合理的な疑いを容れないほどには有罪の心証が得られるべくもない」からである。

　被告人の前科を冒頭陳述で述べることの適否については、私の任官当初の柳瀬隆次元裁判長（以下、本書では親しみを込めて柳瀬裁判長とさせていただく）も、『証拠法大系Ⅳ』（1970年・日本評論社刊）に犯罪事実の成否が争われている事件においては、犯罪事実立証のためにはもとより、情状立証のためであっても相当でないと指摘されている。

　この事件の控訴審判決もまた、刑事司法が死んだ時代の裁判である。

2012年9月9日（日）

6 ハラスメントと外部調査委員会

　いじめやハラスメントの被害者が、加害者の属する学校や会社に訴え出ても、ほとんどの学校や会社は、「そのような事実は認められなかった。有力な証拠を収集して、あらためて申し出てください」というように答える。その背景には、「耐えられない被害者を、早期に退学・退職させて、解決困難な不祥事を早期になくしてしまいたい」という関係者の思惑が存在し、たいていの場合、その願いが叶うからである。

　しかし、文部科学省によるいじめの定義だけではなく、厚生労働省によるハラスメントの定義においても、今日では、「被害者が精神的苦痛を感じる攻撃がハラスメントである」とされている。本人が苦痛を感じ、それと因果関係のある心因性反応等について精神科医の診断書等が提出されれば、その後放置することによって、被害が継続したり、拡大すれば、学校や会社は、安全配慮義務違反による損害賠償責任を免れないのである。

　とりわけ、職場におけるハラスメントの放置は、使用者をして、被害者の業務起因性の神経疾患の発病等により、労働力の提供を受けられないにもかかわらず、労災補償のほか、減収補償や慰謝料等の大きな損害賠償の責任を発生させることにもなりかねない。

　にもかかわらず、職場のハラスメントについても、依然として放置される事例が多いのには理由がある。その1つ目は、わが国には、問題の発生した現場に調査を委ねるという風土があること、2つ目はハラスメントがもたらすさまざまなリスクの理解に乏しいこと、3つ目は素人には調査能力がないことである。これは、学校のいじめについても同じである。

　問題を発生させた現場は、これを把握した上司から善処を求められた場合、一刻も早く期待に沿えるよう努力する。問題がなかったと判明すれば何

6　ハラスメントと外部調査委員会

らの対処も必要がないから、現場責任者にとって最も好ましい。加害者から否定の陳述を集め、自分の担当職場には問題がなかったと報告する。その目的を達するためには、被害者を退職に追い込む。被害者が自殺しても一件落着となる。そして、上司も、問題がなかったとの報告を得たことで、自分の職責を尽くしたことになる。それらは調査をめぐる動機面での問題でもある。

　その結果、職場の士気が下がったり、優秀な労働者を失っても、現場、上司はもとより、経営者も、苦にすることがない。これは、会社の哲学あるいは企業理念の問題でもある。

　ところで、学校や会社が、ハラスメントの真相を明らかにしようと考えたときに、利用されるのが、「外部調査委員会」である。もっとも、親しい関係者を使って、無責任な内部調査結果をオーソライズさせるだけの調査もあるので、注意を要する。

　そのような業務の委託を受けるときは、私は、捜査経験が豊かな検事出身の弁護士等の援助を受けることがある。彼らは、加害者からのヒアリングの前に、被害者からの事情聴取、加害者に関する基礎的情報の収集等を念入りに行い、すべてを頭の中に入れて、整理する。加害者からのヒアリングはそれからである。だから、たとえば、被害者を知らない等と虚偽の陳述をすると、以前の勤務先で同僚であったではないかなどと切り返す等して、相手を追いつめていく。

　私は、会社でのパワーハラスメント、大学でのセクシュアルハラスメントの調査や、企業の不祥事についての外部調査委員会の責任者としての活動を受任したことがあり、このように調査能力のある人材を活用することで、真実に肉薄し、最適の解決策を提案できたと考えているが、まだまだ、このような依頼は少ない。これは手続面での問題である。

2012年9月10日（月）

⑦ 雪印乳業の食中毒事故

　企業にとってマイナスとなる情報については、可及的速やかに事実調査を遂行する一方で、適宜適切な対応をとらないと、命取りになることがある。典型的な事例として雪印乳業の例をあげることができる。

　雪印乳業株式会社は、乳製品を製造・販売する会社であり、創業は1925年にさかのぼり、かつては乳製品業界のトップメーカーとして、グループ全体の年間売上高は、1兆円を超えていた。

　しかし、同社が平成12年6月27日に大阪工場から出荷した乳製品により食中毒事故（黄色ブドウ球菌の毒素であるエンテロトキシンA）を発生させた際に、当該事実の公表が遅れる等の不手際を重ねた結果、被害者数は1万4780名にも及び、その結果、同社は事業再編を余儀なくされた。

　雪印乳業の経営者らは、事故の第一報を受けて、まず原因解明を優先させた。マスコミの取材に対しても適切な対応をとることができず、代表取締役社長に至っては、「私は寝てないんだよ」と弁解して、激しい非難を浴び、事故原因解明前の平成12年7月6日に引責辞任を発表せざるを得なかった。

　当初報道では大阪工場のプラントにおける汚染が問題とされたが、実は、同工場のプラントには問題がなく、同工場が製造した乳製品の原料として使用された、北海道の大樹工場で製造された脱脂粉乳に問題があったための事故であった。

　同年3月31日、大樹工場で脱脂粉乳を製造中に発生した3時間の停電により黄色ブドウ球菌が増殖し、毒素のエンテロトキシンAが大量発生した。翌4月1日、工場は停電でパイプ内に滞留した原料を殺菌装置にかけ、黄色ブドウ球菌を死滅させ、脱脂粉乳830袋を製造し、そのうち380袋から自社規制値を1割強超える一般細菌類が発見された。そこで製品として出荷できな

7 雪印乳業の食中毒事故

いため、この脱脂乳を4月10日製造の脱脂粉乳750袋の原料として使用した。6月20日大阪工場にこれが入荷され、6月23日から28日にかけて、278袋を使用して、被害の原因となった乳製品を製造したものである。

このように細菌の把握と殺菌については作業に問題がなかったが、以上の手順ではいったん発生したエンテロトキシンAを消滅させられないところに事故の原因があったのである。

私は、おそらく、それは当時の乳製品業界全体の盲点ではなかったかと推測する。その意味では、雪印乳業にとっては不運な事故であったように思う。しかし、この事故を契機に同社が経営上大きなダメージを受けたことはやむを得ないことであった。なぜなら、同社は、6月29日まで食中毒事故発生の事実を公表せず、また、市場に流した製品の自主回収の措置もとらず、6月30日大阪市が回収命令を出して初めて回収を開始したこと、事故発生後も原因究明中は全国21工場での生産を継続し、ようやく中止したのは7月11日であり、被害の拡大を防止するという姿勢が全くみられなかったからである。

雪印乳業には、消費者の健康を守るという姿勢が欠落していた結果、前述の膨大な被害者を発生させてしまったのである。そして、グループの解体、再編を余儀なくされたのである。

その結果、事故前（2000年3期）の雪印乳業グループ全体の連結売上高は1兆2870億円であったものが、事故後（2006年3期）の雪印乳業グループの連結売上高は、わずか2800億円に減少している。なお、雪印乳業単体の売上高も、上記2期間を対比すると、5430億円から1320億円に激減しているのである。

コンプライアンスの欠如がいかに大きな事業リスクであるかということがこの事件でわかる。

⑧ アフガニスタン紛争と
オサマ・ビンラディン

　先月末、『弁護士日記秋桜』にちなんで、妻がコスモスの鉢植えを買ってきてくれた。ここのところ、毎日1輪ずつ咲いている。

　今日は、ニューヨークにおける同時多発テロ発生後11年目。主犯者とされるオサマ・ビンラディンは、すでに、2011年5月2日米国海軍特殊部隊の軍事作戦によって殺害され、オバマ大統領は、その成果がゆえに秋の米国大統領選に向けて戦いを有利に進めているようである。

　ところで、アフガニスタン問題は、1978年にアフガニスタンに共産主義政党であるアフガニスタン人民民主党による政権が成立した後、これに抵抗する武装勢力蜂起を鎮めようとして、ソビエト軍が1979年12月24日に軍事介入し、バブラク・カールマルを新たな大統領とする傀儡政権を樹立させたことに始まる。

　米国中央情報局（CIA）は、共産主義政権とソビエト軍に対して戦ったムジャーヒディーンに対し、パキスタン経由で総額21億ドルの支援を行い、また、ムジャーヒディーンには20以上のイスラム諸国から来た20万人の義勇兵が参加していた。

　財閥「サウジ・ビン・ラーディン・グループ」の創立者である父親は、絶対君主制国家であるサウジアラビアのファイサル国王に引き立てられて王室御用達の建設業者となったことから芽を出し、現在、グループは、世界中に、石油、化学プロジェクト、衛星通信等多方面の事業を展開する多数の支部と子会社とを抱えている。オサマは高校時代にイスラム原理主義に触れ、ジッダのキング・アブドゥルアズィーズ大学に入学後、宗教や詩作に向かい、ジハード等の研究に没頭し、ムスリム同胞団に加入していた。ソビエト軍のアフガニスタン侵攻に対し、アフガニスタンのムスリムの抵抗を支援す

8　アフガニスタン紛争とオサマ・ビンラディン

ることに決めたサウード家は、ラーディン家に支援を要請し、オサマは、駐アフガニスタン・サウジ王国公式代表に任命され、ソビエト軍と戦うために、アフガンゲリラ諸派とともにムジャーヒディーンとなったのである。

ムジャーヒディーンの軍事訓練はムハンマド・ジア＝ウル＝ハク政権のパキスタンが担ったが、オサマは、個人財産とサウジアラビア総合情報庁からの資金で、ムジャーヒディーンのスポンサーにもなり、アフガニスタンでの対ソビエト戦の戦況はムジャーヒディーンの活躍で好転する。

こうして、最終的にソビエト軍は1988年5月15日に撤退を開始し、1989年2月15日にその完了を発表するに至ったが、ソビエト敗退後のアフガニスタンでは、ムジャーヒディーン各派による争いが内戦化する。

1989年2月のソビエト軍の敗退後、オサマは、シャリーアの復権だけがイスラム世界を正しい道に導き、共産主義・民主主義・汎アラブ主義などは打倒されるべき対象であるとの考えから、反米活動をも開始し、アフガン帰還兵への福祉支援組織を隠れ蓑に、イスラム原理主義的な背景をもつ過激派のネットワーク「アルカイーダ」をつくり上げたといわれる。1990年11月、FBIはアルカイーダのメンバーのニュージャージー州の住居を摘発し、超高層ビル爆破計画の資料を押収して、事件を未然に防止したが、オサマは、1992年末に、ついにイエメンのアデンでのホテル爆破事件を起こし、さらに、1996年5月頃、サウジアラビア東部のダーランで米軍宿舎爆破事件を発生させている。

米国がいうところのテロ集団のアルカイーダを誕生させ、育てたのはサウジアラビアであり、背後でこれを支えたのは米国である。

9 アルカイーダの怒り

　今年求めた朝顔の苗は、色とりどりの大輪の花を咲かせて、楽しませてくれたが、ようやく咲く数が減り始めた。一昨年に庭で採取し、昨年も咲いた色とりどりの朝顔の種から、小ぶりな花が今夏初め頃から可憐に咲いていた。不思議なのは、そのすべてがピンク色で、一昨年の青や紫といったさまざまな色が消えてしまっていることである。

　ジャン・シャルル・ブリザールほかによる『ぬりつぶされた真実』（2002年・幻冬舎刊）によると、ムジャーヒディーンたちが対ソビエト戦争を勝ち抜いた後の、アフガニスタンの秩序の再構築は難航を極めたことがわかる。ムジャーヒディーンの構成単位は各部族であり、群雄割拠の混乱が続く中で、ムハンマド・オマル師に率いられた急進的スンニ派の組織がタリバーンである。タリバーンは、マドラーサ（イスラム神学校）で学んだパシュトン人の神学生たちによって構成され1994年秋頃に現れた新興勢力である。各ムジャヒディーンたちの腐敗体質を批判して登場し、「世直し集団」として、たちまち全土の9割を支配下に治め、1996年9月にはカブールを占拠するに至り、タリバーンがアフガニスタンの大部分を実効支配するようになった。

　彼らは、その頃まで、隣国アフガニスタンの安定を狙うパキスタン軍部から支援を受け、自分たちと同じスンニ派政権によってイランを牽制したいサウジアラビアと、石油利権を確保したい米国の支持も受けて、アフガニスタン全土を統一するかにみえたが、対抗するアフマド・シャー・マスード最高司令官率いる北部勢力との戦いで、1997年5月一敗地に塗れ、数千人のタリバーン兵士が虐殺されるということもあった。

　そして、首都カブールでは、タリバーンが厳格なイスラム原理主義を掲げ、男性にはひげとターバンの着用を迫り、女性には表立って働いたり、教

9 アルカイーダの怒り

育を受けたりすることを禁じたため、国際社会の批判を浴びるようになった。加えて、サウジアラビア出身の原理主義的スンニ派でテロ活動を続けるオサマ・ビンラディンを受け入れるに至り、タリバーンは国連から経済制裁を受けることになり、当時の米国のクリントン大統領も距離をおくようになる。

　しかし、2001年1月20日、ジョージ・W・ブッシュが新しい米国大統領に選出されたことにより、タリバーンは、一転して和解の機会を得る。アフガニスタンに石油のパイプラインを建設して、トルクメニスタンやカザフスタン等の中央アジアの石油に関する利権を確立しようとするグループが、秘密裏に動き始めるのである。タリバーンとの交渉の窓口は、ライラ・ヘルムズ、副大統領ディック・チェイニー（元ハリバートン経営者、石油産業サービスの世界的リーダーでもある）、国家安全保障問題担当大統領補佐官のコンドリーザ・ライス（巨大石油企業シェブロン社の元社外重役）である。

　ブッシュ大統領らは、タリバーンを取り込んで北部同盟との休戦協定に調印させ、全国統一政府を樹立させる一歩手前まで漕ぎ着けたが、真相を隠し、世間向けの提携の口実づくりの一環として、オサマの引渡しを求めようとしたことがきっかけで、結局、2001年7月17日に交渉は決裂するに至るのである。

　そして、この交渉決裂後にその経過を知ったアルカイーダの怒りが、ニューヨークの同時多発テロを引き起こしたとも考えられている。タリバーンは、以後、欧米社会に耳を貸すことがいっさいなくなったと、私には思えるのである。

2012年9月15日（土）

⑩ 全共闘時代の思い出

　満開のカッシアに送られて午前10時過ぎに家を出る。本日は、私が大学生時代在籍した京都大学の法律相談部の要請に応じて、市民向けに開催する法律相談の助っ人に出向くことになっていたためである。

　少し早く大学に到着したので時間つぶしをするうち、時計台のある中央の建物内に大学の歴史の展示が行われていることに気づいた。最初に目に入ったのは、全共闘を組織した学生諸団体が引き起こしたいわゆる学生紛争の写真であった。私の学生時代と重なる。ヘルメットを被り、タオルで顔を隠した学生たちは、ゲバ棒とよばれた木の長い棒を持って、大学の教室を閉鎖しようと押しかけ、これに抵抗しようとする学生たちに襲いかかった。

　私は、1966年に弁護士を志して徳島の片田舎から大学に入学した。高校時代から共産主義に親近感を抱いていたものの、学生が授業を放棄することには違和感を覚えた。そのため、封鎖反対派の日本民主青年同盟の人たちの行動に同調することが少なくなかったが、圧巻だったのは、法経1番教室の封鎖を阻止するために閉じこもり、教室の外からの全共闘学生の火炎瓶や石の投てきに耐えたことである。火炎瓶の直撃を受けた学生が慌てて走り出し、周りの学生が引き倒しては消火する。幸い火炎瓶は私には飛んで来なかったが、大きな石が無数にヘルメットに当たり、頭上で砕け散っている時は、正直言って生きた心地がしなかった。ある日の夕刻から翌日の明け方までの経験であった。

　また、別の日には、ある研究棟の前でピケを張っていたところ、目の前の全共闘学生からゲバ棒を振るわれた。ピケを解けば攻撃を避けることはできるが、隣の学生が殴られることになりかねないし、封鎖阻止の目的とも相容れないので、「ええい。ままよ」とばかり静止していると、左側頭部に見事

なゲバ棒の一撃を受けた。咄嗟に、左腕で庇ったおかげで叔父から入学進学記念にもらった腕時計が壊れ、頭の表皮も裂けて出血が始まったが、脳へのダメージはなかったようである。

その後駆け込んだ外科病院では、私より軽傷としか思えない仲間が、今にも死ぬのではと心配顔の彼女たちに急き立てられて、順番を無視して次々に診察室に入り、私の診察は最後になった。

そのようなことを思い出しながら、1969年の大学入試が学外で行われたときの写真や、時計台の封鎖を解くための機動隊突入の写真等も見て、感無量であった。

さらに、展示室の奥に進むうち滝川事件の資料の展示に気づいた。京都帝国大学法学部の滝川幸辰教授が、1932年10月中央大学法学部で行った講演が無政府主義的であるとされ、第二次世界大戦中の右翼や一部国会議員による帝国大学法学部の「赤化教授」の追放運動の一環として攻撃を受けた。翌年5月には斎藤実内閣の鳩山一郎文相が小西重直京都帝国大学総長に対して、「滝川の罷免を要求する」ということがあった。事件そのものは、その後、複雑な経緯をたどっている。

滝川教授が京都帝国大学をいったん離れた際に行動を共にした末川博先生は、私の学生時代には立命館大学の総長をされていて、「万里清風」と揮毫された色紙を頂戴することができた。滝川教授と当初行動を共にし、のち袂を分かった佐伯千仭先生からは刑法総論の授業を受講した。他方、多くの学者が大学を去る中で、京都帝国大学の法学部の再建のために尽くす者も必要だとして、あえて残られたのが於保不二雄教授である。私が受講した債権総論の教授であった。『弁護士日記秋桜』の推薦文を頂戴した京都大学法学部名誉教授で、元最高裁判所判事の奥田昌道教授はその秘蔵っ子である。先生方と直接お会いでき、その謦咳に触れることができた私は、幸せ者だと思う。

11 ある依頼者の心中事件

　夏の間中、小さな紫色の無数の花が枝先に集まって、まるで筆先のような形で咲いていた植物の名が「セージ」であると、妻が教えてくれた。わが家の庭のプランターには、白と赤の小さな唇の形に似た花も咲いていて、その植物の名も「セージ」と聞いていたので、思わず、「はてな？」と首を傾げてしまった。両方の花の様子はあまりにも違う。

　インターネットで調べてみると、前者は「アメジストセージ（サルビア・レウカンタ）」、後者は「サルビア・ミクロフィラ・ホットリップス」である。シソ科サルビア属の中に、各種セージがあるが、厳密にはセージと異なる種でも、観賞用のサルビアの中には、「セージ」と名づけられた植物が存在することもわかった。この調べの際に、わが家の庭には、ホットリップスとは花の形は違うが、同じように小さな赤い花がたくさん咲き、彼岸を過ぎて、赤みを増してきた植物があって、「チェリーセージ（サルビア・グレッギー）」と名づけられていることもわかった。

　ところで、私は、長年弁護士の生活を続けてきたが、その初めの頃に気づき、心の奥にしまってきた1つの思いがある。それは、「人は簡単に死ぬ」ということである。「自分と縁のあった人を死なせてはならない」と思いながら、しかし、それでも人が簡単に死んでいく以上、弁護士とは、たくさんの死者を背負っていかなければならない仕事であるという感慨である。

　最初の印象深い経験は、私ではなく、ごく身近な親しい弁護士の経験である。

　その弁護士は、ある中小企業の現社長と前社長の2人の親子から、企業再建のために和議の申立ての相談を受けたが、金融機関から新規与信を拒否され、会社には、和議申立て後に営業継続するための運転資金がすでに枯渇し

ており、役員の個人資産も払底してしまっている状況下では、和議申立てをしても事業継続が不可能なことが明らかであった。

そこで、丁寧に和議手続について説明をし、再建が不可能なことを理解してもらい、次いで、親子から突然手形の不渡事故を起こして取り付け騒ぎが起きた場合を心配しているが、どうしたらよいかと聞かれ、会社の破産手続を自ら申し立てることをすすめ、そうした透明な法的な手続による清算こそが、抜駆け的な回収を狙う暴力的債権者を排除する最善の方法であることを教えた。

その結果、長時間の相談で、親子は、破産手続の申立てを考えるようになり、その費用を質問したそうである。弁護士がその時どのように答えたか、すでに私の記憶は失われているが、法人破産については裁判所に納める予納金と弁護士の手数料とを合わせて200万円程度、保証債務を負担している新旧の代表者も個人破産を申し立てるならば各数十万円程度といったような、一般的な回答をしたのであろう。こうして、その中小企業の現社長と前社長とは、弁護士に謝意を述べて退室したが、その後ろ姿は寂しそうであったという。

この2人の相談者が、自宅の仏間で、並んで首吊り自殺を遂げたのは間もなくであった。破産申立ての費用は逆立ちしても調達できないと思い詰めたのであろう。

私がその弁護士の立場にあったとしても、この結果は回避できなかったかも知れないと、その時思った。緒方洪庵の訳した「扶氏医戒之略」の中には、「病者の費用少からんことをおもふべし。命を与ふとも命を繋ぐの資を奪はば亦何の益かあらん。貧民に於いて茲に斟酌なくんばあらず」という一文があり、それを片時も忘れるものではないが、「斟酌」しそびれて、自分の周りで死んでいく人がいるという、この仕事の重みを認識した瞬間であった。

私を頼って来た人は死なすまいと心に誓ったが、以後、私も多くの死者を背負うことになる。

[12] 尖閣諸島をめぐる中国との外交問題

　今月11日に日本政府が、尖閣諸島の国有化措置を公式発表したことがきっかけで、中国での反日運動が激化の一途をたどっている。
　そこで調べてみると、尖閣諸島の存在そのものは、古くから中国にも日本にも知られていたが、領有を示す文献等の記述はなく、いずれの国の支配も及ばない国際法でいう「無主の地」であったようである。尖閣諸島を探検した日本人の古賀辰四郎氏が1885年に魚釣島などの四島の貸与願いを日本政府に申請。政府は沖縄などを通じた現地調査のうえで、1895年1月の閣議決定で尖閣諸島を日本領に編入した。わが国は、この措置が尖閣諸島に対する最初の領有行為と考えている。国際法で認められている領土取得のルールであるところの「無主の地」を領有の意思をもって占有する「先占」にあたるからである。魚釣島には鰹節工場が建設され、250人余りが生活していて、第二次世界大戦まで日本の実効支配が行われ、戦後、米軍の支配下におかれたが、1972年の沖縄返還とともに、日本の施政に戻っている。なお、尖閣諸島のうちの久場島と大正島は、その後も1978年まで在日米軍が射爆撃場として使用していた。
　かたや、1919年、中国船が尖閣諸島沖で遭難し、魚釣島に漂着した乗組員31人が島民に救助された事件に関し、中国（当時の中華民国）から日本に感謝状が贈られた事実があり、石垣島の市役所に保存されている。中国政府が発行した1953年、1958年、1960年、1967年の地図にも「尖閣群島」「魚釣島」の表記があるという。また、中国が血眼になってわが国の古書店から買い漁り、焚書しているといわれている「都合の悪い表示」の地図の一つが、北京市地図出版社が発行した『世界地図集』であり、この地図にも1960年時点、「尖閣群島・魚釣島」という日本名の表記があり、尖閣諸島は日本のも

のとなっているという。

　中国側は領有権の根拠として、日清戦争（1894～95年）に乗じて日本が不当に尖閣諸島を奪ったと主張するが、日清戦争で日本は、台湾とその付属島嶼、澎湖諸島（ほうこしょとう）などを中国から割譲させたが、尖閣諸島は日本が奪った中国の領域に入っていない。そもそも前記のわが国の尖閣諸島の領有宣言は、台湾・澎湖の割譲を取り決めた日清戦争の講和条約である下関条約の交渉開始の2カ月前に行われ、当然ながらこの条約は尖閣についていっさい言及していないし、条約締結の交換公文で定める台湾付属島嶼にも含まれていない。そして、中国は1970年に至るまでの実に75年もの間、一度も日本の領有に対して異議も抗議も行っていなかったという。中国等が中国名「釣魚島」等の領有権を主張し始めたのは、1968年に尖閣諸島付近海底調査で石油や天然ガスなどの大量地下資源埋蔵の可能性が確認されて以降である。1978年わが国の政治団体が魚釣島に私設灯台を建設したが、2005年2月に国に譲渡され、海上保安庁によって魚釣島灯台として管理されている。

　わが国政府は国際法で守られていると考えているが、国際法なるものは、そもそも欧米による植民地支配の具ではなかっただろうか。かつて琉球王国が支配した島嶼の住民が魚釣島等の尖閣諸島付近で漁業を営み、それらの島嶼の一部は今日台湾や中国の領土となっている。国際信義上は、それらの漁民の生活権を尊重すべきではなかったか。わが国は3年前から台湾との漁業交渉を拒んできたが、もし、交渉が成立していれば、今回の中国の領土的野望防止の有力なカードになっていたであろう。

⑬ 本居宣長の『宇比山踏』

2012年9月21日（金）

　今朝は、久しぶりに肌に心地良い気温にまで下がり、河内長野市内のあちらこちらに設置された温度計は17度を指していた。そして、気がつくと、たくさんの彼岸花が開花時期を迎えていた。散歩の後、自宅の庭を点検したところ家の北側にもいくつかの蕾が育っていた。

　本日の午後からは、京都産業大学大学院法務研究科で私が担当している「法文書基礎」の秋季授業が始まる。すでに今週初めにレジュメは送付済みである。

　この授業は1年生を対象とする選択科目であるが、本学は完全未修者や、法学部は出ていても初学者とあまり変わらない程度の未修者が多いので、私は、第1回目の授業の際に、本居宣長の『宇比山踏』を読み聞かせることにしている。宣長は国学の大家であるが、その初学者のために書かれたこの書は、すべての学問を志す人に与えるに値する書であると考えるからである。

　以下、間違いをおそれず、私の意訳を紹介したい。

　「いかに初心者といっても、学問に志す人は、全くの無知ではなく、その学問について感じていることが必ずあるはずである。またそれぞれ好みや、生まれつきの得手や不得手もあろうが、学問は、ただ年月長く倦まず怠らず、励み努めることが肝要であり、学び方はどのようなものでも良く、方法が異なっても余り違いはない。学び方が良くても、怠れば、功は得られない。

　また人々の才と不才とによってその功は大変違うが、不才なる人でも、怠らず努めれば、それだけの功はある。また晩学の人も、努め励めば、思いのほか功をなすことがある。また暇のない人も、思いのほか、暇の多き人よりも、功をなすものである。したがって、才の乏しいことや、学ぶことの晩いことや、暇のないことによって、心が挫けて学問をやめてはいけない。努め

さえすれば、できるものと心得なさい。学問は、初めからその志を、高く大きく立てて、その奥を究め尽くさなければやめないと固く思いなさい。この志が弱くては、学問は進みがたく、倦怠ってしまう。

　いずれの書を読む場合でも、初心の頃は、片端より文の意味を理解しようとすべきではない。まず大雑把にさらさらと見て、他の書に移り、あれこれ読んでは、また以前に読んだ書に立かえり、幾遍も読むうちに、最初理解できなかったことも、次第に理解できるようになる。文の意味の理解しにくいところを、最初からいちいち理解しようとすると、勉強が滞り、進まないことがあるので、理解できないところは、まずそのままにして進むのがよい。理解できたと思うところは深く味わうべきで、なおざりに見過せば、それ以上の細かい意味にも気づかず、また勘違いすることがあってもその誤りを悟ることができない。

　言葉の定義を理解することは、学者の誰もしたがることであるが、このことにあまり深く心を用いるべきではない。たいていは、（初学者には）良い考えはできないものである。強いて知らなくても、事欠くことなく、知ってもさほど益はない。むしろ、言葉は、その本の意味を考えるよりは、古人の使い方をよく考えて、この言葉は、このような意味に用いられたということを調べ、知ることが大事である。用法を知らないでは、文の意味を理解しがたく、また自ら物を書く場合でも、言葉の使い方を間違ってしまう。

　また、古書の注釈をつくろうと、早くから心掛けなさい。

　書を読むのに、ただ何となく読むときは、どれほど細かく見ようと思っても、限りがあり、自ら注釈をしようと心掛けて見るときには、読み方が深くなるものであり、得ることが多い。

　さらに、物の注釈のみに限らず、何ごとにもせよ、著述を心掛けるべきである」。

14　無視された野田首相の国連演説

2012年9月24日（月）

　今年の庭のミニトマトはよくよくの豊作である。いまだに新鮮で甘いトマトがなり続けている。昨日秋分（彼岸の中日）を迎えたこともあって、ようやく、涼しくなっていくと思われるが、いつまで実り続けるのであろうか。

　ところで、昨日、わが国の野田佳彦総理は、国際連合で一般討論演説を行った。

　その冒頭、東日本大震災において世界中より示された友情と連帯に感謝するとともに、①復旧・復興に最優先に取り組み、１日も早い日本の再生を実現する、東京電力福島原子力発電所事故については想定した工程の予定を早めて作業を進展させるべく全力をあげることと、②原子力安全については、緊急的に行うべき安全対策やさらなる規制体制の強化を進め、事故から得た教訓を活かし、国際的な原子力の安全性強化のため貢献すること等に言及した。

　しかし、福島原発問題に対する演説は、おそらく世界のすべての国から無視されたものだと、私は確信する。

　緊急時迅速放射能影響予測、通称 SPEED１は、原発事故発生の際に稼働するネットワークシステムであり、政府が保有しているが、上杉隆著『メディアと原発の不都合な真実』（2012年・技術評論社刊）によると、震災発生４日後の３月15日には、政府は米軍に対して SPEED１の情報を提供し、この情報は直ちに世界中に伝播している。そして、３月16日以降、各国大使館は、自国民に対して東京以南や国外への退避等を勧告している。退避範囲が比較的狭かった米国、オーストラリア、ニュージーランド、韓国でも福島原発の80km圏外への退避を勧告している。

　しかるに、わが国の政府は、３月18日の時点でも、福島原発20km圏外への

退避と、30km以内の住民の屋内退避を指示したにとどまる。その結果、早くも3月20日から22日までの間に多くの住民が被曝するに至っている。そして、政府が国民に対してSPEED１の情報を公開したのは5月20日のことであり、マスコミも政府の隠蔽工作に加担し続けた。

　これらのことは、広く世界に周知されており、福島原発事故の完全な調査・検討や、原発安全問題に対する総点検も行われないままに、2012年7月21日に大飯原発の再稼働を行ったこともあわせ、世界からひんしゅくを買っているのである。

　ところで、わが国の報道は、福島原発からの放射線は国の定めた安全基準以下であるとし、放射能汚染を口にすると、「風評被害」として攻撃するが、放射線安全基準の国際比較をすれば、たちどころに、政府、マスコミの主張が荒唐無稽であることがわかる。すなわち、水・牛乳について、ヨウ素131の安全基準をみると、WHOは１ベクレル／kg、米国は0.111ベクレル／kg、ベラルーシですら10ベクレル／kgなのに、わが国は300ベクレル／kgだったのである（しかも、2012年3月までの暫定規制値であり、4月以降は設定されていない）。

　セシウム137でみても、WHOは１ベクレル／kg、ウクライナですら２ベクレル／kgなのに、わが国は200ベクレル／kgとされていたのである（2012年3月まで、4月以降は牛乳50ベクレル、水10ベクレル／kg）。

　植物についても、わが国の暫定規制値は荒唐無稽である。ヨウ素131をみるに、WHOは10ベクレル／kg、米国170ベクレル／kg、ドイツ４ベクレル／kgなのに、わが国は2000ベクレル／kgとされていたのである（2012年4月以降は設定されていない）。これらもまた、世界の知るところである。

2012年9月26日（水）

15 安倍総裁に注がれる世界の視線

　さて、本日、自民党の総裁選挙が行われ、安倍晋三衆議院議員が自民党総裁に決まった。

　第1回選挙で石破茂氏が199票を獲得して1位となるも、過半数獲得に至らず、決戦投票が行われた結果であるが、しょせんは、毛並がよく財力のある候補者が勝利したということであろう。その結果にも、新総裁にも、私は興味がないが、このニュースが、世界の中での日本の地位をさらに低下させることになったのではないかと危惧している。

　新総裁こそ、2006年9月20日、小泉純一郎氏の任期満了に伴う総裁選で、麻生太郎氏、谷垣禎一氏を大差で破って自民党総裁に選出され、9月26日の臨時国会において指名された、戦後生まれとしては初めての内閣総理大臣であった。しかし、2007年7月29日の第21回参議院議員通常選挙で、連立を組む公明党の議席を合わせても過半数を大きく下回る歴史的大敗を喫した後間もなく、安倍氏は食欲の衰えなど体調不良を訴え始め、やがて下痢が止まらなくなり、症状は次第に悪化し始めた。そして、9月9日、オーストラリア・シドニーで開催されたAPEC（アジア太平洋経済協力会議）首脳会議の諸行事に出席できない状況となり、晩餐会前の演奏会も欠席している。

　その挙句、9月10日の第168回臨時国会で、安倍氏は所信表明演説を行い、続投の意思を示したが、9月12日午後2時、一転して、「内閣総理大臣および自由民主党総裁を辞する」と退陣を表明する記者会見を行い、自民党総裁選の後を受けて、9月25日の最後の閣議で閣僚全員の辞職願を取りまとめ、内閣総辞職したのである。

　臨時国会が開幕し、内政・外交共に重要課題が山積している中で、かつ所信表明演説を行ってわずか2日後での退陣表明は、各界各方面から批判を浴

びた。のみならず、安倍氏の突然の辞意表明は、日本国外のメディアもトップニュースで「日本の安倍首相がサプライズ辞職」「プレッシャーに耐えきれなかった」（米国CNN）などと報じ、欧米諸国の報道では批判的な意見が多かったといわれる。イギリスBBCは「昨日官邸をチェックアウトした安倍首相は、今日は病院にチェックインした」「日本は1週間以上も、精神的に衰弱しきった総理大臣を抱えることになる」と報じた。

　一国の首相や大統領は、行政上の最終的な権限を掌握していて、その国の将来についての決定がもたらす結果の責任を負担している。また、日本の自衛隊が軍隊か否かは別として、自衛隊は文民によって統制されるものである以上、その最高責任者も内閣総理大臣であるから、戦争を事実上開始させることもできるのである。そうした重責を果たせるだけの健康と、精神的タフネスさが要求される地位である。いかなるときでも、心身の不健康によって判断を間違ったり、ブレることがあってはならない。

　現在、米国で行われている大統領選挙運動について、私は、当初、個人の誹謗中傷だらけで品位がないと考えていた。しかし、最近は、その泥仕合の中で戦いを継続しているオバマ、ロムニー両名の行動を支える身体と精神のタフネスさとが、次第に鮮明になってきたことに気づき、能力や政治思想だけではなく、そうした健康さもまた、大統領選挙の投票の重要な判断基準になっているのだと思うようになった。

　そうであれば、政治的ストレスの中で健康を害し、精神状態を疑われた人物が首相になったわが国に対し、世界がどのような視線を浴びせているかは、おのずから明らかであろう。

16 C.Wニコルさん

　散歩のために今朝も烏帽子形公園に向かったが、散歩コースの途中で、思いがけず、キンモクセイの匂いを微かに感じた。年によっては、ある日突然、キンモクセイの強い香りがあちらこちらに漂い始めて、秋の訪れを感じさせてくれるのであるが、今年はまことに頼りない香りである。帰宅してから庭に植えられた２本の木のそれぞれの茂みを掻き分けて調べてみたが、今年は、いずれも花数が少ないことに気づいた。

　私は、10年ほど前に、熊野古道を歩いていて、大きくて見事な一叢のキンモクセイの馥郁とした香りに感激した時のことを忘れることができない。熊野古道に面したひなびた家並は、いったいに屋根が低く、それだけにキンモクセイの高さが目に焼きついている。

　その折のことであるが、古道の上のほうにも家が建っていて、なぜか、C.Wニコルさん縁の家ではないかとの思いが兆したことを思い出す。ニコルさんは、2004年７月７日に奈良、和歌山、三重の３県の山々を縦横に走る「紀伊山地の霊場と参詣道」が世界遺産に登録されたことを記念して、NHK教育テレビが「日本人が知らない日本へ ──熊野古道──」という番組を放映した際に出演して、英語で世界に紹介してくれた。

　番組の中では、道端のお墓が熊野古道に巡礼に来て倒れた方の無縁墓であることや、「だる」についても語られていたそうである。突然に疲労困憊する「だる」になったときのために、お弁当を全部食べることはせずご飯粒だけでも残しておくといいといわれている。糖分が欠乏して走れなくなるマラソン選手を彷彿とさせる。

　ところで、世界遺産登録直後、近隣住民から登録に対する抗議運動が燃え上がったことがある。熊野古道が通る八鬼山の麓のヒノキ等の大木に、どぎ

つい赤や白のペンキで「世界遺産反対」などと抗議文が書かれていたという。地元住民が、先祖代々、山菜をとり、林業を営み、狩猟をする場であったが、熊野市は、「熊野古道」という名前を使用して、世界遺産登録に向けて動き出した際に、増えるであろう観光客に配慮して、街道沿いの八鬼山での狩猟を禁止した。それにより、住民は獣の食害に苦しむことになる。さらに2001年には、古道の両側50mを「尾鷲市景観保護条例」でバッファゾーン（緩衝地帯）に指定した。これにより、住民の山菜とりや林業も実質禁止された。行政が住民に同意を求めなかったことに問題があったとされるが、この行政の説明不足を補い、熊野古道の世界的価値を、外部だけではなく、関係住民にも理解してもらうために、ニコルさんは協力したのだと思う。

　C.Wニコルさんは1940年生まれであり、母親はイングランドに憧れたウェールズ人、実の父はノルマン系イングランド人の軍人であったが、母の再婚相手である海軍士官ジェームス・ネルソン・ニコルの養子となってニコル姓を継いだ。小学校時代には病弱で体も小さかったために同級生に苛烈ないじめを受けて傷害事件を起こしたことなどから、格闘競技に興味をもつようになったといわれる。17歳で極地探検を行っているが、数次にわたる極地探検でカナダのイヌイットと一緒に暮らすなど交流の経験を繰り返した後、エチオピアで野生動物保護省の狩猟区管理官、再びカナダで水産調査局や環境保護局での技官などを歴任した。1962年に空手道を学ぶために来日、1995年に日本への帰化を果たしている。日本陸軍によってシンガポールで実父を処刑されたという恩讐を超越されてのことである。

　私たち日本人は、この見事な自由人に学ぶべきことは多いと思う。

17 多重債務者の自殺

　彼岸花は盛りを過ぎて、あちらこちらで、色あせた集団の姿を見せているが、いまだ葉は出ていない。いつ頃見られるのであろうか。

　かつて、弁護士は背中に死者を負いながら仕事をするのだと記した。事実を正確に記すと守秘義務に抵触するが、抽象化しすぎると今度は私の思いを正しく理解してもらえないと思う。そこで、このテーマに関する限りは、フィクションを交えることを許していただきたいと思う。

　私のように、倒産関連の仕事を多く処理していると、事件処理中に債務者の死亡に出会うことがある。特に、私は、昭和50年代半ば頃からの一般市民の多重債務者問題にかかわってきたので、それに伴うつらい記憶がある。

　多重債務を苦にして自殺された債務者の遺族が、サラ金等から死亡診断書の提出を求められるようなことがある。しかし、私は、その種の申出に応じたことはない。サラ金は、債務者の死亡による保険金を保険会社から受領するために、死亡診断書を使用するのである。私は、死者の無念を思い、金輪際出さない。

　サラ金は、多重債務者の借入状況を業界の情報ネットで知り尽くしながら、取引をしているのであり、多重債務者の経済破たんが自殺に結びつかないように、業界全体で自主規制することもできたはずである。しかし、生命保険金で回収することを予定して過剰債務を負わせ、高収益をあげてきた。挙句の果て、不良金融業者に至っては、多重債務者からではなく保険金から回収しようとして、債務者を精神的に追いつめ、自殺させようとすることさえあった。

　彼らの死亡診断書の提供申出を拒否すると、「それでも弁護士か」と悪態をつかれることもあるが、むかっとして答える。「弁護士に電話してきたん

だろう。何言うとんのや」と。

さらにヤミ金に至っては、死亡した債務者の家族に対して債務返済を求める電話をかけ、弁護士が受任を告知しても嫌がらせをやめない。それに対しては、ヤミ金が根をあげるまで、弁護士のほうからヤミ金に電話をし、当該電話を業務に使わせなくするしかない。逆嫌がらせである。

「わしら零細業者は、相続放棄といわれても困るんや。先生払うてくれるんか。誰に請求したらええのか」という電話には、「どうしても請求したいのやったら、天国に請求に行ったらどうなんや」と。「死ねとでも言うんか。それでも弁護士か」、「ああ、弁護士や。とにかく、Bさんには電話するな」。相手が、「ガチャーン」と電話を切っても、こちらから電話をする。「こちらのほうは話は終わってへん。Bさんには電話をせんと約束せえ」。要は、我慢大会である。もちろん、依頼者には、相手方から電話がかかってきても、電話シャットアウトの機能を利用して電話に出ないようにすすめており、ヤミ金をして、これ以上回収を図ろうとしても時間が無駄なだけだと理解させることができれば、一件落着する。

しかし、ヤミ金対応はそれで終わっても、自殺した債務者は帰ってこない。

そして、家族はその後の人生をその家族を失ったまま送らなければならない。惨めな自殺死体を目にした記憶は家族にPTSDを患わせたり、自殺を防ぎ得なかったという思いが家族の心を責めさいなみ、円滑な日常生活を送るうえでの妨げになることもある。傍で見ているのはつらい。

事前に相談を受けられず、債務者の自殺を阻止できなかったときは、とりわけ無念である。

18 寺ヶ池の築造など

2012年10月7日（日）

　家族3人と愛犬レモンとの朝の散歩の際に寺ヶ池公園に出掛けることがあるが、その中心にあるのが河内長野市内最大の溜池の寺ヶ池である。江戸時代に、もともと赤峯台地の上にあった小さな池を、地元の庄屋中村与次兵衛が荒地開墾の一環としてつくり変えたものである。池の東西に山が迫っている地形を利用して、池の南北2カ所に堤をつくって、大きな溜池にした。寺ヶ池には自然の川が直接流れ込むことはなく、遠く南に8.5km離れた滝畑村で石川から取水し、長い水路を経由して取り込んでいる。こうして農業用水を確保したうえで、1649年には新田開発も始まっている。古来、水路変更や溜池工事のために、農地が川底、池底になった農民に対する替地の提供の行われ方はさまざまである。大阪では有名な大和川の付替工事と鴻池新田等の開発に際しては、失地に対する保護に薄く、大きな騒動が起きている。

　しかし、寺ヶ池の付替工事に際しては、十分な替地が与えられたようで、地域によっては、3割増しの広さの土地をもらったという。一帯の米収量も100倍に増加したという。発起人の中村与次兵衛も土地をもらい、市村新田に移り住んだが、1652年には、膳所藩の河内郷代官に任命されて、その地方の支配にも貢献したという。

　本日は、京都市左京区岡崎公園内にある「みやこめっせ」で開催されている「石ふしぎ大発見展」に、妻と一緒に出掛けた。

　京都には、地学では著名な故益富寿之助博士によって設立された公益財団法人益富地学会館があるが、それが母体となっている「石ふしぎ発見展実行委員会」が主催するもので、主な行事は、講演会と、約200の業者が集まる石の展示即売会である。同様の催しは大阪にもあり、春は大阪会場、秋は京都会場で、それぞれ行われている。

化石の展示即売が始まる午前10時に会場に到着した。目当ては、まず、毎年５月の河内長野市民祭りの時に、子どもたちを相手に開いている模擬店の商品の仕入れである。子どもの注意を引くような化石に出遭うことは少ないが、今日はなかなかの収穫であった。

　最初は、米国のユタ州の三葉虫パラノプシスで、カンブリア紀に生息したものである。

　次いで、真っ二つに割って方解石で埋まった断面を磨きあげたデスモセラス科と思われるマダガスカルのアンモナイトや、よく発達した肋の上に、たくさんの角があるマンテリセラス属と思われる推定モロッコのアンモナイトも購入した。いずれも、中生代白亜紀の化石。

　面白かったのは、第三紀鮮新世のウニ化石「デンドラステル」。10cm弱の大きさの推定カシパンウニの仲間であるが、先ほどまで９個3500円で売られていたのが、ちょうど店の前を通りかかったら、1000円に値下げになったばかりであった。私はウニ化石が好きであるが、模擬店では普段売れない。しかし、１個約100円ならどうかと思って買い求めたが、帰って調べると商品が２段に並べられていて、結局18個1000円で仕入れたわけである。自分用には、米国のイリノイ州にある有名な化石産地メゾンクリークから出た石炭紀後期の甲殻類の化石を購入した。

　いつも模擬店の販売を手伝ってもらい、毎回化石展にも同道してもらう妻に感謝して、帰りには美味しい物を一緒に食べるのが習慣である。この日は、京都祇園随一の老舗鰻屋「梅の井」に出掛けた。開店して間もなく100年を迎えようとしている老舗で、鰻は、蒲焼を江戸風に蒸していて柔らかく、食べやすい。名物の錦糸卵を上にかぶせた鰻丼と、鰻の白焼きのほか、関西では珍しい鯉の洗いを注文し、１日の成果に乾杯をした。

19 山中伸弥教授へのノーベル賞授与

　スウェーデンのカロリンスカ研究所は8日、2012年のノーベル医学・生理学賞を、京都大学の山中伸弥教授（50歳）と英ケンブリッジ大学のジョン・ガードン教授の2氏に授与すると発表した。iPS細胞（人工多能性幹細胞）を開発した功績が評価されたものである。授賞式は12月10日にストックホルムで行われる。

　iPS細胞は、あらゆる細胞に分化する能力をもつ万能細胞の一種である。患者の体細胞からiPS細胞を作成し、さらに神経や肝臓、心臓などの各種組織細胞に分化させ、それぞれの組織での病気のメカニズムや治療方法を研究したり、特定の薬剤の耐性や効能等を総合的に検証することができる。

　ノーベル賞は、研究の成果が明白で揺るがないものとなってから付与されるため、研究結果を発表してから受賞までの期間はとても長いのが通例であるが、山中教授の研究は極めて異例のスピード受賞である。それは研究の重要性が非常に大きいためのようである。iPS細胞の名は、山中教授自身が、当時世界的に大流行していた米アップル社の携帯音楽プレーヤーの「iPod」のように普及してほしいとの願いを込めて命名したものである。

　遺伝子疾患の種類には、①染色体の数の変化、②特定の遺伝子部分の重複、③遺伝子の突然変異、④特定の遺伝子の欠損、⑤その他、遺伝子にかかわる理由より不利とされる形質を発現するものがあるとされている。

　ここにいう遺伝子には、ヒトの細胞核の中の遺伝子と、細胞内のミトコンドリアの中の遺伝子とがある。

　細胞核の遺伝子に関連する疾患としては、各種自己免疫疾患があげられる。全身性エリテマトーデス、膠原病、Ⅰ型糖尿病、多発性硬化症等さまざまなものがある。筋無力症やがんもあげることができる。ある正常な遺伝子

が修飾を受けて発現・構造・機能に異常をきたし、その結果、正常細胞のがん化を引き起こすことが知られており、この時、修飾を受ける前の遺伝子はがん原遺伝子とよばれている。

　ミトコンドリアの遺伝子に関連する疾患は、細胞の自殺（アポトーシス）と関連している。慢性進行性外眼筋麻痺症候群（CPEO）、赤色ぼろ線維・ミオクローヌスてんかん症候群（MERRF）等が主なものといわれている。

　かつて、進化論によって、こうした遺伝子異常は突然変異によると考えられてきたが、フランク・ライアン著（夏目大訳）『破壊する創造者』（2011年・早川書房刊）は、ウィルス共生によっても引き起こされているという。たとえば、自己免疫疾患については、「ウィルスが宿主であるヒトの抗原とはならないように擬態するために、各遺伝子に変異をもたらす結果、免疫システムが自らの組織を損傷させてしまう」と説明する。山中教授のiPS細胞は、これらすべての遺伝子疾患の研究に役立つ可能性を秘めており、その成果を待ちわびつつ、病魔と闘っている人がたくさんおられるわけである。

　ところで、iPS細胞のすばらしさは、研究のために利用できるだけではなく、治療にも役立てられることにもある。皮膚移植や角膜移植のために、患者自身からとった細胞をいったんiPS細胞化したうえで、表皮や角膜細胞に分化させ、培養のうえ移植に用いることが可能となる。

　さらに、将来的には、特定の遺伝子が引き起こす病気の治療のために、iPS細胞から正常な遺伝子をもつ細胞を作成し、これを患者に与えて増殖させ、病変の原因となった細胞と置き換えることができれば、極めてすばらしいことである。

2012年10月9日（火）

20 帰国子女の司法試験合格

　本年の新司法試験に見事合格した京都産業大学大学院法務研究科の教え子のＩさんが、今日から２日間私の事務所に来ることになっていた。法学と実務の架橋ということで、法科大学院では、過去の研修所教育における前期研修レベルの教育を済ませておくことになっている。そこで、もし不十分な点があれば補充して指導するという意味で、修習前研修を行うことにしたのである。

　午前９時過ぎから、老人専用アパートを経営し、建物の一部を訪問介護業者に賃貸しているオーナーと、建物について消防署から施設改善の指導を受けたことによる改善工事の予算や内容、負担に関する賃借人との今後の交渉の方針、家主負担分の資金調達の方法等について総合的な相談に応じることになっていたのでそれに立ち会ってもらった。

　そのうえで、刑事事件の起訴がなされた直後に準備する保釈申請書、裁判の審理が終了する時に準備する弁論要旨、民事事件の訴えを提起する際に作成する訴状、家事調停を申し立てる際に作成する家事調停申立書をそれぞれ作成する課題を与え、挑戦してもらった。

　Ｉさんはもともと優秀でファイトもあるので、１日や２日の勉強をしなくても、修習の成績が変動することもないことはわかっていたので、法曹としての将来の夢を聞き、弁護士業界の実情を話したり、職探しの方法をアドバイスする等、さまざまな対話をした。

　その中で、Ｉさんは、合格体験記が新聞紙面に掲載されたことを報告してくれ、その写しをもらった。それには、「京都産業大学の法科大学院では、新司法試験が始まった2006年以降、22人の合格者を出している。40～50代も少なくない」と、京都産業大学大学院法務研究科が司法改革の本来の趣旨に

20 帰国子女の司法試験合格

沿って努力してきたことが、あわせて紹介されていた。

Iさんは、松山市出身で愛媛大学教育学部を卒業し、27歳で中小企業向けITコンサルタント会社を起業、以来仕事一筋であったが、41歳の時に仕事のしすぎで背中の神経を痛め、歩行困難となり、会社を退社。

折から、新司法試験が始まった頃で、幅広い分野の人材を集めて法律家を増やそうという狙いがあることを知り、社会人の合格実績が強みの京都産業大学大学院の法務研究科に43歳で入学したという。

そして、卒業後初めての司法試験を昨年受けたが不合格、2回目の今年晴れて合格したものである。全体の合格率25.1％、合格者の平均年齢28.54歳であるが、Iさんは47歳である。

Iさんに聞くと、Iさん自身は帰国子女で英語も堪能であり、ITコンサルタントとして中国等海外での業務も遂行した経験もあり、その意味では、さまざまな国の文化や思考方法の違いなどに通じ、それぞれに対して違和感はないようである。そして、これまでの経験を活かせるような弁護士をめざしたいという。

新司法試験合格者の就職難が叫ばれており、確かに、有名法科大学院を卒業した若年の合格者は別として、それ以外の法科大学院の卒業生や高齢者は、せっかく合格しても就職難である。私は、Iさんについても、実はその点を心配していた。

しかし、人生はめぐり合わせであり、社会生活における経験値の高い人は、おのずから、さまざまな人との間に人間関係を形成していく知恵を同時に備えるに至っているはずである。Iさんの場合には、その知恵が十分に職探しに役立つだろうと、私には確信できた。Iさんの今後の活躍が楽しみである。

21 金融資本のための経済構造の修正

　本日は国際ガールズデーであるが、先日のパキスタンのタリバーンによる女子学生襲撃事件やインドで多発する女性強姦事件等は、世界における女性の人権問題の深刻さを物語っている。

　さて、中谷巌の『資本主義以後の世界』（2012年・徳間書店刊）によると、資本主義は、貨幣、土地、労働を商品化することによって発展したが、それがゆえに根源的な弊害を抱えているという。

　貨幣の商品化がバブルを生む。すなわち、グローバル資本の国境を越えた移動が世界経済を不安定化させるとともに、急激かつ巨額の資本の移動がバブルの発生とその崩壊を生み出し、絶えざる金融危機を生起させる。また、土地の商品化が環境破壊を生む。あくなき資本増殖のために、自然の搾取が行われ、地球環境の汚染や破壊を加速させる。そして、労働の商品化が労働の疎外と格差を生む。グローバル競争の結果、富の偏在が進み、多くの国において中流階級が消失し、社会の二極化現象が起こる（1％の富裕層と99％の貧困層）。

　本書によると、欧米資本主義は、スペインによる中南米からの財宝の収奪を、その発展のスプリング・ボードとしたという。この富を海賊行為で奪った大英帝国が、北米大陸への入植とアフリカの奴隷売買とに支えられた三角貿易による巨額の利益をもって、いち早く産業革命に着手できたのだという。そして、中南米から始まった収奪は、全世界の植民地化競争に発展し、財宝の収奪は、植民地の資源や労働の収奪に変わったが、それも結局、第二次世界大戦後の相次ぐ植民地の独立で、終焉を迎えつつある。

　戦後は、後進国との資源の交易条件が悪化する中で、資本主義経済が発達した先進国家の企業は、後進国に進出して、安価な労働力等を利用してきた

が、後進国の経済発展とともに競業関係が発生し、先進資本主義諸国の経済が低迷するようになった。

そのような中で、米国は、1980年頃から、金融工学を駆使した高度金融商品を開発し、これを世界中で販売することで、諸外国が対米輸出で稼いだドルを再び吸い上げる資金還流システムを築き上げた。米国がわが国に構造改革という名の下に、経済活動、特に資本の移動の自由化を強く求めるようになったのは、金融商品の取引をより容易なものにするためであった。しかし、金融商品の取引は実体のある経済取引といえる代物ではないだけに、金融商品を取扱うプレーヤーの破綻は、その市場を一挙に縮小させてしまうリスクを内在していた。

2008年9月のリーマン・ショックは、このリスクが顕在化したものであり、その後、世界の金融取引の規模は、最盛期の2分の1程度に縮小しているとみられている。ムーディーズやスタンダード＆プアーズが付けていた信用格付けは、いったい何だったのであろうか。

その後、ギリシャ、スペイン、イタリアの財政赤字の深刻化を理由として、それらの国債に対し、信用格付会社が相次いで格付けを下げ、ユーロの危機が訪れたが、その際、ユーロ危機による銀行倒産の嵐の中での利潤確保を狙ったり、ユーロそのものの崩壊に伴う利潤を狙っていた金融資本もあったと私は疑っている。しかし、その後のユーロ圏の対応は見事である。とりわけ欧州中央銀行の動きをみていると、この金融資本の動きを牽制しながら、欧州安定メカニズムを構築しようとする理性が十分に機能しているように思われる。

そうすると、問題はむしろわが国の経済のほうである。国際金融資本から強制された構造改革がわが国の経済を弱体化させてしまった現状を直視し、構造の修正が喫緊の課題となっているのではないか。国際金融資本を牽制しながら、わが国の経済を守っていく知恵が求められている。

［追記］2013年2月4日の日本経済新聞は、米司法省が提訴した訴訟でスタンダード＆プアーズが計15億ドルで和解したと報道している。

22 ある事業家の自殺

　最低気温も摂氏10度程度に下がってきた。朝の散歩にも、チョッキが必要となってきた。
　さて、弁護士の仕事の中には遺産の整理があるが、今日は、そのような仕事の中で特に忘れられない事件を紹介しておきたいと思う。
　経済活動に破綻した人の中には、自らがこの世と別れる代わりに、最愛の家族には財産を残しておこうと考える人がいる。そのような場合の後始末をしていていつも思うのは、「家族にとって、資産と、自分といずれが大切なのか？」と一度でも自問自答したことがあるのだろうかということである。経済的苦労には、生活保護レベルという最低線がある。家族を失うという打撃は、経済面だけにとどまらないさまざまな精神面の苦労を、家族に強いることになるのである。
　ある事業家は極めて詳細な遺書を残して連絡船から入水した。そのことがすぐにわかるように、脱いだ靴もデッキに揃えてあった。自殺を証明するための遺書のほかに、家族に対して遺産の処理に関する詳細な指示を与えるメモも残していた。死亡確認後家族に支払われる生命保険金の明細と、それを原資として返済すべき債務の明細と、返済の順序等が書かれてあった。事業借入金は多かったが、指定されたとおりに処理すると、確かに、妻が今後働かなくても十分生活できる程度の財産は残ることになっていた。すでに、子どもたちは独立していた。
　ところが、死体が浮かんでこなかったために、死亡診断書等が出ず、保険金が下りなかった。生命保険金が下りない限り、当座の生活資金以上の現金は残されていなかったので、次々と到来するたくさんの債務の履行期に支払いをする原資がない。亡くなった本人は、不動産担保借入金を生命保険金で

完済することを予定していたが、債権者が担保を実行し、それに伴って保険契約も解約されて返戻金まで債権に充当されると、その後、死体が発見されても、もはや保険金は下りないと考えられた。

そのため、相続人は、相続放棄することを視野におく必要さえ出てきた。弁護士の仕事には死体探しは含まれないが、私は、債権者に対して、相続人から相続に関する相談を受任していると通知し、債務の全貌の調査を開始するとともに、債権者に担保権の実行を可能な限り猶予してもらうための交渉に着手した。

そして、その間、奥様と、すでに結婚していた息子さんとは、死体探しに専念することになった。A海峡で死体があがるたびに、現地の警察からの連絡を受けて飛んだが、いっこうに父親の死体はあがらなかった。警察から連絡があるつど息子さんから連絡を受けた私は、今度こそ父親の死体であることを願った。お2人はたくさんの死体と対面された。腐乱死体もあったかと思う。そのつらい経験については私にも語らなかったが、お2人の気持は察して余りある。

そうした挙句、私は、現地に飛んだ息子さんから電話で緊急の相談を受けた。「死体があがったとの連絡を受けて現地にいるが、ただの肉塊で、人間のものか、動物のものかすらわからない。いったい、どうすればよいか」と。咄嗟に思いついたのが、「警察官に、これまでの苦労話を、正直にありのまま話したうえで、お父さんとして引き取りたいと申し出てみればどうか」という言葉であった。無事、死体検案書をもらえたようである。

しかし、これには後日談がある。息子の妻が、たびたび遺体捜索のためA海峡を訪れた夫と母親の心の絆に対してやきもちを焼き、嫁と姑との仲が気まずくなったのである。賢明な夫は、私の忠告を聞き入れて、常に妻の側に立つようにしてくれたが、その後の母親のほうの余生は寂しかったものと思う。

23 マイナリ受刑者の再審

桜紅葉の季節が訪れたが、紅葉とは名ばかりで、樹の上で茶色に枯れて一斉に落ちる年も多い。緑の葉の中に鮮やかな赤色をまとう葉が混じり、それが次第に樹全体に広がっていき、真紅に燃えあがる美しさで感動させてくれる。そんな桜紅葉が見られる年は稀である。今年も不作である。

最近のニュースでは、東電女性殺害事件のマイナリ受刑者の再審事件で、検察側が無罪の主張をすることを検討しているという。冤罪と信じている私としては、もちろん異論はないが、実は、私が裁判官であったはるか昔、検察官は、刑事訴追した以上、無罪主張をすることはないといわれていた。裁判所の訴訟指揮によって、検察官申請証拠が採用されないことによって、有罪を立証する証拠が法廷に顕出できなかったときでも、論告放棄がなされるのが通例であったと思う。

しかも、再審事件の審理開始に先立ち、2012年6月7日東京高裁が再審開始を決定したが、検察官は即日異議申立てに及び、同年7月31日に棄却されている。それから、ふた月ほどの間に何があったのであろうか。

私は『弁護士日記秋桜』の中で、今日刑事司法は死んでいると書いたが、闇のかなたに、いまだ輝いている希望の光がないわけではないのかも知れない。

（以下、後日知り得た事柄をもとに改筆する。2013年9月15日）

再審開始決定は、被害者の膣内・外陰部等から採取されていた試料と、被害者の右乳房付近から採取されていた試料とから、マイナリ受刑者以外の同一人物の精液と唾液とが検出され、被害者のコート左肩血痕部からも、被害者の血痕とともに、その人物の血痕が検出されたとする鑑定書を新証拠として認めたものであった。そして、この鑑定書は、検察官が、再審申立てを受

けた東京高裁の強いすすめによって、自ら鈴木廣一大阪医科大学教授に委嘱して実施したものである。

石田省三郎著『東電女性殺害事件弁護留書』（2013年・書肆アルス刊）によると、もともと、2001年4月14日東京地裁が無罪判決を宣告したのに対し、2003年12月22日東京高裁が逆転有罪判決を宣告した最大の理由は、事件当時「被害者と被告人以外の男が犯行現場となった部屋を使用することは、およそ考えがたいこと」にあったと理解できるが、そうであれば、この鑑定書は高裁の逆転有罪判決の根拠をたちまちのうちに覆したことになる。

前掲書には、この新証拠を待つまでもなく、最初の有罪判決、そして2003年10月20日に被告人の上告を棄却した最高裁判決において、「疑わしきは被告人の利益に」という刑事訴訟法の大原則が守られていれば、被告人は無罪しかあり得なかったことが、見事に論証されている。だからこそ、いちはやくこの事件に関心を抱いた佐野眞一は、一審の無罪判決に安心して、冤罪だと確信するに至った推理の道筋を、『東電ＯＬ殺人事件』（2003年・新潮出版刊）として発表しているのである。

佐野洋著『「小の虫」の怒り』（1993年・新日本出版社刊）によると、海外のミステリーには、「被告が有罪と思いますか」と問われて、「さあ、まだわかりません」と答えた者が、無罪推定という英米法の原則を理解できていないとして、陪審員から排除される場面を描いたものがあるそうである。

しかし、それにしても、被害者の体や着衣の各部から採取した試料を鑑定することなく、最後の接触者をマイナリ受刑者と断じて訴追し、また、弁護人の一貫した開示請求にもかかわらず、試料の存在を秘匿し続け、その結果として、15年の長きにわたって拘束を続けた検察官、およびこれに加担した裁判官の行為は、特別公務員職権乱用罪に該当しないのであろうか。

24 紛争解決センターの実績

　かつて、シャロン株式会社の会社更生事件の管財人となった際に、主要３事業の一つである「シャロン」という名前で展開していたレストラン事業を売却しようと企てたが、外部には事業譲受希望者をみつけることができなかった。

　当初は、①ステーキを客の前の大きな鉄板で焼くことを通じて、客の好みと食事のタイミングを合わせ、食材の魅力を最大限に活かす、②その際、調理人と客との間で洗練された会話を楽しんでもらう、③それでいて値段は、一流ホテルのステーキハウスの半額程度というビジネスモデルには、それなりの普遍性と発展の可能性があると考えて、事業売却のためのファイナンシャルアドバイザーを採用した。当時、家族の慶事には来店してくれるような熱心な顧客もいたのである。

　しかし、このビジネスモデルは、事業譲受をしなくても、簡単に真似をすることができるし、ほとんどの店舗が老朽化し、「シャロン」という名前も新鮮さと知名度とを失いつつあった。そのため、不採算店を閉めて、採算店は店長自身に受皿づくりの努力をしてもらうことになった。

　そうした中で、当時福島空港の「シャロン」店の店長をしておられるのがＥさんである。そのＥさんから突然電話があり、受話器から懐かしい声が飛び込んできた。しかし、話の内容は深刻であった。売上は、福島原発事故の影響で60％程度に落ち、経営が極度に悪化している。地元の各種相談機関からは、原子力損害賠償紛争解決センター（以下、「紛争解決センター」という）の利用をすすめられるが、まわりの被災者から聞いても、希望するような解決は全く期待できない状態にあるという。大阪から行っても良い知恵はないと思われたが、それでもよいというので、近く福島空港を訪ねること

にした。

　なお、紛争解決センターは、今般の東京電力株式会社（以下、「東京電力」という）の福島第一、第二原子力発電所事故を受け、原子力損害の賠償に関する法律に基づき、文部科学省の原子力損害賠償紛争審査会（以下、「審査会」という）のもとに設置され円滑、迅速、かつ公正に紛争を解決することを目的として設置された公的な紛争解決機関である。委員は、文部科学省のほか、法務省、裁判所、日本弁護士連合会出身の専門家らにより構成されており、紛争解決センターは、被害者の申立てにより、弁護士の仲介委員らが原子力損害の賠償に係る紛争について和解の仲介手続を行い、当事者間の合意形成を後押しすることで紛争の解決をめざしているものである。

[追記]2012年10月21日の毎日新聞の東京朝刊では、開設から1年、同月12日現在で4198件あった申立てのうち約2割の722件が成立したにとどまり、解決目標期間の3カ月ではなく実際は平均7カ月かかっているという。手続が遅れた影響でやむを得ず申立てを取り下げる被害者もいて、機能不全に陥っているのが現状のようである。

　その要因について、2012年5月24日の河北新報は、東京電力が、独自の賠償基準にこだわって多くの論点で認否を留保したり、否認したりする答弁書を提出することにより、審理の空転や遅延につながっていると報道している。「先に変えられるのはマンパワーだ」との考えから、日本弁護士連合会は4月、調査官を倍増するよう国に要望し、若干の増強はされたものの、紛争解決センターは体制強化に対して消極的である。

　そもそも裁判制度があるのに、原子力行政の責任を負担する文部科学省が設立した機関で、東京電力と被害者との法律問題の調整を行うという制度設計自体がまやかしではなかろうか。

> 2012年10月19日（金）

25 個人版私的整理のガイドライン

　長い間楽しませてくれた庭のプランターに植えられたミニトウガラシの実も、次第に瑞々しい艶を失い、心なしか色がくすんできたように思う。

　東日本大震災の被害を契機として作成された個人債務者の私的整理に関するガイドライン（以下、「個人版私的整理ガイドライン」という）は、東日本大震災の影響により、震災前の債務の返済が困難となった個人が利用することによって、一定の要件のもと、債務の免除を受けられるというものである。保証人の責任も、その生活実態等を考慮して減免できるとする。

　ガイドラインの内容自体は素晴らしいが、一般社団法人個人版私的整理ガイドライン運営委員会の発表では、2011年8月22日から本日までの実績は、個別相談が3052件、登録専門家の紹介を受けて整理開始の申出の準備中のものが459件、整理開始されて手続進行中のものが835件、債務整理が成立したものが100件にすぎない。当初数万件の利用が予想されたことに照らせば、ほとんど機能していないというべきである。

　その遠因は、このガイドラインのもととなった「私的整理に関するガイドライン」の生立ちにある。「私的整理に関するガイドライン」は、バブル崩壊後の不況の中で、銀行の不良債権と企業の過剰債務問題の解決の手段として、銀行と官僚および一部の倒産専門弁護士、そして経済界の一部とが、私的な研究会を組織して作成し、2001年9月19日公表したのである。倒産実務家国際協会（INSOLインターナショナル）が、各国における私的整理について採用を提言した8原則を参考にしてつくられたが、その前身は、1920年代から企業の再建にかかわってきたイングランド中央銀行の経験をもとに1980年代の後半にできあがった準則の「ロンドン・アプローチ」である。

　したがって、本来、このガイドラインは、わが国の種々の私的整理の準則

として活用され、発展させられるべきであった。しかし、ガイドラインによる私的整理の普及への金融機関からの警戒もあってメインバンクの協力がなければ手続に入れないこととされたばかりか、手続遂行のために選任できるものとされているアドバイザー候補者が一部の特定弁護士に限定され、研究会の思惑を超えて、この手続を普及、発展させようとする一部法曹の努力にも妨害が加えられ、その結果として、世間に認知される手続にはなり得ていない。

　「個人版私的整理ガイドライン」を成功させるためには、特別なアドバイザーではなく、被災地の弁護士等が、現地の個人債務者の生活実態にあわせて、運用の工夫を加えていけるようなしくみにすべきであった。しかし、実際には、「個人版私的整理ガイドライン運営委員会」なる第三者機関の関与のもとでの手続となっている。同委員会は、本年1月、整理に際して債務者の手元に残す現金について、「500万円を許容する」としたことは評価できるとしても、このことに象徴されるように、硬直的な運用に固執し、個々の事件の当事者に具体的な事情に応じて判断させるような柔軟な手続にはしようとしていない。

[追記] 宮古市の弁護士の小口幸人氏は、東日本大震災から2年目を迎えた2013年3月11日の現地の新聞に、制度の運用について、「住宅ローンを利用して建てた自宅が被災した被災者は、自宅再建のためには二重にローンを組まなければならないが、多くの人は、新しいローンを返済する資力には乏しい。被災者の債務の減免を図るために、2011年8月に、1万～2万の利用者を見込んで、個人版私的整理ガイドラインの運用が開始されたが、現在までに実現した債務の減免は300件に過ぎず、二重ローン問題の解決には役立っていない」旨を報告している。

2012年10月21日（日）

26 なんどき屋と甥の結婚式

　昨日は、顧問会社の社長が経営する大山山麓のゴルフ場でプレーをし、その日のうちに米子空港から羽田に飛んだ。モノレールで浜松町駅に、山手線で神田駅に出て、ビジネスホテルの「神田シティホテル」には、午後6時30分頃到着。

　夕食は、司法修習生時代からかれこれ40年以上利用している、新橋駅近くの「なんどき屋」で懐かしい一時を過ごそうと考えていたが、訪れてみると閉まっていた。

　この店は、牛丼の美味しい店である。吉野家のように肉とタマネギだけというのではなく、シラタキと豆腐とが入っており、子どもの頃、すき焼きの後につくってもらった汁掛御飯を思い出させる懐かしい味であることと、焼魚その他大衆的な肴も手早く調理してくれること、開店時間が午後の比較的早い時間であること等から、法曹になってからもしばしば利用してきた。

　私がファンになった最大の理由は、カウンター越しの小さな調理スペースの上の壁に飾られた、初代の大将の見事な口上書がはめ込まれた額にある。「毎度有り難う御座います　喰べ歩き店主三十年の経験を生かし　安い単価で　然も江戸前な美味しい味を　気分よく召上って戴きたくと存じ　日夜努力致しております　何卒末永く御ひいき賜ります様　伏してお願い申し上げます　尚御気付きの点は　何卒皆様御指導賜ります様　重ねてお願い申し上げます」文字も洒脱であり、それに惚れて通い詰めたのである。

　年月の経過とともに、調理の煙であちらこちらが煤けてきたが、額がはずされることはなく、そのうち、大将は引退し、やがてその嫁が店に立つようになったが、商う料理には変わりがなかった。一時は、新橋商店街にさらに2店同名の店が開店し、隆盛の気配がして嬉しかった。

26　なんどき屋と甥の結婚式

　新橋商店街の別の店舗にも向かって、本店の様子を尋ねたが、今や本店とは経営者も違うし、本店がどうなっているかも知らないということであった。

　翌朝は、午前10時頃ホテルをチェックアウトし、八重洲ブックセンターへ行く。『弁護士日記秋桜』が陳列されていることを確かめたうえ、自然科学関係の売り場に行き、山中伸弥教授関係の本を買い求めた。

　そのうえで、甥の結婚式場であるＲホテルに向かう。先に到着し、借りた色留袖の着付けをしてもらっている妻が、着付室の受付に預けてくれていた礼服を受け取って、着替えをする。午前11時30分頃親族控室に入り、皆が揃うのを待つ。桜茶を出されて、久しぶりにその味を楽しむうちに、三々五々、新郎の家族も集まってくる。新郎・新婦は、すでに同居生活が長く、子どももいる。その子どもは、自分の母親が着飾り、喜びを全身に表し、緊張もしている等、いつもと違う様子であることを敏感に感じ取り、次第に興奮気味となる。新婦の母親や姉が、一生懸命あやしている姿も微笑ましい。

　披露宴が午後２時からであるため、新婦の母親が、おこわのおむすびと食べやすく割いた胡瓜の浅漬けとを、新郎側にも準備して下さったので、早速食す。

　午後０時30分親族紹介の後、結婚式、午後１時写真撮影、午後２時披露宴開宴。私も挨拶を頼まれていたが、開宴直後の１番バッターであるとは思っていなかった。

　新郎新婦ともに、親しい友人だけを呼んでいて、お義理で招かれ、参加したような人はおらず、終始和やかで楽しい一時であったし、食事も美味しくて、酒が進んだ。おめでとう。

　[追記]　日記を記した時は、私の青春の記憶が１つ消滅したような寂しさを感じたが、少し前から、終業時刻を午後６時30分に変更したものの、昼間は営業を続けていることを、後日確認できたときは、嬉しかった。しかしながら、永年常宿としてきた「神田シティホテル」はその後閉館された。

27 イタリアで地震学者に実刑判決

　昨日の22日、イタリアの地裁は、同国中部ラクイラ市で2009年に起きた地震の「安全宣言」をめぐり、地震学者らが訴えられた裁判で、被告人らに禁固6年の実刑判決を言い渡したと報道されている。

　ラクイラ市は、もともと地震の多発地域であり、2008年から群発地震に見舞われていて、市民の不安が高まっていたところへ、民間科学者が地中から出るラドンガスの計測値を根拠に、インターネット上に「大地震が起きる」と公表した。

　イタリア政府内で防災を担当する国家市民保護局は、事態を鎮静化する目的で、2009年3月31日、地震学者を集めて「大規模リスク予知・予防委員会」を開催して、その閉会後に、同局の担当者が、記者会見して「安全宣言」を出した。

　その6日後に、マグニチュード6.3の地震が発生し、300人以上が死亡し、遺族らは、リスクを正しく伝えず、「安全宣言」を出したことが被害を拡大したとして、市民保護局幹部と、地震学者ら7人を告発していたものである。日本でいえば、気象庁長官と、地震防災対策強化地域判定会の会長が実刑判決を受けたに等しいことになるという。

　科学と政治との関係についての重要な問題をはらむ事件であるが、わが国の防災責任者の間では、判決を不当とする向きが有力のようである。

　わが国の地震防災対策強化地域判定会会長は、「驚いた」として意外感を隠さず、日本地震学会会長は、「研究者は自由にものが言えなくなるか、科学的根拠を欠く意見を表明することになりかねない」と批判し、気象庁の地震予知情報課長は、「警戒宣言にかかわる判断についての結果責任が判定会の先生方に及ばないようにしたい」と述べている。

しかし、わが国でも、東京電力福島第一原子力発電所の事故で旧原子力安全委員会の委員長が業務上過失致死傷罪で訴えられているほか、震災からの復旧の過程での委員会と行政機関の言動が、今後も、厳しく糾弾されていく可能性は決して低くないと、私は思う。

　ラクイラ・ケースでも、ラドンガスが地震の前兆となる科学的根拠は乏しいとされるが、ラドンガスと地震との間に関係のないことが明確となった場合ではない限り、それは、「安全宣言」の根拠となり得ない。しかも、群発地震が起こっていたのであるから、それと地震とが無関係であると断定できる根拠がない限り、「安全宣言」できるわけがない。もし、「安全宣言」がなければ、群発地震の不安から、脆弱な石積みの住居に住んでいた多くの住民が、屋外の安全な場所に避難することによって、被害から逃れることができたかもしれないのである。

　本来、学者は、100％に近似する確信のない限り、断定的な意見は述べられないはずであり、仮に、反対意見を支持できない場合でも、それが間違いであると断定してしまうことによって、結論が先にありきの行政の思惑に迎合していては、学者に対する国民の信頼を裏切ることになる。

　わが国では、行政は、東京大学を中心とする各学会の支配的学者に定席を与えた各種審議会に諮問を行い、行政の作文した結論をオーソライズさせて、それによって法律を制定したり、運用していくとともに、審議会委員は、学会での支配的権力を保持し続けるという傾向がある。

　今回のラクイラ・ケースには、イタリア独特の極端さが背景にあるのかもしれないが、その部分に気を取られて、行政と学者との関係のあり方に対して、反省を突きつけた事件であることを、決して軽視すべきではないと考える。

2012年10月24日（水）

28 恩師河原太郎先生のご逝去の知らせ

　今朝は冷え込みが強く、昨日までより肌寒く感じられたので、朝の散歩帰りのドライブ時に、山道に設置された太陽電池を備えた温度計をのぞきに行った。摂氏6度であった。つい先日まで熱帯夜であったのにと、還暦を過ぎて、しみじみと感じるのが月日の経つ早さである。

　司法制度改革の結果、新司法試験合格者の司法研修所による修習は10月までとなった。ということは、弁護士事務所への入所は11月ということになる。私の所属している弁護士法人も、新入弁護士の披露のために、顧客に送るパンフレットの作成中である。そこには、全弁護士の指名手配写真が掲載されていて、私の場合には、まだ若さが残っていた5年以上前に撮影し、福々しく写っている写真が気に入っていたので、それを使っていたが、昨年来14kg痩せたために、別の顔になってしまった。そこで、本日午後プロの写真家に顔写真を撮ってもらった。髪もだいぶ薄くなってしまった。

　『弁護士日記秋桜』の送付先からは、次々とお手紙をいただき、感想文や、誤植の指摘、あるいは反対意見を頂戴したりするが、先日、私が弁護実務修習の際に指導していただいた河原太郎弁護士の訃報を頂戴した。

　私たちの修習時代は今日と違って2年間あり、最初全員が東京に集まって4カ月間基礎教育を受け、その後16カ月間各地の裁判所に配属されて実務の勉強をし、その後、もう1回東京で学習の仕上げをした後、二回試験とよばれる卒業試験を受けることになっていた。

　その実務修習は、裁判所での修習を民事と刑事で8カ月間、検察庁と弁護士事務所での修習を各4カ月間受ける。私の実務修習地である岡山で、弁護修習を受け持ってくださったのが河原太郎弁護士であり、私は、先生の事務所に4カ月間通った。戦時中裁判官をなさっていたことがあり、戦後弁護士

に転身されたが、敬虔なクリスチャンであった。誰に接する際にも紳士的な態度を貫き、タクシーをよばれる場合でも、タクシーが到着する前に必ず門前に出て待たれる先生であった。

　最初にご挨拶にうかがった時、先生は、「弁護修習中は、必ずしも書類を書くことが勉強ではない。細かなことは申し上げる心算はない」と話をされ、書斎の一角にある書棚に案内されて、こうした本を読むことのほうが大事だとおっしゃった。そこには、ペリイメイスンのシリーズが全作並べられていた。この日のお言葉を良いことに、二日酔いでおうかがいして、応接間で半日寝ていたり、同期の修習生から麻雀に誘われて、朝から事務所を抜け出したりした。

　河原先生は、伯備線等を使って、岡山県下津々浦々で仕事をされていた。どんな小さな事件でも気軽に引き受けておられた。地方の支部にも同行させていただき、電車の中で、いろいろな話をうかがった。退官後弁護士登録された頃の思い出に触れられた際に、「武士は食わねど高楊枝と言うが、登録後2、3年間、お金のことを考えさえしなければ、立派にやっていけるようになる」と教えられたことも忘れられない。そして、そうした小さな支部等でも丁寧な物腰が変わることはなく、弁護士控室の事務員や裁判所書記官にも慕われていて、私は、彼らに対して、「河原先生はどんな先生？」と質問し、褒めてもらうのが嬉しかった。

　修習といえば、速度違反の被告人が、信号が青になってから加速したが、現場の位置関係では公訴事実記載のスピードに達することはあり得ない、測定結果がおかしいとして、無罪を争った事件をお手伝いしたことがある。私は、友人から借りた車で現場に行き、何度も実験をして、その言い分が正しいと確信した。結局は有罪となったが、私の修習期間が終わった後も先生は控訴審で争われた。後期修習中にお電話をいただき、控訴棄却となったことのご報告とともに、「私も納得できないので、上告する」とおっしゃってくださった。

　私は、河原太郎先生に、弁護士の心構えを教えられたように思う。

29 木喰聖人の歌

　江戸時代には、祈願仏を刻んだ遊行僧が少なからず存在したようである。私は若い頃には円空聖人に惚れ込んだことがあるが、歳を重ねてくると、なぜか、木喰聖人のよさ、その微笑仏の暖かさに心惹かれるようになってきた。昔は、仏の顔全体の形だけでなく、眉も、頬も、鼻も、唇もまん丸で、何か奇をてらっているようにみえた彫刻が、細かい仕上げ彫りまで丁寧にされていて、その顔のデフォルメも、木喰聖人の優しさと、深い宗教心から滲み出た福徳円満の相であると思えるようになってきたのである。

　このたび、古本屋で、柳宗悦、宮本常一ら、木喰仏再発見の当事者らの解説と研究成果とを、木喰仏の写真とともに刊行した棚橋一晃編『木喰仏』（1973年・鹿島出版会刊）を入手することができた。錚々たる解説者の論説を一気に読み終えた。

　木喰聖人は、1718年、甲斐国古関村丸畑（現山梨県下部町丸畑）の名主の家に生まれたが、自伝である『四国堂新願鏡』によると、江戸で成功したり、失職したりした後、22歳の時に古義真言宗の僧に会って、その弟子となり、45歳で観海聖人から木喰戒を受けて、1773年頃56歳にして「木喰行者行道」を名乗って回国に出立、1778年頃東北各地を経て北海道に渡り、最古の造仏例を遺すが、その際に円空仏と出会っていると考えられている。

　そして、当初千体仏を刻することを祈願し、1784年頃からは「木喰行道菩薩」と改名して造仏を続け、1806年「明満仙人」と改名した翌年の1807年頃90歳でそれを達成した後、さらに千体の造像を祈願し、この間日本国中を、もっぱら田舎を中心に回国しながら、庶民のために仏像を刻み、全国にこれを遺したものである。

　91歳での甲府における造仏を最後に、木喰聖人の消息は途絶えている。最

晩年に木喰聖人に同道していた甥が故郷丸畑に持ち帰ったとされる紙の位牌から、1810年6月5日93歳で没したとされるが、終焉の場所は知られておらず、行き倒れとなったものと推測されている。

木喰聖人は、真言の教えに深く傾倒する歌を遺していて、道歌じみた歌も多い。

　　なむあみだ　妙法れんげにのりたくば
　　　しを（塩）みそ（味噌）なしに
　　　くうかい（空海と食うをかける）のあじ（味と阿字をかける）
　　日月の　心の光りみる人は　一見　阿字の心なりけり
　　念仏は　申さずとても　わが心　心にとえば
　　　慈悲とぜんごん（善根）
　　法心は　なまごく道の　しるべきや　心の外に　しる人はなし

大谷大学教授五来重氏は生前、「木喰聖人の歌は、人に見せるためではなく、喜怒哀楽を率直に披瀝し、自分を慰め、仏に語り掛ける歌として作られている。自ずから、そこには反骨の意地や、虐げられた庶民へのあたたかい共感がある」と述べている。

　　　行暮て　はっと（法度＝泊めてはならない）もしらず　こひければ
　　　　おしゃうの心　やみじなりけり
　　　けさ（袈裟）衣　ひかりかがやく　大和尚　はだかになれば
　　　　ひからざりけり
　　　旦那さま　うじもけいずも　いらぬもの
　　　　おまへもおれも　そくしゃうぼだい（即生菩提）
　　　笠きても　したのなげきを　しらざれば　又くる春は
　　　　いぬか馬うし

2012年10月27日（土）

③ 自己破産の依頼者の死

　昨年から化石の整理を進める中で、植物の化石の同定が難しく、標本ラベルに、「Plant」とばかり書き連ねるのも癪に障るので、今春から、木の葉を収集して、何冊かの植物図鑑、それも葉の形状等で種類を判別することを目的とする図鑑類を買い求め、かなりの種類の木の葉を集めた。名前が知られている割には、収集に苦労したのが、ブナと、ミズナラや、カシワである。河内長野ではなかなか見かけない。そこで、春に妻と秋田旅行をしたときに、乳頭温泉郷等で、それらの葉を収集してきた。ブナは、縁がナミナミとしていて、端正な平行脈で、葉の形も真中が膨れていて美しい。葉の縁が何カ所か大きく波打っていて、その波が直線的なものがミズナラであり、波が曲線的なものがカシワである。ところが、実物がどのようなものかわかると、面白いもので、岩湧寺周辺の街路樹として植林された何本かがブナであることに気づいた。

　こうして集めた葉を押し葉にして、白い紙に貼り付け、葉の化石の同定に役立てようとするのであるが、化石には、葉の全体が印象されているものは少なく、特に、葉柄と、それにつながる葉の形の両方がみられるものに乏しいので、思ったほどには学習効果を活かすことができない。

　今日も、人の死について触れておきたい。多重債務での自己破産の申立てを準備していた妻を夫が殺害してしまったという、つらい経験談である。

　自己破産を予定していたのは、居酒屋を経営していた女将であるが、運転資金の不足を補うために多重債務を負担し、すでにそれは事業からの収益で返済できる金額をはるかに超えていた。借金の取立てから免れる手段としては自己破産しかない状況であったが、破産手続開始の申立てをするには、いったん閉店して、資産・負債の状況を確定させる必要があった。そして、間

30 自己破産の依頼者の死

もなく閉店を約束してくれたので、私たちは申立ての準備に入った。

ところが、それが生きがいを喪失させることになるためか、収入や住居を失うのが惜しいのか、あるいは当時出入りしていた客から継続を望まれたためか、その理由は今となっては謎であるが、弁護士が債権者に介入通知を発信した後も、1日1日閉店時期を延ばすうち、仕入れの買掛金だけでなく、新たな借金までつくり、せっかく破産手続をとっても、返済できないのに、人をだまして借入れをしたとして、免責（借金の帳消し）を得られない懸念が生まれてきた。

夫は、永年真面目な公務員として定年まで働き、退職後は店の手伝いをしてきたが、破産手続開始後自宅を失った後に雨露をしのぐ方法を心配するうち、西成のドヤ街ならどうだろうと思うに至った。そこで、妻を誘って西成に出掛けドヤで泊まろうとしたが、普段見慣れない風体の人たちが、日中からウロウロしているのを見て、どうにも怖くて、自分たちはこのような場所では住めないと、すっかり落胆してしまった。

こうして、夫は、ある夜、妻の寝顔を見ているうちに無理心中を思い立って、妻の首を絞めてしまった。静かになった妻の枕元に線香を立てて、読経した後、夫は、自分も死のうと、調理場から持ち出した包丁を手にしたが、逡巡するうちに、とうとう夜が明けてしまった。

そして、ふと思い立って事務所に電話してくれたが、運よくこの事件を担当していた事務局のＳ氏が居合わせて、その電話に応対されたのである。Ｓ氏は、思いがけない告白に狼狽されながらも、夫を死なすまいと説得を続けられるうち、突然、夫から死神が落ちた。救急車を呼び、警察にも自首してもらうことができ、彼自身は一命をとりとめることができた。

31 ロヒンギャ族の悲劇

　AP通信などによると、ミャンマー西部ラカイン州（旧アラカン州）で仏教徒住民とイスラム教徒のロヒンギャ族とが対立している問題で、州当局者は、21日から26日までの間に、双方による衝突の犠牲者が64人に達したと明らかにしたという。衝突が起きた地域では22日以降、夜間外出禁止令が発令され、大統領府は25日、「衝突が終わらなければ、政府が進める改革が危険にさらされかねない」との懸念を示し、「軍や警察は法の支配や平穏を取り戻すため、必要な措置を講じる」と表明する等、事態の沈静化を図っているようである。この間の死者を112人とする情報もあり、この犠牲者は今後も発生していくものとみられている。

　そこで、インターネットで調べてみると、本年5月28日、ミャンマー西部ラカイン州で、イスラム教徒のロヒンギャ族が仏教徒の27歳の女性を暴行した事件を契機に仏教徒とイスラム教徒のロヒンギャ族との衝突が起こり、その当時、死者が80人以上、避難民は9万人以上発生したという情報に接することができた。

　ロヒンギャ族は、ベンガル系のイスラム教徒で、現在、ミャンマーのラカイン州には70万〜120万人、バングラデシュのチッタゴン管区には約20万人が居住しているようである。

　英国が植民地政策の一つである「ザミーンダール制度」により、ミャンマーのラカイン人たちから奪った同国内の農地に、バングラデシュのチッタゴンからベンガル系イスラム教徒を労働移民として移住させた。したがって、元々ミャンマーに住んでいた住民にすれば、ロヒンギャ族は自分たちの土地を不法占拠している民族ということになる。

　こうして、仏教徒対イスラム教徒という対立構造が、この国境地帯で醸成

されていったようである。太平洋戦争中、日本軍の進軍によって英領行政が破綻すると、失地を回復したラカイン人はミャンマー軍に協力し、ロヒンギャ族の迫害と追放を開始している。そして、戦後、1982年の市民権法でロヒンギャ族は正式に非国民であるとし、国籍が剥奪された。しかも、1988年、ロヒンギャ族がアウンサンスーチー氏らの民主化運動を支持したため、軍事政権はラカイン州のマユ国境地帯に軍隊を派遣し、財産を差し押さえ、インフラ建設の強制労働に従事させるなど、ロヒンギャ族に対して峻烈な弾圧を行った。ネウィン政権下では「ナーガミン作戦」が決行され、約30万人のロヒンギャ族が難民としてバングラデシュ領に亡命したが、国際的な救援活動が届かず1万人ものロヒンギャ族が死亡したとされる。

さらに、1991～1992年と1996～1997年にも、大規模な数のロヒンギャ族が、再び国境を越えてバングラデシュへ流出して難民化したが、同国政府は難民を歓迎せず、UNHCR（国連難民高等弁務官事務所）の仲介事業によってミャンマーに再帰還させている。ミャンマーのロヒンギャ族は、バングラデシュ内にかつてあったはずの祖先の地をも喪失してしまったのである。

バングラデシュ南東部に暮らす約20万人のロヒンギャ族のうち10～20％の人たちは、劣悪な仮定住キャンプ（政府が公認するのはナラパヤとクトゥパロンの2カ所）に収容されているとされる。国境なき医師団（MSF）の報告によれば、彼らもまた、バングラデシュ当局と地域住民から暴行やその他の迫害を受け、避難場所から退去させられ、隣国ミャンマーとの国境となっている川に追い込まれることもあるという。

このロヒンギャ族の苦しみが、英国の植民地政策に端を発していることを忘れてはならない。

32 戦艦大和の最期、それから

　門の傍に植えた10本ほどの茶の木に花が咲いた。純白の小振りの花びらの真ん中には比較的大きな黄色いおしべがあり、清楚でありながら、適度な華やかさも備えている。

　今夏の終戦記念日には、戦争に関するさしたる記録や小説等を読むことはなかったが、桃山学院大学の松尾順介教授から、千早耿一郎著『「戦艦大和」の最期、それから――吉田満の戦後史』（2010年・筑摩書房刊）をすすめられて、購入し、3日で一気に読了した。『戦艦大和ノ最期』（1952年・創元社刊。その後、講談社から1994年に文庫として刊行）の作者である吉田満は、戦後日本銀行に勤務し、最後は監事に就任するが、同じく日銀マンであった千早耿一郎が、自らの過酷な戦争体験もあって、吉田満の訴え、心情に共鳴し、この作品を完成させたものである。

　戦艦大和の任務であった「天1号作戦」は、意味のない愚劣な作戦であり、乗員3000余名のうち生還者は200数十名に過ぎなかった。吉田満は乗員の1人であり、九死に一生を得た経験を前記作品として完成させるに至る。

　終生自分たちだけが生き残ったやましさを感じていた吉田は、当初は死んだ者の闘魂を讃えていたが、やがて死者の無念を思うに至り、次に彼らの死を無意味なものにしないためには、失敗を繰り返させないことだと気づき、ついには愚劣な戦争を二度と起こしてはならないと訴えるに至る。「日本の軍隊には、重大な決定をなすにあたって、確固たる根拠も責任の所在を明らかにしておくルールもなく、ただその場の空気に流され、強い勢いに引きずられて事が運ばれていく通弊がある。この場合にも、『水上部隊の栄光のために』という発想をもってくると、当時の『空気』の実態が、いく分かはっきりするように思われる」吉田の言葉である。

著者は敷衍する。「『全般の空気』に身を委せる……。すでに開戦を決定するときもそうであった。その傾向は戦後も引き継がれている。政府にしても、企業にしても、銀行にしても、経済成長期に勇ましい意見が噴出した。これを批判する者は、非難されないまでも、憫笑されるのがオチであった。たとえば国の借金財政、また銀行や企業の積極経営。そこに危機を感じる者がいても、『全体の空気』がそれを許さない。日本人は、今も『全体の空気』に身を任せるのを好む」。吉田はさらに語る。「戦中派の戦争体験の核心は、まず何よりも戦争の悲惨さの実感にある。これは他のどの世代も持ちえない特権である。戦争の空しさの体験をあらゆる機会をとらえて伝えること、そこにわれわれの世代の使命の出発がある」、「いま不幸にして、戦争が身近な脅威になったとしよう。われわれは、これに立ち向かう用意ができているか。かつて戦中派が、あれほど無力に無抵抗に、戦争協力の道にまきこまれていった先例に対して、どの点が、どれほど進歩しているのか」。

　今日、憲法9条の骨抜き、自衛隊が軍隊であることや、その海外派遣の肯定、日本が攻撃を受けていなくても集団的自衛権の行使が容認されるとの意見がまかり通っている。憲法9条を遵守し、国際平和に貢献したいというような意見は、荒唐無稽な議論として一蹴されて顧みられない。挙句に、魚釣島周辺海域に出没する中国艦艇に対し、「毅然とした態度をとれ」と主張し、あたかも領海侵犯船として発砲すべきであるとするかのごときマスコミもある。「戦争となっても日米安保のおかげで日本は勝てる」と神がかり的な言辞を弄する知識人もいて、結構わが国の世論をリードしている。

　米国が守ってくれるという新保守主義者たちの思考回路は、三国同盟の力を過信して、わが国を太平洋戦争に引き込んだ軍部や政治家の非論理的思考と、いささかも変わるところがない。

33 ユーロ危機におけるドイツの立場

2012年11月1日(木)

　庭のプランターが増え、今度はパンジーが植えられている。春の花だと思うのであるが、今の季節に咲かせると、来春までもつのだそうである。

　ところで、本日、ドイツ経済は順調に推移し、本年度の税収は、日本円にして60兆円に上ると報道されていた。ドイツ国内には、この利益は自助努力の結果であり、1995年以降経済成長率の低さや大量失業に苦しんできたこと、シュレーダー前首相時代の改革で低賃金化を推進したこと等に照らせば、ユーロ導入によって利益を受けているわけではないと考える経済人が多い。そして、同国が行っている南欧支援によって、すでにドイツの国内総生産の5分の1の50兆円に及んでいる巨額の債権が傷つくリスクを考えると、これ以上は支援できないとする意見が大勢を占めている模様である。危機に瀕している南欧諸国は、単一通貨を去って競争力を向上させるか、離脱が嫌なら価格や賃金の水準を下げ、実体経済を強めよと叫んでいる。

　しかし、これは、勝者の勝手な理屈であると私は思う。

　OECDチーフエコノミストのピエール・カルロ・パドアン氏によると、ドイツ経済は、欧州最強であり、域内他国に対して軒並み経常黒字を有しているが、それは南欧の需要拡大の果実を得ているからだという。ユーロによる通貨統合に加わった国は為替介入によって競争力の調整をすることができない。通貨統合により、自国通貨の為替を低く誘導して、輸出量を増大し、貿易の不均衡を解消するようなことができなくなっているのである。比喩的にいえば、ドイツ経済の競争力の強さが他国のハンディキャップとなっているのである。

　したがって、南欧諸国自身もそれぞれ財政や経済の立直しの努力を重ねていく必要はあるものの、根本的な立直しには、経済の競争力の不均衡をなら

すためのユーロ圏内での再配分が不可欠である。仮に、南欧支援のためにドイツが負担したリスクの一部が顕在化したとしても、それがもたらす実質的な再配分機能は、本来、通貨統合に不可欠な安全弁であり、ドイツは、域内における優越的な経済活動のコストとしてあえて甘受すべきである。

　ドイツ人は、「日本が韓国やフィリピンの借金を肩代わりする事態を想像できますか」と問うが、通貨統合の有無を無視した意味のない質問である。

　大切なことは、そのような形での再配分が必要な場合が生じるとしても、通貨統合がドイツの経済的優位を保障しているということである。もちろん、ドラスチックな借金棒引きの必要を生じさせないために、他のより穏やかな方法による再配分制度を考えることも大切であろう。

　しかし、ドイツがユーロ圏という強大な経済圏を喪失した場合に受けるダメージは、単に従来の域内各国に対する債権が回収困難となるだけの場合と比較し、極めて大きいような気がする。

　ユーロ圏全体の経済の足腰を強くするために、経済の競争力の不均衡をならすための再配分のしくみに合理性を付与しようと考えると、財政の統合を視野においたものとならざるを得ず、その先には、主権を個別国から欧州機構に移す方向も視界に入ってくるであろう。そうした協定が実現した暁には、現在ドイツが南欧諸国にしている支援は、わが国で、都市部での税収を地方交付税等の形で分配することによって、地方に富を再配分していることと、本質は変わらないことになるのではなかろうか。

34　福島県の被災と除染の現実

　普段は京都産業大学大学院法務研究科の授業日であるが、本日は休講であるため、その機会を利用して、福島に向かう。福島空港で、レストラン「シャロン」を経営するEさんとお会いするためである。先日お電話をいただいた際に、震災被害で大変だとうかがい、個人版私的整理のガイドラインや、東京電力の損害賠償請求制度や、さらには、福島県復興ファンドの各制度等についても説明しておこう、若干の資料もお届けしておこうと思い立ったのである。
　伊丹空港午後2時10分発の全日空で飛び立つ。ターボジェットの小さな機体である。空は晴れわたり、7000m上空から富士山もくっきりと見える。間もなく、降下を開始し午後3時30分に福島空港に到着。出迎えてくれたEさんと行き違いになったのをいいことに、記憶をたどって、空港内を「シャロン」に向かう。記憶の中の店よりはやや小振りであったが、まさしく、その位置と店の形は記憶どおりであった。
　Eさんからお話をうかがったが、震災後も、ご苦労されながら自力で経営を継続できるところまで対策を講じておられ、私の力は必要なかった。従業員たちに苦労をかけていることがつらくて、先日は、私との電話の中で、つい「困っている」旨の弱音を吐いたまでのことであった。
　更生会社から、空港店の経営を譲り受けたのが10年前であったが、福島空港は、新幹線との競争には勝てないために東京便をもてないという地理的な制約があるうえに、日本航空の沖縄便がなくなる等、経営は次第に厳しくなる一方であったようだ。Eさんは、約10人の雇用を死守するため、5年前に1店舗、2年前に1店舗を地元に開設し、従業員を分散させながら、地道な経営努力を重ねてきたが、やっと苦労が実りそうだという矢先に、この東日

本大震災と東京電力の原発事故に遭遇した。本年は韓国、中国との間で領土問題が発生したことが原因で、両国からの旅行客も来なくなった。福島空港の1日の昇降客は200名程度にまで落ち込んでいるという。

　新しい店舗にも案内していただいたが、従業員たちは素晴らしい笑顔の方々ばかりであった。

　ところで、そのうちの1店舗は、11月上旬にしばらく休業する予定である。付近の町民グラウンド一帯が除染工事のために出入りできなくなるからである。しかし、原発から50km程度離れたこの地域で、グラウンドの土壌の入替えを行っても、樹上や家屋の屋根、森や林、田畑に積もった汚染物質は放置されたままである。この除染には全く効果がないことを地元住民は知っている。現に、「山に入って山菜をとってはならない」と指導されているのだそうだ。

　除染は、被災地に仕事をつくり、対価を支払う代わりに、被災者を黙らせるための一時的な弥縫策でしかない。工事による除染は不可能である。たとえば、原発から30km以内の土地は全部、それ以上でも一定の汚染があった土地、あるいは希望のあった土地は、国が買い上げ、今後、数十年、数百年、あるいは数千年以上の期間をかけて放射能の除染を考えるべきではないか。

　そして、土地を売却した住民が移住できるように、福島県下、あるいは近隣県にまたがる広範囲な地域に、新しい町を建築し、そこで第2の人生設計を試みることができるように図るべきではないか。チェルノブイリでは、事故から2年後に、半径30kmの立入制限区域の外に、新たな町スラブチナが建設されたといわれている。コミューンが成立しない仮設住宅に被災者を長期間閉じ込めることは一種の虐待であり、人権の侵害というべきではなかろうか。

　新しい町にはふさわしい経済的基盤が必要であり、副都心の機能をもたせる等の国の断固たる政策と10兆円単位の財政の裏付けが不可欠であろう。ごまかしの除染を続けるべきではない。

2012年11月3日（土）

35 母成峠の戦い

　昨夜は、福島方面から母成峠を通って、峠を越えたあたりの地、安達太良山の北西側に位置する花見屋旅館に宿泊した。Eさんのおすすめの宿である。インターネット上には、創業150年とも紹介されているが、そうであれば1888年の会津磐梯山の大噴火以前から存在することになる。露天風呂に面した庭園は先代社長が築庭されたものであり、建物もその前後に建築されたものではないかと推測する。庭の奥に鎮座する灯篭は、菰野灯篭風の巨大な花崗岩製のもので、先代社長ご自慢のものであったという。

　ところで、母成峠の戦いは、1868年10月6日（慶応4年8月21日）、戊辰戦争の戦いの一つとして、旧幕府軍800人と新政府軍2200人との間で戦われたものである。

　新政府軍は、雪の降る時期になると不利になると考え、その前に制圧するために会津へ向かうことにし、進攻口として薩摩藩参謀の伊地知正治が推す母成峠（石筵口）を選んだ。

　会津へ入る街道の中で会津藩が特に警戒して防御を固めたのは会津西街道（日光口）と勢至堂峠（白河口）および中山峠（二本松口）であった。会津藩は裏をかかれたことになる。

　そして、8月20日に新政府軍が中山峠に派遣していた陽動部隊800人に対し、旧幕府軍内の一部隊が先制攻撃を加えて前哨戦が行われた後、8月21日、濃霧の中、伊地知と土佐藩の参謀板垣退助が率いる主力部隊1300人に土佐藩の谷干城が率いた兵も加えた新政府軍2200人は、本隊と右翼隊に分かれて母成峠をめざした。

　母成峠の旧幕府軍守備隊は、守将田中源之進が率いる会津藩兵200人ばかりであったが、大鳥圭介が率いる伝習隊400人や、仙台藩兵100人、二本松藩

兵100人、土方歳三が率いる新選組若干名が加勢し、総勢800人となった。戦いは午前9時頃から砲撃戦で始まった。旧幕府軍の指揮官は大鳥であり、兵力を縦深陣地に配備し、その配下の伝習隊は善戦した。しかし、火力において、圧倒的な差があり、旧幕府軍はやがて大混乱に陥って、潰走を始め、母成峠は新政府軍が制圧し、午後4時過ぎにはほぼ勝敗は決した。

峠を突破した新政府軍は進撃し、8月22日に猪苗代に到着しそのまま若松へ向かい、午前10時頃には若松城下へ突入した。会津軍は籠城を余儀なくされ、会津藩の劣勢が確実な状況になったことで、仙台藩・米沢藩・庄内藩ら奥羽越列藩同盟の主力の諸藩が自領内での戦いを前に相次いで降伏を表明し、奥羽での戦争自体が早期終息に向かった。会津藩の降伏は1カ月後のことであった。

母成峠の戦いが会津戦争ひいては戊辰戦争全体の趨勢を決したといわれている。

土方歳三の戦いぶりは不明であるが、敗走時には米沢藩をめざしたといわれ、その後、五稜郭の戦いで戦死したことはよく知られている。また、会津藩の砲術師範であった山本権八の子として誕生し、戊辰戦争時には断髪・男装して、家芸であった砲術をもって奉仕し、若松城籠城戦で自らもスペンサー銃を持って奮戦した新島八重（八重子）は、その後新島襄と結婚したことでも有名であり、2013年のNHK大河ドラマの主人公となっている。

Eさんの説明によると、明治神宮には、会津藩出身者は1人も祀られておらず、そのため、福島県人の多くは明治神宮にはお参りをしないという。

千早赤阪の戦いの後、味方塚、寄手塚の両方を築き、両軍の死者の魂を慰めた楠木正成の事績を思うとき、明治神宮の建立を企画した人たちはいささか視野が狭かったと、私は思う。

36 社会福祉の母瓜生岩子

　近代のわが国を代表する傑物として渋沢栄一がいる。1840年3月16日生まれ、1931年没。幕末から大正初期に活躍した幕臣であり、のちに官僚を経て、実業家としても、日本資本主義の父といわれるような業績をあげている。しかし、それに尽きるものではなく、文化人としてもおびただしい事績を残している。瓜生岩子（通称。本名岩）の生前の活動の支援と、死後の顕彰もその一つであり、東京浅草寺にある同女の像は、1901年に渋沢栄一が建設委員長として建設したものである。

　私は、地方に旅行した際には、地方新聞の隅から隅まで目を通すことを楽しみにしている。今回の福島旅行では11月3日に「福島民報」を購入した。

　地方紙にはきめ細かな住民に関する情報が掲載されている。この日は文化の日であることから叙勲について詳しく報道されているが、学校や地区や、はては更生保護会の活動に関する報道もあり、地域住民の方々の生活が目に浮かぶようである。購読者が知りたい報道が満載されていると同時に、社会の木鐸としてのプライドが感じられる記事もある。

　その中に、連載「ふくしま人」の欄に掲載されていた瓜生岩子の事績の紹介が興味を惹いた。いつか渋沢栄一についても触れたいが、今日は同女を紹介したい。

　瓜生岩子は、1829（文政12）年2月15日喜多方市内の油商、若狭屋（渡辺）利左衛門の長女として生まれたが、1837（天保8）年の父の病死と若狭屋の焼失とにより、母親の実家である熱塩村の温泉業瓜生家に身を寄せる。1842（天保12）年、岩子は、叔母の家に行儀見習いに出、会津藩の侍医であり産婦人科に長け漢学に秀でていた叔母の夫山内春瓏を通じて、人が人としてどうあるべきかを学び、自身の博愛精神を育む。

36 社会福祉の母瓜生岩子

　会津藩は、1868（明治元）年に戊辰戦争により焦土と化したが、その折り、岩子は敵味方の区別なく救助し看護する。そして、翌年、私費を投じて、生地の陸奥耶麻郡（福島県）に孤児を養育する幼学校を建設した。藩士たちにも養蚕などの技術を教え、自力更生の道を開かせた。幼学校は、1871（明治4）年小学校令発布予告によって閉鎖されたが、その後は、貧者救済や婦女子教育の場となっている。1871（明治4）年11月から、東京深川にあった教育養護施設の救養会所で児童保護、貧者救済の実際や経営等を半年ほど学び帰郷。1888（明治21）年の磐梯山噴火時には、山麓で供養のための法要を営み、古着類の喜捨を求めて被災者に送ったという。

　その後、1889（明治22）年12月、県令の認可を受けて、「福島救育所」を設置した。そうした事業に際して、岩子は、飴糟を利用してつくった水飴を販売する等して、資金を集めたという。

　岩子は、1890（明治23）年11月25日に召集された第1回帝国議会に、全国的貧民救済の請願書を提出し、却下されたが、これを耳にした皇后陛下より東京養育院に内旨が下り、岩子は約8カ月間幼童世話掛長に就任。従来の役所的養育院の経営に変革をもたらしたという。

　1891（明治24）年、会津に育児会を設立。瓜生会、鳳鳴会なども組織し貧者救済に拍車をかけた。1895（明治28）年、福島育児院（現在の福島愛育園）の礎となる育児部を鳳鳴会から独立させ、1893（明治26）年には、有力者たちの援助もあり、済生病院を若松に設け、無料で医療を行い、婦女子に教育も施している。

　菩薩の化身とも、日本のナイチンゲールとも称讃された瓜生岩子は、二百余名の孤児の母でもあり、混乱期の社会福祉運動の先駆けとして、わが国女性初の藍綬褒章受章後、1897（明治30）年4月19日死去。享年69歳。社会福祉の母とよばれている。

37 ある債務整理事件

2012年11月8日（木）

　同じ街路樹でも、ハナミズキの葉が深い赤みを帯びていく一方、ケヤキの葉は黄色く染まっていく。最低気温も摂氏5度前後の日があり、朝霧が河内長野を取巻く山々に垂れ込むこともしばしばであるが、やがて霜の季節の到来とともに、紅葉の季節が去るのであろう。

　弁護士の仕事を通じてさまざまな人生を垣間見ていると、不幸な星の下に生まれた方だと溜息をつきたくなることがある。古くからの依頼者の1人に、衣料品の製造販売業を営んでいた方がおられる。商圏の縮小で金融機関の借入金の返済に難儀され、ついには廃業に至り、破産手続によって清算した折、私は、「今が、不幸のどん底と思って頑張ってください」と励ました。

　しかし、間もなく、交通事故にあわれて、肩甲骨などを骨折する重傷を負われたが、加害者は無職の若者、車両には任意保険はおろか自賠責保険も掛けられていなかった。とうてい賠償能力もなく、治療費は、奥様の収入から賄うほかはない。加えて、肩甲骨の骨折部位もうまく接合できずに、一時偽関節の形成が危ぶまれ、完治まで長い期間を要することになった。

　しかし、その後、内装工事業を営む親方について修業し、やがて独立され、何度かトラブルにはあわれたが、ご本人の性格が穏やかであったために大事には至らず、事業規模も拡大し、成長したご子息も手伝われるようになった。「終わり良ければすべて良し」であり、本当に温かいご家庭であったことが、危機を乗り越えられた最大の理由であったように、私は思う。

　ともあれ、長い人生のはてに経済的に落ち着いた境涯に達し、悠々自適の余生を送られる方もいれば、多額の債務を負担して、精算できる手段もなく死期を迎えられる方もおられる。

　ところで、私は、老齢の年金生活者や生活保護受給者で、不動産等のみる

べき資産をもっておられない方に対しては、自己破産を積極的にはすすめないことにしている。これは、免責決定を得て、債務を消滅させるための手続であって、免責が必要のない人には無用の手続である。年金等が振り込まれた銀行預金の差押えは可能であるが、それらの受給権自体の差押えは禁止されているので、すぐに預金の払戻しを受けておけば、生活に難渋することもない。

　死病にとりつかれ、療養生活を送るについて、債権者からの督促等が煩わしくなったり、債務を残すことで遺族に迷惑をかけることを心配して、来所されることもあるが、そのような場合に破産を申し立てても、案外簡単には手続が進まない。破産・免責手続はプラグマチックな制度であり、債権者から格別の申出がない限り、機械的に処理することが予定されているはずであるが、仕事をしている振りをしたい裁判所の考えは異なるようである。

　裁判所は、破産手続開始決定の可否を検討するに際し、おおよそ取るに足りない些細な事柄にもチェックを入れ、要求どおりの申立書と疎明資料とを提出しないと破産手続開始決定をしないことが多い。また、数奇な運命を送った人が、死期までのわずかな期間安寧を得ようとした場合でも、人生の苦しみを知らない若造の裁判官や書記官の、「財産隠しをしているかもしれない」という根拠のない漠然とした疑問を背景とする詰問の嵐に煩わされることになる。

　そこで、私は、債権者に対し、「債務整理の相談を受けているが、病気療養中であるから、とりあえず、債権者との通信、連絡の窓口となることの委任を受けた」と、通知するのである。そして、死病と思っていた病気から生還すれば別であるが、債務者が平穏な死を迎えた後に、今度は相続人の代理人として相続放棄手続を受任して、処理する。

　こうして何人の債務者をあの世にお送りしたであろうか。

38 天誅組の乱と河内長野市

　「山豊作畑貧乏、畑豊作山貧乏」という言葉があるが、今年は、どちらにもあてはまらず、畑の実りが順調であるとともに、山の果実類もよく実っていて、かつ、甘い。ここのところ続けざまにたくさんの柿をもらい、家族3人では食べきれないので、本日の京都産業大学大学院法務研究科の講義の際に学生に渡して食べてもらおうと、リュックサックに入れて持参した。

　それらの柿を下さった方の1人が近所の吉井さんであり、天誅組の乱で死んだ長野一郎は遠縁にあたる。天誅組の乱は、幕末の文久3（1863）年8月17日に吉村寅太郎をはじめとする尊皇攘夷派浪士の一団である天誅組が、公卿中山忠光を主将として大和国で決起した事件である。

　この挙兵に河内からも十数名の志士たちが参加した。天誅組河内勢とよび、河内長野からは、吉年米蔵、武林八郎、内田耕平、東条昇之助（以上長野村）、泰将蔵（向野村）、上田主殿（鬼住村）、田中楠之助（法善寺村）、長野一郎（大ヶ塚村）が参加している。長野一郎の姓は吉井、名は寛道、義道、通称は儀三、儀蔵、医家の出身で、福沢諭吉と同時代に適塾で学んだ（適塾入門時の署名簿には、福沢諭吉と吉井儀三とが見開きのページに署名している）が、天誅組に参加、総裁吉村寅太郎の治療にもあたり、元治元（1864）年7月20日、27歳にして刑場の露と消えた。

　文久3年は尊皇攘夷運動が最高潮に達した時期であり、長州藩等の尊攘派は、朝廷にも強い影響力をもつに至り、長州藩に気脈を通じる三条実美ら攘夷派公卿の働きにより、8月13日、天皇の神武天皇陵参拝、攘夷親征の詔勅が発せられる。そこで、吉村寅太郎は松本奎堂、藤本鉄石、池内蔵太ら攘夷派浪士とともに、行幸の先鋒となるべく大和国へ赴くこととし、14日中山忠光を大将とする土佐脱藩者や久留米脱藩者等同志38人とともに出発、15日堺

に到着した。

　天誅組は、17日河内檜尾山観心寺に入り、藤本鉄石が合流し、国境の千早峠を越えて大和国の幕府天領である五条に到着して、代官所を襲撃した。代官所の人数は30人ほどで、意気軒昂な天誅組に抗することができずに敗北し、代官鈴木源内は殺害され、梟首（きょうしゅ）される。

　天誅組は代官所を焼き払い、桜井寺を本陣に定め、19日平野国臣も合流したが、天誅組挙兵の直後の８月18日、会津藩、薩摩藩と気脈を通じた中川宮が尊攘派の排除を図り、孝明天皇を動かして政変を起こしたため、京では政局が一変し、大和行幸の延期と三条実美ら攘夷派公卿の参朝禁止、長州藩の御門警護解任が決定された。

　この政変が伝えられ、天誅組を暴徒とする追討の命が下されたことが明らかとなるに及んで、天誅組は、本陣を要害堅固な天の辻へ移すことを決め、20日同所に本陣を定めるとともに、元来尊王の志の厚いことで知られる十津川郷士に募兵を働きかけ、960人を集め、高取城を攻撃するが、失敗。一方、幕府は紀州藩、津藩、彦根藩等に天誅組討伐を命じた。９月１日朝廷からも天誅組追討を督励する触書が下される。幕府軍は総攻撃を10日と定めて攻囲軍諸藩に命じた。総兵力１万4000人に及ぶ諸藩兵は各方面から進軍、14日紀州・津の藩兵が吉村らの守る天の辻を攻撃、朝廷も十津川郷に忠光を逆賊とする令旨を下したために、十津川郷士は忠光らに退去を要求する。19日進退窮まった忠光はついに天誅組の解散を命じた。

　天誅組の残党は山中の難路を歩いて脱出を試みるが、次々と戦死。天誅組は壊滅した。天誅組の挙兵自体は短期間で失敗に終わったものの、幕府領支配の拠点である陣屋や、小大名とはいえその高取城が公然と襲撃されたことは、幕府や幕藩領主らに大きな衝撃を与え、幕府の威光の失墜をさらに進行させる結果となったといわれている。

2012年11月10日（土）

39 歌踊奏と化石販売

　午前10時から、河内長野市ラブリーホールにおいて、河内長野東ロータリークラブ主催の第7回「歌踊奏」が開催された。

　6年前に私が同クラブの会長に就任したときに、特別な社会奉仕活動として、市内約20園ある幼稚園と保育園によびかけて、河内長野市内にある最も広いホールで、歌や踊りあるいは楽器の演奏等を自由に発表していただく催しを企画した。以来、毎年10園ほどが参加してくれ、おおむね年長組の園児たちが、卒園前の記念行事として参加してくれている。最近は、ステージいっぱいに器械体操等を繰り広げてくれる園も参加されるようになり、毎年継続的に開催することを要請されるに至っている。今年、参加された幼稚園、保育園は8園であり、いずれも恒例行事として年間スケジュールに組み込んでいただけていることが、嬉しい。

　もっとも、ロータリークラブの社会奉仕活動は単年度活動を原則とするので、継続的に開催していくためにNPO法人「南河内子ども応援団」を設立したが、業務の引継ぎはこれからである。

　私は、来場した子どもたちに喜んでもらうために、ロビーで、昨年と同様、化石販売をした。古生代の化石では、カンブリア紀の「アグノスタス」、オルドヴィス紀の「カリメネ」、石炭紀の「ウミユリの茎」、「サンゴ」を販売した。アグノスタスは、以前は三葉虫の仲間といわれてきたが、最近では、異なる系列の甲殻類であるとする説が有力である。鮮明な印象の化石を仕入れて、400円で販売したが、なにしろ1cmに満たない小さな化石であり、若いであろう来場家族には、マニアック過ぎたようで、全く売れなかった。カリメネも比較的形の良いものを仕入れることができた。最もポピュラーな化石であり、300円という超特価をつけていたので、売行きを期待して

いたが、それほどでもなかった。

　中生代の化石では、ジュラ紀の「直角石」、白亜紀のアンモナイトの「デスモセラス」（マダガスカル産のカットして磨いた縫合線の美しい標本）と、「ドウビレイケラス」（マダガスカル産の肋上に瘤が並ぶ標本）、棒状アンモナイト（産地不詳推定USA）と、「モササウルス（魚竜）の歯」を販売した。デスモセラス300円と、ドウビレイケラス500円は、いずれもきれいな標本であったために、売れ行きは好調であった。モササウルスは恐竜時代の海の爬虫類であるが、歯はあまり大きくないので、いつも思いのほか売れない。

　新生代の化石では、まず、最も古い始新世のものとして、米国ワイオミング州の「ツリテラ」、モロッコの「サメの歯」、漸新世のウニの「ユーパタガス」、中新世の、あるいは中新世のものと推定している「ネズミザメ」、「日本各地の貝等の化石」、「宮崎県の海生哺乳類の骨」、米国フロリダ州の「ムカシホホジロザメの歯の破片」、米国ワイオミング州の「カメの甲羅」、鮮新世のウニである産地不詳の「デンドラスター」と、「スカシカシパンウニ」であった。

　ムカシホホジロザメの歯は比較的大きな化石であり、形の良い完全形は、仕入れ値が数千円もする。販売先が主として児童とその親であることから、1000円以下の仕入れを心掛けるため、仕入可能なのは破片だけである。割れた元の形を推測できることと、歯の横側に獲物を引き裂くためのギザギザの鋸歯を見ることができる物を選んで仕入れ、300円で販売したのであるが、これもほとんど売れなかった。

　午後1時頃までの妻を助手としての化石販売は、売れ行きはともかく、目を輝かせて化石を選ぶ子どもと一緒に過ごす楽しい時間をもたせてくれた。

╔═ 2012年11月11日（日）═╗

㊵ 無批判な出生前診断を憂える

　今月初め福島では、ナンキンハゼの紅葉が見事であったため、烏帽子形公園を訪れるたびに、植えられている2本の樹の観察を続けているが、枝先から赤く染まり始めているものの、なかなか樹全体が燃えあがりそうな気配がなかった。ところが、今朝、ふと樹下の落ち葉に目を落とすと、なんと、ほとんどが黄葉である。樹の上にも黄葉もあるが、こちらは数％程度にすぎない。ハテナと首を傾げていると、妻が、「落葉した紅葉が、地面に落ちてから黄色くなるのじゃない」と仮説を立てて、足元からわずかに落ちている赤い葉を2枚、黄葉を1枚拾って帰った。昨夜の嵐で落葉した赤い葉が朝黄色になったのではないかと推測したのである。

　しかし、居間のテーブル上に置かれたナンキンハゼの葉の色には、その後も変化がないので、妻がインターネットで調べてみたところ、ナンキンハゼはまず紅葉した後、その色が黄色に変化したうえで、落葉していくとのことである。自然はさまざまな驚きを用意してくれている。

　さて、『メルクマニュアル医学百科』によると、出生前診断とは、胎児に形質の異常がないか、遺伝病がないかということを出生前に調べる検査をいい、その方法として超音波検査、絨毛検査、羊水穿刺、経皮的臍帯血採取等による遺伝子検査がある。これらの検査の多くは、子どもに遺伝子異常や染色体異常が生じるリスクの高いカップル（特に母親が35歳以上の場合）に対して行われ、超音波検査は米国や日本では通常の妊婦検診の一環としても広く行われている。

　胎児診断は、近年、診断手技の安全性の確立、診断精度の向上につれて診断件数が激増している。しかし、その背景に、「先天性異常児の生誕は人類優生学上の由々しい問題だけにとどまらない。生まれた当の子どもの一生も

悲惨なら、生んだ親も悲惨なものです」とか、「妊娠の初期に胎児の染色体異常が発見されれば優生学上の対策をとるとか、卵子や精子の段階でそれがわかれば未然に奇形児の誕生を防ぐとか、男女を自由に産み分けられることまで可能になる」とする考え方があり、現に、ある産婦人科医の調査では、障害の可能性のある胎児には生存の権利がないとする回答が、生存の権利を認める回答より多かったという報告がある。

このような考えは、障害の可能性のある胎児の抹殺につながり、さらに、そこに「生きる価値の否定」という判断が介在することによって、すでに生きている障害者の命の価値をも軽視する考え方に結びつくおそれがある。もちろん、「胎児が遺伝性疾患に罹患しているかもしれない」との家族の不安から生じる無意味な人工妊娠中絶を回避することで、児の出生に貢献したり、胎児に異常が発見された場合にも、胎内で医療を開始して症状の発現を軽くしたり、障害児の親の育児を支えるためのカウンセリングを早期に開始することも可能である。

しかし、障害のある子でも、親の愛情に育まれて、生を全うしている場合も少なくないので、その幸福を出生前に奪うことだけは絶対に許されないと、私は考える。

出生前診断は、宗教、その社会の文化の領域とも関連する問題である。その普及に先立ち、どのような障害について出生前診断を認めるか、診断による異常な結果の説明をどのように行うか、堕胎を認めるのはどのような場合か、堕胎が許されない場合には胎児の親をどのようにサポートするか等々の問題について一定範囲のコンセンサスが成立することが必要である。

しかし、そこには、多数決で決することができない原則があることも理解しておくべきである。健常と異常との区別によって、命の価値を決し、一方の生命を断つことは、決して許すことができない。倫理を忘れた医療だけを肥大化させてはならないのである。

④1 尊厳死法案に反対する

　2012年11月13日（火）

　IT企業のK社長と社員のSさんとの3人で、奈良カントリークラブに出かけた。このコースは、私の自宅から観心寺前を通る国道310号線を利用し、千早峠で金剛葛城山地を越えて下りきったところにある。かつて天誅組が通った道でもあるが、道中はまさに錦秋の真っ盛りというところで、早朝のドライブは爽快であった。

　奈良カントリークラブは、1969年8月12日に開場された林間コースであるが、設計者は、大阪ゴルフクラブや、奈良国際ゴルフ倶楽部、橋本カントリークラブ等の名門コースの設計で知られる上田治氏である。彼は、山間部でも大量の土砂を動かしてコースをつくることを得意としていたらしく、このコースも、フェアウェイが幅広く、グリーンも大きく隠れた名コースである。

　総距離も7227ヤードと長いコースで、バンカーのほとんどがアリソン式であるほか、谷・池・ドッグレッグなどの変化がある難コースであり、コースレートも73である。病気前の私は「110の王」にもなれないことが多く、いささか敬遠してきた感がある。

　結果は、アウト52、イン51の合計103、待望の100台前半の成績でまわることができた。同伴者との会話も楽しむことができ、仕事をするより遊ぶことのほうが楽しいと、心から思えた。

　ところで、民主、自民など超党派の国会議員でつくる「尊厳死法制化を考える議員連盟」（増子輝彦会長）は、本年3月と9月に尊厳死法案の国会提出を狙っていたようである。

　かねてより、尊厳死を支持する人々は、尊厳死のルール化、法制化を長く求めており、2007年には、厚生労働省も「終末期医療の決定プロセスに関す

る指針」というガイドラインを発表したが、いろいろな問題があり、臨床現場は必ずしもこれには従っていない。

　全13カ条からなる尊厳死法案の内容は、①終末期の患者（栄養補給の処置その他の生命を維持するための措置を含む、行いうるすべての適切な医療上の措置を受けても、回復の可能性がなく、かつ、死期が間近であると判定された患者）について、②患者本人が尊厳死を希望するという意思（リビングウィル）を文書で表示している場合に、③医師は、単に当該患者の生存期間の延長を目的とする延命措置を中止したり、新たな延命措置をしないことができ、④この法律に基づいて延命措置の中止などをした場合は、民事上、刑事上の責任を問えないというものである。

　しかし、この法案は、終末期の定義が不十分であり、呼吸器や胃ろうを利用している重度身体障害者が、ただそのことだけで、終末期患者とされかねないし、その判定の手続も厳格さを欠き、法案としては、致命的な粗雑さを抱えている。

　リビングウィルに法的な意味をもたせるには、患者が自分の病状等に対するインフォームド・コンセントを受ける権利の保障が不可欠であり、リビングウィルが完全な自由意思によるものであることを確認できる手続を経ている必要もある。本人が翻意した場合には、自由かつ確実に撤回できる保障も必要である。なお、家族が本人の死（社会的死）を受け入れるのに必要な期間生存させることは家族の権利でもあろう、本人の意思との調整の問題もある。

　ところで、しばしば医師、家族がALS（筋萎縮性側索硬化症）患者に対して医療の中止の受容を迫ることがあるといわれるが、これは、ALS患者の生存権を否定するものであり、絶対に許されない。強制された意思を排除するためのしくみも不可欠である。和歌山市に対してALS患者への1日21時間以上の介護費用の支給を命じた、和歌山地方裁判所平成24年4月25日判決（判例タイムズ1386号184頁）の重みは十分に噛みしめなければならないと思う。

2012年11月15日（木）

㊷ 習近平が最高指導者に就任

　わが家の庭の八つ手には、あたかも9枚の葉に見えるような切れ込みが入っており、今朝、その花が咲いていることに気づいた。枝先が四方八方に分かれて、その先に白い花がついていて、ちょうど線香花火が火花を散らしているような形に見える。

　中国共産党は、本日開催された中国共産党第18期中央委員会第1回全体会議（18期1中全会）で、新たな最高指導部、政治局常務委員を選出し、習近平国家副主席（59歳）が、中国共産党中央委員会総書記と党中央軍事委員会主席とに選出されて、最高指導者となった。

　習近平は、毛沢東とともに国共内戦を戦った元副首相の習仲勲を父親にもつが、習仲勲が批判されて失脚した文化大革命において、自身も反動学生とされ、1969年から7年間、陝西省延川県に下放された。1974年に中国共産党に入党、1975年に国家重点大学の清華大学化学工程部に入学。マルクス主義理論の博士号を取得して、1979年に卒業した後、国務院弁公庁で副総理の耿飚の秘書を務めた。厦門副市長、福州市党委員会書記、福建省長を経て、2002年11月49歳で浙江省党委員会書記に就任。上海市で大規模な汚職事件が発覚した後の2007年3月24日上海市党委員会書記に就任。同年10月の第17期党中央委員会第1回全体会議（第17期1中全会）において、中央政治局常務委員にまで昇格し、2008年3月15日には、第11期全国人民代表大会第1回会議で国家副主席に選出された。

　習近平は、「周囲の意見を聞きながら政策を実行するタイプ」とされ、党員、官僚の腐敗に対しては厳しくのぞみ、政治的にも経済的にも開放的な姿勢をもった指導者であるとされるが、人権問題をめぐる米国を中心とした諸外国からの中国批判に対しては、「腹いっぱいでやることのない外国人が、

中国の欠点をあげつらっている」と愛国心を全面に押し出して、反論している。

また、習近平は、かつて中央軍事委員会弁公庁秘書を務めており、中国解放軍との結びつきは強く、その支持を取り付けていることもあって、強硬な領土拡張路線からの距離をおきがたい。

そうしたことから、習近平は、中国共産党中央軍事委員会副主席に就任して以降、米国や日本との対決姿勢を強め始め、また北朝鮮の核開発を批判しなくなる等、中国の外交に明らかな変化が現れたとされる。尖閣諸島問題もその延長線上で理解すべきであろう。

また、2009年ウイグル騒乱は、7月5日に、中華人民共和国新疆ウイグル自治区ウルムチ市において発生した騒乱事件である。騒乱に先立つ6月に広東省の香港系玩具工場で、デマを発端として、100名以上の漢族がウイグル人従業員を襲撃し、ウイグル人2名が殺害されたが、襲撃側の刑事処分が曖昧にされたことから、ウイグルでの不満が高まり抗議行動が起こったとされている。その際に、習近平は責任者としてこれを断固として武力鎮圧したといわれる。新華社通信は、死者192名、負傷者1721名に上る犠牲者が出たとしているが、亡命ウイグル人組織の世界ウイグル会議は、この時に中国当局や漢民族の攻撃により殺されたウイグル人は最大3000人であると発表している。

13億の人口と、GDP世界第2位の大国である中国の新指導者の誕生には、胡錦濤主席派と江沢民前主席派の水面下の旧態依然とした権力争いが激しかったといわれるが、これからは、次第に彼らも求心力を失っていくであろう。新しい、しかも中国解放軍の力を背景とした皇帝の誕生である。

┌─────────────────────────────┐
│   2012年11月17日（土）   │
│ ㊸ シンドラー社のエレベーター事故 │
└─────────────────────────────┘

　昨日は、京都産業大学大学院法務研究科の授業日である。午後1時15分からの3限と、午後4時45分からの5限の2コマで、後者は、以前G株式会社の取締役会出席のために休講した分の補講である。　講義終了後、来合わせた本年度の新司法試験合格者のF君と夕食をともにすることになっていたので、学生たちにもコンパの開催をよびかけたが、「レポートの提出課題が残っているので」、「勉強の予定があるので」等々の理由で、ほとんどの学生がパス。

　結局、10名の学生のうち2名だけが参加。上賀茂神社近くのカレー料理店で食事をした。インド人が経営する店のようで、料理も個性的で種類も豊富である。発病してカロリーを制限する身となってからは初めて訪れたが、期待どおりの内容であった。若い人たちから、若さに伴う将来への大きな不安を聞くと、それ自体がうらやましくもあると同時に、「その不安を解消する方法はなく、むしろ、その時々における自分の人生を受け入れていく中で、現状を肯定し、あるいは何者をもおそれない気持を育んでいくことができる」ということを語るうちに、つい熱くなる。午後9時近くに解散し、私は、姫路に向かい、Nホテルにチェックインする。明日は、H社の社内ゴルフコンペに参加する予定だ。

　ところで、2012年10月31日、金沢市内のホテルで、女性従業員（63歳）がドアの開いたシンドラー社のエレベーターに乗り込もうとしたところ、上昇したカゴにつまずいて転倒したが、カゴはそのまま上昇し、女性は上半身をカゴの床と乗降口の枠に挟まれて死亡した。

　2006年にも東京都港区のマンションで、当時16歳の男子高校生がエレベーターのドアに挟まれて死亡し、シンドラー社東京支社の元保守部長ら5人が

43 シンドラー社のエレベーター事故

在宅のまま起訴されている。

　前回の事故後、国土交通省は法改正をして、扉が開いたままカゴが動くことを防止するためエレベーターへの補助ブレーキ設置を義務づけたが、この義務は、法改正が行われた時より前に設置されたエレベーターには適用されなかった。その結果、今回事故を起こした2002年製のエレベーターにも、補助ブレーキはなかった。このようなエレベーターは現在、日本でまだ数十万基稼動しているという。わが国の行政は、対策を講じたというアリバイづくりには熱心であるが、事故の再発防止への関心は薄いように思えることがある。

　次に、2006年の事故の刑事裁判は、争点を整理する手続が３年もの長きにわたって行われており、現在も初公判の見通しが立っていないという。11月５日にも、第17公判前整理手続が行われたが、初公判の日程は今回も決まらなかった。公判前整理手続は、裁判員制度の導入に際して採用されたが、近代刑事裁判に不可欠な予断排除のための起訴状一本主義に違反するばかりか、不熱心な欠陥裁判官による手続引き延ばしのアリバイづくりの道具にもなっている。

　シンドラー社はスイスに本社をおく世界シェア第２位のエレベーターメーカーであるが、わが国では、先の死亡事故により信用を失墜した後は新規エレベーターの販売実績がなく、全国に約5500基ある自社製エレベーターの保守点検を事業としている。その取扱い機種を増やそうとして、独立系のメンテナンス会社を買収し、他社エレベーターの保守も受注しているが、メンテナンスの仕方について疑問が提起されているほか、保守点検要員の教育も杜撰であるとの批判もある。

　そもそも、シンドラー社製エレベーターのブレーキ構造の欠陥を指摘する声もあるが、そうした非難を無視し続けているところに、重大なコンプライアンス違反が潜んでいそうである。

2012年11月18日（日）

44 動物愛護法

　今朝、散歩に出発しようとマイカーに乗り込み、母たちを待つ間、向かいの家の庭で、飼い犬が用を足しているのが目に入った。12歳くらいのフレンチブルドッグで、娘さんの飼い犬であるが、生まれつき病弱で病院通いが続き、今や足が衰え家の中ではいざりながら移動しているという。そのため、娘さんのご両親が引き取って、老後の面倒をみておられる。

　ところで、わが国では、動物の愛護及び管理に関する法律（略称・動物愛護法）が1973年10月1日に制定されているが、1999年12月に26年ぶりに、動物取扱業の規制、飼い主責任の徹底、虐待や遺棄にかかわる罰則の適用動物の拡大、罰則の強化など大幅に改正され、さらに、2005年6月にも、動物取扱業の規制強化、特定動物の飼育規制の一律化、実験動物への配慮、罰則の強化などの改正が行われるとともに、今後5年ごとに見直しが行われることになった。

　現行法の目的は、動物虐待等の禁止により「生命尊重、友愛および平和の情操の涵養に資する」こと（動物愛護）と、動物の管理指針を定め「動物による人の生命、身体及び財産に対する侵害を防止する」こと（動物管理）であるとされる。この法律は、動物の適正な飼養および管理を確保するため動物の所有者または占有者の責務等を定め、この法律に基づき、家庭動物等の飼養および保管に関する基準、展示動物の飼養および保管に関する基準、実験動物の飼養および保管並びに苦痛の軽減に関する基準、産業動物の飼養および保管に関する基準が定められている。

　私たちに最もなじみ深いペットである犬・猫について言及すれば、「家庭動物の飼養および保管に関する基準」の定めは、①飼主は、愛情をもって終生飼養しなさい、②その動物が他人の生命、身体または財産を害し、環境を

害することがないように注意し、その責任を十分自覚しなさい、③飼養に先立って、終生飼養できるよう慎重に判断しなさいということである。

　いわばペットショップや動物園等向けの「展示動物の飼養および保管に関する基準」は、①飼養、保管の環境に配慮し、愛情をもって扱いなさい、②動物が他人の生命、身体または財産を害し、環境を害することがないよう注意し、動物に関する正しい知識と動物愛護の精神の普及啓発に努めなさい、③能力に応じた動物を扱い、繁殖に際しては、計画的にかつ慎重に行いなさい、④終生飼養に努め、飼養の継続が著しく困難な場合などでも生存の機会を与えるように努め、やむを得ず殺処分するときにはできるだけ苦痛を与えないようにしなさいということである。

　なお、環境省のホームページには、「見つめ直して人と動物の絆」と題する可愛いイラスト入りのパンフレットが掲載されているが、その内容は、「人と動物との間に太い絆を結びましょう」と訴えるにとどまり、その結びつきについての指針の提示や助言等は欠けている。

　非営利一般社団法人日本動物虐待防止協会のホームページをみてみると、欧米には、動物に対し、理不尽な痛みやストレスといった苦痛を与えることがないように、肉体的にも、精神的にも幸せである環境との調和をめざした「動物福祉」という考え方があるということであり、その内容として、動物は、①飢えと渇きからの自由、②不快からの自由、③痛み、負傷、病気からの自由、④恐怖や制圧からの自由、⑤本来の習性を発揮する自由があるという。

　欧米で、ペットの訓練の重要性が唱えられ、社会生活上訓練を受けたペットが広く受容されていることは、④、⑤の動物の自由（権利）に応じたものであることがわかるが、わが国の法令にはそのような視点が欠けている。

　わが家の向こう三軒両隣では10歳以上の老犬が3匹、それぞれ可愛いがられている。

45 依頼案件の相手方の死

2012年11月19日（月）

　街路樹の大柄の葉の黄葉が朝日に輝いているが、あらためて眺めてみると、私の記憶の範囲内にはない葉であった。そう言うと、妻が、「コブシではないかしら」と言う。確かに、春にはコブシの街路樹の花が美しい河内長野の駅前でも、今、その大柄の葉が黄葉している。白い花がたくさん密集して開花する可憐なコブシの花からは連想できないような立派な黄葉である。

　弁護士が取り扱う事件に伴う死には、相手方の死もある。

　もう20年も経つであろうか。当時、私は、変わった相談を受けた。先妻を自殺で失った夫からの依頼である。建設業を営む会社の社長の彼には、今でいう強迫性障害であろうか、精神的に問題のあるご子息がいた。外出時に出会う通りがかりの人が怖くて、タクシーを利用しない限り外出することができず、仕事もできない。独りで自室に閉じこもっているが、唯一の趣味が高価なブランド品の買い物だそうである。時折、その費用が欲しくて、タクシーを飛ばして、会社にやってきて、社長に小遣いをせがんで事務所内で暴れ、目的を遂げるまで帰らない。「自分の息子である以上、自分の責任で対応するが、万一、自分の身に何かあったときは、後妻の相談に乗ってやってほしい」ということであった。

　その時は、承諾したものの、唐突な依頼に面食らったものである。しかし、間もなく、依頼者は心筋梗塞で亡くなり、今度は奥様から新たな依頼を受けることになった。「亡き夫は、生前息子のために収入の全部を使い切り、相続財産とてないが、掛けていた死亡保険金が下りる予定である。受取人は自分であるが、半分は、亡き夫の息子の今後の生活費として贈与したい。しかし、それはできるだけ長く使ってほしいし、使い切るまでの間に、自分は第2の人生を設計し、以後は、息子とは無縁の生活を送るつもりであ

45　依頼案件の相手方の死

る」と言う。

　そこで、私は、息子を呼び出し、用意した合意書を依頼者との間で交換してもらった。保険金の贈与の条件として、もらった金員は、私に預け、毎月定額宛受け取り、原則として、それ以上の金額を請求することはできないことが合意されたのである。

　しかし、翌月からが凄まじかった。いろいろと理由を設けては、臨時の出費のために、預け金を返してほしいと求めてくる。断ると、「死ぬ」と言い出すが、それまで私には、死ぬと言う人に実際に死なれた経験がなく、原則として、決まった金額のほかは渡さなかった。

　生活費のほかは、時折、入院する精神科病院への支払いにあてることもあり、鹿児島県枕崎の精神科病院への入院期間中に、不祥事を理由とする呼び出しを受けたこともある。余談だが、その折、枕崎の漁港の食堂で食べた鰹の頭の潮汁のうまさは、今もって忘れられない。

　私が妻ともども留守をしていた時のことである。留守番の娘に電話があり、「お父さんは留守だ」と答えると、「今から殺しに行く」と言って電話が切られたという。娘の慌てる電話で顛末を知らされ、夫婦してタクシーで帰途についたことを鮮明に覚えている。

　預かり金の残高が次第に少なくなり、生活費がなくなった後はどうなるのかと心配するうち、彼から、「世話になっている人にプレゼントしたいので、まとまった金を渡してほしい。残高が乏しいことはわかっている」との連絡があった。私は、約束を盾に断ったが、いつもと同様「死ぬ」であった。私は、高を括っていたが、連絡が途絶えたことに気づいた頃に、突然、家主から、腐乱死体が発見されたという連絡があった。贈与された資金が絶える時を自らの死期と覚悟していたようである。また、私は1人の死人を背負ってしまった。

46 ヘレン・カルディコット博士の講演

　朝から雨模様で母の散歩は中止にした。私の運転でドライブに出掛け、その間に妻は掃除をする。実は、愛犬レモンは掃除機が苦手で、スイッチを入れると飛びかかって行き、制止しようとする人間にも噛みつこうとするので、私が母と一緒にレモンを連れ出すときが、掃除のチャンスということになる。

　さて、11月19日、ノーベル平和賞を受賞した核戦争防止国際医師会議（IPPNW）の生みの親であり、自身もノーベル平和賞候補となった小児科医師のヘレン・カルディコット博士が、衆議院議員会館で記者会見を開催した。同博士が前日都内で開催した講演は、予約受付開始18分で、定員に達したとされるが、記者会見のほうは、衆議院議員選挙の影響なのか、参加したジャーナリストはわずか20人ほどであった。傍聴に訪れた国会議員は皆無だったようである。先日、福島県内の18歳以下を対象に行われた甲状腺検査で、「直ちに二次検査が必要」という判定を受けた子どもが出たばかりであるのにもかかわらずである。ヘレン・カルディコット博士は、遺伝的疾患である嚢胞性線維症の専門家であり、２万3000人の医師で構成される「医師としての社会的責任を追及するための組織」（PSR）の創立会長でもある。その傘下組織がIPPNWである。

　大阪弁護士会所属の青木佳史弁護士らの報告によると、ヘレン・カルディコット博士は、「小児科医だった立場で、医療的観点から福島の現状を話したい」と前置きをして、スピーチを始め、「福島第一原発事故は、人類史上最悪の産業事故。ばく大な量の放射性物質が放出されているにもかかわらず、日本政府はSPEED１のデータを公開せず、国民に情報を与えなかった。その結果、わざわざ放射線量の高い場所に逃げてしまった人もいた。チ

ェルノブイリ事故の推移をずっと追ってきたが、ロシアのほうが、もっと積極的に人を避難させて、国民を守った」と述べて、日本政府の事故対応を批判し、そのうえで、「国が、今も福島県民をそこに住まわせていることが信じられない」と語ったという。「日本政府は、電力会社の強い影響下にある。そして、政治家は医療的知識をもっていない。特に線量の高い地域にいる妊婦は、医療的な側面からみて深刻な状況である。また、甲状腺検査の中で、40％以上の人に、なにかしらの異常があったと聞くが、医療の専門家からみれば、極めて異常な値。チェルノブイリでは、がんが出始めたのは、5年後くらいからだが、福島はもっと早そうだ」、そして、「子どもや妊婦、また子どもを産める若い女性たちの移住のための費用を国が負担すべき」と強調したそうである。

　博士はさまざまな活動を通じて、「福島は、チェルノブイリ以上の汚染状況にある」と警告してきたが、記者会見について関心が薄かった日本のメディアの姿勢に対し、「責任を果たしていない」と批判。放射線被害に関する情報公開の実現には、メディアの果たす役割が大きいことを訴えている。ヘレン・カルディコット博士は、2011年4月30日ニューヨークタイムズに、「原発事故の健康被害について、一番よく知っているのは私たち医者である。チェルノブイリによる死亡者数については、これまで激しく論争がなされてきた。IAEAは、がんによる死亡者数をおおよそ4000人程度と予測したが、2009年にニューヨーク科学アカデミーより出版された報告書では、100万人に近い人々が、がんやその他の病気ですでに死亡していると報告している」と寄稿している。

　博士の言動に照らせば、日本の被害はチェルノブイリ以上であると危惧されるが、インターネット上には、福島原発の事故に関する操作された虚偽情報ばかりが上位に並んでいる。

47 イスラエルの奇襲攻撃

　イスラエル軍は11月14日、パレスチナ自治区ガザの各地に戦闘機によるミサイル攻撃を加え、イスラム原理主義組織ハマス軍事部門トップのアハメド・ジャバリ氏ら4人を殺害、15人を負傷させた。イスラエル軍報道官は「ガザのテロリストに対する攻撃は始まったばかりだ」と述べている。しかし、パレスチナのガザ地区を実効支配するのはハマスであるから、これは、イスラエルによる宣戦布告と、奇襲攻撃にほかならない。その後のイスラエル軍の空爆等でパレスチナ人約160人が死亡し、イスラエル側でもガザ地区からのロケット攻撃によって6人が死亡している。

　しかし、両国の停戦協議を仲介してきたエジプトのアムル外相の努力により、現地時間の21日午後9時（日本時間の22日午前4時）に停戦が発効した。停戦合意には、①双方が暗殺行為やロケット弾による攻撃を含むあらゆる敵対行為を停止すること、②イスラエルがガザ地区の経済封鎖を停戦の発効から24時間後の22日午後9時に解除し、人や物の移動がより簡単にできるようにすることなどが盛り込まれている。アムル外相の会見に同席したクリントン国務長官は、「イスラエルとパレスチナの人々が平和に生きられるよう、この合意は必ず実行されなければならない」と述べ、イスラエルとハマスなどに停戦を守るよう強く求めた。

　イスラエルのネタニヤフ首相は21日、エルサレムで会見し、「安全が脅かされれば、より強力な軍事力を行使することもありうる」と述べ、ハマスなどが停戦を守らなければ攻撃を再開することも辞さない姿勢を強調したという。一方、停戦協議に参加したハマスの指導者のマシャル氏は21日、カイロ市内で記者会見し、「今回の合意は明らかにイスラエルの敗北を意味している。彼らが先に攻撃を仕掛け、われわれは自分の身を守るために報復した。

その結果、イスラエルはわれわれの要求を認めざるを得なくなった」、「イスラエルが合意を守る限り、われわれも守る」等と述べたという。

イスラエルとハマスとの停戦は何度も破られており、今回も停戦2日目の23日に、パレスチナ暫定自治区のガザ地区とイスラエルの境界線の近くで警備していたイスラエル兵が、パレスチナ人のグループに発砲し、男性1人が死亡する痛ましい事件が発生したが、ハマスは停戦の仲介役のエジプトに再発防止のための対応を求めるとして、直ちには報復しない考えを示した。イスラエル軍のほうも、地上侵攻に向けて、ガザ地区の周辺に集結させていた戦車などの撤収をすでに始め、招集されていた6万人の予備役も段階的に任務を解かれている。

23日からはガザ地区の封鎖解除のための手続がとられる約束であるが、ハマス側は全面的な解除を求め、イスラエル側は限定的な解除にとどめる心算であり、協議が整うことは至難なことである。ガザ地区の封鎖解除は、停戦の恒久化のための最大の課題というべきである。

ところで、イスラエルは、ハマスのロケット攻撃に反撃する際には、一般市民の巻き添えを厭わない断固とした姿勢を示すが、国際社会では、イスラエル占領地も含めてパレスチナに「国家」としての地位を認めようとする圧力が、もはや押しとどめられないほどに高まっている。イスラエル支持者による米国内での政治活動を無視できないために、常にイスラエルの擁護に偏してきた米国政府も、占領地入植問題等について、イスラエルを牽制する姿勢をみせざるを得なくなってきている。イスラエルは、国際社会からの批判に耳を閉ざし、自らの自衛の権利だけを主張し続けるための軍事的優位を、これからも永久に保てると信じているのであろうか。

48 アナンド・グローバー氏の記者会見

2012年11月28日（水）

　国連人権理事会からわが国に派遣されていた「健康に対する権利に関する特別報告者」のアナンド・グローバー氏が、去る11月26日13時、離日にあたって、日本記者クラブで記者会見を開き、声明を発表した。今後、報告書案を日本政府に送り、コメントを徴求するが、最終報告は2013年5月に国連人権理事会に提出される予定である。

　冒頭、被災者へのお見舞いを述べ、これまでの日本政府の対応を称賛したうえで、①SPEEDIによる放射線量等の情報が直ちに公表されなかったこと、②避難区域の指定に使用した基準値20mSvには根拠がなく、チェルノブイリ事故の際の強制移住の基準値5mSvと比較しても高いこと、③放射線測定に関する情報が必ずしも公開されていないこと、④汚染地域の住民の健康に関するモニタリング体制などが不十分であるばかりか、調査の結果が公開されておらず、本人に対する開示も行われていないこと、⑤除染作業者の汚染やその防止策についての情報提供も行われていないこと等に対して警告を行い、最後に、日本政府に対して、被災者特に社会的弱者をすべての意思決定プロセスに参加させるよう要請した。

　これに対する質疑応答の要旨は次のとおりであるが、この経過もほとんど報道されなかった。

〔質問1〕汚染区域の調査を広域にするべきと指摘があった、汚染地の定義は法的にどうあるべきだと考えているか。チェルノブイリ法では1 mSv/year が汚染地で、年間 0.5mSv/year から管理測定すると記されているが。

〔回答1〕現在の健康調査は幅がせまく、今までの研究・調査のいくつかを取り込んでいないという懸念がある。これからの調査はもっと幅

広く行うべきであると考える。

〔質問2〕除染活動を含め参加プロセスが重要との指摘があった。特に20 mSv の極めて高い線量の限度を根拠として、避難解除がされて帰還させられる人々にとって問題は深刻である。

〔回答2〕健康に対する権利という概念的な枠組みで、住民はあらゆる自分たちにかかわってくる意思決定に参加しなければならない。計画の実施、モニタリングの意思決定に参加する権利も認められなければならない。すなわち、住民が参加することによっていろいろ良いアイデアがもらえるということだけではなく、実際の実行やモニタリングにも住民が参加することが重要である。避難区域の指定解除のプロセスに住民が参加するだけでなく、すべての意思決定に住民が参加するべき。今の時点では日本には当然いろいろな問題があると思うが、日本国民がひとつにまとまって、まるで戦争のようなこの問題に対して戦っていかなければならず、この戦いの中のあらゆるプロセスにおいて、専門家だけではなくて（政府は専門家だけに決定させようとしているかもしれないが）、健康に対する権利の観点からしても、すべての国民が参加をしていくのが大切。

〔質問3〕内部被ばくの問題を無視しているのではと憂慮しておられるのは、専門家が低線量被ばくの影響を過小評価しているからだと考えられているからか。

〔回答3〕科学者の間でも低線量被ばくの危険性を否定している科学者もいるが、反対する研究もある。政府は、どちらの研究が正しいと決めるのではなく、より用心深いほうに立つべきで、何ごとも排他せず包括的にことにあたるべきである。徹底的でオープンで、包括的で科学的な調査・治療を実施すべく、地域社会が意思決定に含まれるべきである。これから試練があるだろうが、政府は国民に最も良い形で対処されるであろうと確信している。

2012年12月2日（日）

49 観心寺のライトアップ

　夕方から観心寺のライトアップを見に出掛けた。同寺には、生前楠木正成が好きであった父の墓を建てさせてもらっているので、わが家は檀家ということになる。せっかくの行事なので、ご住職に敬意を表すためにも行っておこうと考えた次第である。

　しかし、日没後の冷込みが厳しく、明後日にパーティーを控えており風邪をひくわけにもいかないので、ご住職に挨拶をして早々に退散した。

　観心寺は、寺伝では、文武天皇の大宝年中（701～704年）に役小角が草創した雲心寺を前身とし、808年に弘法大師が巡錫（じゅんしゃく）して北斗七星を勧請し、815年に来山した折に「観心寺」に改めたとされている。弘法大師は、高野山金剛峰寺と京都の東寺との行き来に際して、観心寺と、奈良の川原寺（弘福寺）とを中継点とされたが、それぞれが、1日約30kmの行程の要所にあった。ちなみに、弘法大師が嵯峨天皇から高野山の地を賜ったのは816年である。

　同寺には国宝が3つあることが、檀家としての私の密かな自慢である。

　1つは、大阪府下で彫刻の国宝第1号の如意輪観音像である。密教の厳格な儀軌に従っている六臂（ろっぴ）の仏であり、カヤ材に刻み、木屎漆を厚く塗ったうえに、彩色されている。着衣が波打つ翻波式が採用されているほか、目鼻立ちが大きく、くっきりしている面相、体躯のどっしりした豊かな量感等の特徴から、典型的な貞観仏として知られていて、真紹によって制作されたとされる。金堂の中の大きな厨子の中に納められ、毎年4月17日と18日の両日に限ってご開帳される秘仏であるため、彩色がよく残されている。その日に外陣に座って眺めていると、凛としているにもかかわらず、何ともいえない温かさがにじみ出ているようで、拝観していると、うっとりした気分になる。

司馬遼太郎も『風塵抄』（1991年・中央公論社刊）の中でこの仏に触れ、「ゆたかな頰、妖しいというほかない肢体は、官能を通してしかあらわしようのない理趣経の世界をそのまま象徴している」と述べている。私は、ここのところ毎年ご開帳の時には出掛けている。

　２つ目は、金堂である。ご住職の永島龍弘氏が『魅惑の仏像如意輪観音』（2004年・毎日新聞社刊）に寄稿された「観心寺の歴史」によると、弘法大師は、816年に当寺を実慧大徳に委ね、実慧は伽藍建立を発願して真紹に工事を委ね、827年または829年に基礎工事に着手されたという。当初は、講堂として建築され、五間四面の建物であったが、1333年頃後醍醐天皇の詔によって、楠木正成が奉行として、現在の七間四面の金堂になったという。江戸時代洪水被害を受けるが、1665年に旗本甲斐庄によって、修理が行われたという。

　明治維新前夜、中山忠光を総裁とする天誅組が、大和五条に討ち入る前に、楠木正成の墓前に成就の祈願をしたことも、よく知られている。

　３つ目が「観心寺勘録縁起資材帳」である。これがつくられた883年の寺域には、講堂（現金堂）のほかに、如法堂、護摩堂、鐘堂、経蔵、宝蔵、僧房３棟、大乗院食堂ほか９棟があったこと、寺領、荘園は、地元河内国の錦部郡、石川郡、古市郡、紀伊国の伊都郡、那賀郡、但馬国の養父郡等にも及んでいたことがわかる。

　なお、観心寺には楠公の首塚や、後村上天皇の御陵があるほか、建掛塔が有名である。この建物は、楠木正成が三重塔の建立を発願しながら工事途中で湊川の戦いに出陣して戦没したために、初重と軒下の建物をつくっただけで終わったものに、後代、屋根の小屋組みと茅葺の屋根を架けたものと言い伝えられているが、当初竣工したものが後に焼失し、現在の形に再建されたものであるとする説もあるらしい。恩賜講堂とよばれる建物は、昭和天皇即位大典のために京都御苑に建てられた饗宴場の一部を移築改造したものである。

2012年12月4日（火）
50 快気祝い兼出版記念パーティー

　本日は、私の快気祝い兼『弁護士日記秋桜』出版祝のパーティー当日である。

　今般、D社の柳茂樹社長から、『弁護士日記秋桜』の出版祝いを兼ねて快気祝いをしてやろうという声があがった際に、本来ならお断りすべきところであるが、奈良ロイヤルホテルの利用を思いつき、受けさせていただくことにした。このホテルは、さまざまな理由で観光客減に苦しんでいる奈良にあり、私がかつて更生管財人として再建に関与し、現在も監査役を引き受けているというご縁がある。いろいろな分野の私の知己と、その代表役をお引受けしていただけそうな方の名前とをリストアップし、柳社長に渡し、今回の企画の立案と実行をお願いした。

　パーティーの日が近づくにつれて、お世話いただく皆様とご案内先に対し、申し訳ない気持でいっぱいになり、当日の到来が怖くなってきた。いよいよ今朝となってみれば、家内ともども、もう開き直るしかない。午後3時、パーティー会場に到着する。午後5時、河内長野の菓子屋さんが内祝いのためにお願いした「長野八景」の詰合せを届けてくれたので、徳島の「干し海老」と、『弁護士日記秋桜』を一緒に袋詰めした。

　間もなく、主賓としてご臨席をお願いした、私が法曹1年生時の所属した東京地裁刑事4部の柳瀬隆次元裁判長と、大学生当時のゼミの指導教官の奥田昌道京都大学名誉教授もお越しになられたので、来賓控室でご挨拶をさせていただき、引き続き、パーティーの呼びかけ人や、来賓の方々をお迎えした。

　午後6時開演。まずは、指揮者として活躍される堀 泫氏、お嬢さんの千浪さんご両名によるピアノ・ヴァイオリンの演奏で始まり、事務所の南靖郎

50　快気祝い兼出版記念パーティー

弁護士と松本恵理子弁護士による司会の挨拶の後に、観心寺の永島龍弘住職が、パーティーの呼びかけ人を代表して趣旨説明をしてくださった。

来賓の挨拶は、柳瀬隆次元裁判長と奥田昌道京都大学名誉教授。その後、エスフーズ株式会社の村上真之介社長にもご挨拶をいただいたうえで、GCAサヴィアングループ株式会社の渡辺章博社長に乾杯の音頭をとっていただいた。奈良ロイヤルホテルには、数々の料理の準備をお願いしたが、私の生まれ育った徳島県小松島市の「かつ天」と、「竹輪」も一緒に出していただいた。

乾杯後は、ポルトガルギターの名手である月本一史さんに、ギター、ヴァイオリンと、ヴォーカル担当の仲間と一緒に、演奏をお願いした。

その後の祝辞は、桑田、清原らと一緒にPL学園野球部の一時代を築いたが、その後進学した同志社大学の野球部の公式試合で頸椎骨折し、首から下が麻痺したまま、たくましく自分の人生を切り開いておられる清水哲さん、私と永年研究会活動を継続してくれた安木健弁護士、高校同窓生の糸田川広志さん、『弁護士日記秋桜』の出版社でもある民事法研究会の田口信義社長にお願いした。

そして、前述の堀泫氏の指揮によるコーラスグループ「諏訪森ゾリステン」の合唱が始まる。定期演奏会にうかがわせていただくようになって20年は経過するが、その美しいハーモニーは衰えることなく、いよいよ円熟の境地となっていくように思う。

その後、私の所属する弁護士法人から駆けつけてくれた有志が壇上にあがり、「諏訪森ゾリステン」の皆様と一緒に、加山雄三の「旅人よ」を合唱する。私たち夫婦も壇上に引き出されて一緒に歌う。その後、事務所を代表して軸丸欣哉弁護士による祝辞、花束の贈呈を受けて、私が答辞を述べ、上甲悌二弁護士の閉会の挨拶で、パーティーは無事終了となった。参加者254人、当日のお世話係の方約20名であった。幸せな1日であった。

51 柳瀬隆次元裁判長

　昨晩パーティーにお越しになった方々のために、本日は、奈良国際ゴルフ倶楽部でのゴルフ大会と、奈良観光とを準備していたが、最高齢の参加者である柳瀬隆次元裁判長は、自由に奈良を散策したいとのことであった。もう1人のご来賓の奥田昌道京都大学名誉教授が昨晩京都に帰られたこともあって、司法修習を終えた直後に配属された東京地裁の刑事4部でお世話になった元裁判長と別れる気持になれなかった私は、奈良散策を共にすることにした。

　拝観を希望された新薬師寺は、光明皇后が天平19（747）年に、夫聖武天皇の病気平癒のために建立し、創建時の新薬師寺は金堂、東西両塔などの七堂伽藍が建ち並ぶ大寺院であった。創建から33年目の落雷により建物のほとんどが焼失し、金堂も平安時代に倒壊し、現在の本堂は、奈良時代に建築された他の堂を転用したものである。現本尊の薬師如来像は平安時代初期の制作とされ、有名な塑像十二神将立像は天平時代の作であるが、薬師如来の眷属とするために、近くの岩淵寺から移したものと伝えられる。12躯のうちの1躯（寺伝では波夷羅大将像）のみは江戸時代末期の地震で倒壊し、昭和6（1931）年に、高村光雲の弟子細谷而楽が補作したものである。国宝指定時の十二神将の名称は寺伝と異なっているが、現在の十二神将の配置はいずれの名称によっても干支の並びの順番にはなっていない。市井の人と変わらない極めて写実的な顔をしているが、何としても薬師如来の信者を守るという戦闘士としての激しい感情が見事に表出されており、いつ訪問しても見応えがある。

　そして、若草山から奈良を一望することにし、標高342mの若草山山頂に向かい、手前の駐車場で下車して、展望台まで登ったが、柳瀬元裁判長の足

取りが確かであったことが嬉しかった。展望台の西方には、整備が進んでいる平城京跡が広がっていた。北東の方角を眺めると、奈良のドリームランドが目に入った。すでに閉鎖して久しいはずなのに、取壊し費用を惜しんでいるのか、大型遊戯施設がそのまま残されていた。

　その後、ひなびた寺の拝観を希望されたので、元興寺に向かった。最初東塔跡に行き、次いで、国宝薬師如来像が置かれていた（現在は奈良国立博物館に寄託中）伽藍のある極楽坊にまわる。古瓦の屋根の明るい色を眺めつつ、西小塔院に立ち寄る。中には、奈良時代につくられた高さ5.5mほどの五重小塔がある。当初から屋内にあるため保存状態が非常に良く、内部構造に至るまで本物と同様につくられ、奈良時代の建築様式の貴重な資料として国宝に指定されている。

　これを拝観した後、いったん奈良ロイヤルホテルに戻って、ご自慢の奈良の茶飯定食を味わっていただいた後、元興寺と同様の五重の小塔のある海龍王寺を訪れる。小塔は、創建当時から西金堂内に安置されており、細部は天平時代のかなり早い時期の手法を用いてつくられて、当時の建築技法を現在に伝えていること等から、この小塔も国宝の指定を受けている。

　柳瀬元裁判長は、米国の少年裁判所法を参考に、保護優先の思想を中核として制定・施行された少年法運用の実務について、昭和29年度研究員として司法研究をされた方であり、その成果等は、その後最高裁判所事務総局家庭局編の『少年事件執務提要』に引き継がれ、私が2番目の任地である津家庭裁判所四日市支部で少年審判を担当した際に、多大な感銘を受け、大いに参考にさせてもらったのであるが、その後の保護思想の衰退とともに、『少年事件執務提要』は廃刊となっている。道々、そのような司法の現状について、鬱々とした思いをもっておられるようにもうかがわれて、元裁判長に一層の親近感を覚えた。

52 フォークランド紛争

2012年12月7日（金）

　夕方から、D社の株主総会、取締役会の後、従業員全員との忘年会が開かれた。先日の私のパーティーに際して会社をあげてご支援いただいたこともあって、それらに出席し、忘年会の冒頭に謝辞を述べさせていただく。本当にありがとうございました。

　さて、今年中に、イギリスとアルゼンチンとのフォークランド戦争に触れておきたい。

　この戦争は、スペイン語名フォークランド諸島（アルゼンチン名：マルビナス諸島）の領有をめぐり、イギリスとアルゼンチン間で3カ月にわたって行われた戦争である。1982年4月2日に勃発した戦争は、近代化された軍隊同士で遂行され、両軍とも、イギリスのほかに、アメリカやフランス、ベルギーなどの西側第三国で設計開発された兵器体系を多数使用した。イギリスは勝利はしたものの、アルゼンチン軍の攻撃により多数の艦船と乗組員を失い、戦争中のイギリス軍の艦艇の損失はアルゼンチン軍のそれを大きく上回ったといわれている。

　イギリスは、1592年にイギリスの探検家ジョン・デイヴィスがフォークランド諸島を記録していることを領有権の根拠としているが、その後、フランス、スペインの植民地時代を経て、アルゼンチンが一時実効支配を回復している。ところが、ブエノスアイレス州知事のフアン・マヌエル・デ・ロサスが、1829年にアルゼンチン政府に対して海域の通行料を払わなかったアメリカの捕鯨船3隻を拿捕したのを契機に、アメリカ海兵隊が上陸し諸島の中立を宣言し、次いで、1833年にはアメリカ軍に代わりイギリス軍が再占領したものである。

　その後アルゼンチンで成立した自由主義者の政権はイギリスと友好関係を

52　フォークランド紛争

もつ傍ら、イギリスを牛肉などの輸出市場としていたため、領有権の主張を持ち出さずに、長い時間が経過した。第二次世界大戦後、フォークランド諸島は、イギリス本国へ羊毛を輸出していたが、フォークランド諸島民は二等市民として扱われて、定期航空便もない等本国からの援助に乏しく、アルゼンチンから医療等さまざまな援助を受けて、島民の生活が維持されていた。

フォークランド諸島は、冷戦下において、パナマ運河閉鎖に備えてホーン岬周りの航路を維持するための戦略的拠点として重要であったほか、南極における資源開発の前哨基地としても価値は大きかった。加えて、その頃、すでにイギリス人入植者が多数を占めるに至っていた。現在でも、島民投票を実施すれば英国領たることが選択されるであろうことは想像にかたくない。

その後1982年4月2日、アルゼンチンのガルチェリ政権が、陸軍約4000名をフォークランド諸島に上陸させ、同島を制圧したことで武力紛争化した。これが、フォークランド戦争である。これに対して、イギリス軍の特殊部隊は、25日サウス・ジョージア島に逆上陸したが、アルゼンチン軍は、巧みな航空攻撃によりイギリス海軍の艦船を撃沈するなど、地の利を活かして戦いを有利に進めた。イギリス軍は地力に勝る陸軍、空軍力と、アメリカやECおよびNATO諸国の支援を受けた情報力により、アルゼンチンの戦力を徐々に削り、6月7日、フォークランド諸島に地上部隊を上陸させた。同諸島最大の都市である東フォークランド島のポート・スタンレーを包囲し、14日にはアルゼンチン軍が正式に降伏。戦闘は終結した。

野田佳彦政権は、尖閣諸島問題について、わが国が世界で最初に領有宣言をしたことを根拠に、国際法上日本固有の領土であると主張するが、植民地時代に先進国家が他国を植民地とするためにつくったルールに拠ったというだけでは、多くの国々の支持を受けられない。アルゼンチンのフェルナンデス大統領は、今、イギリスに対して、フォークランド諸島の返還を求めている。

2012年12月8日（土）

53 ある事業家の死

　今日は、H㈱グループ各社の役員を対象とするゴルフ会の開催日である。久しぶりに、愛車アテンザを駆して龍野クラシックゴルフクラブに向かう。午前6時前に自宅を出発し、走行区間によっては時速140km程度で走行（編集者に叱られました）。アテンザの走りは良いが、若者向けの車として価格をおさえている関係で、事故のときのクラッシュ対策には、私は期待していない。万一の事故の際は、自己責任とわきまえての運転である。久しぶりの快走に満足して、午前8時頃にはゴルフ場に到着する。
　冬のゴルフのため、風邪で急遽欠席の連絡を入れてこられた方が複数いて、参加者は子会社の2社の各代表取締役と、もう1社の監査役と、私との4名であった。恥ずかしながらまたも「110の王」を達成し、懇親だけの1日を過ごしてしまい、この次はと決意を新たにしながら帰途についた。
　さて、永年弁護士業を続けていると、好事業であっても、その経営者一代の間、これを継続することが実に難しいことをしばしば痛感させられる。
　今日ご紹介するのは、S氏の思い出である。
　S氏は、高級家具販売業を営む会社を設立し、これを軌道に乗せて、優良な顧客の注文を受けるようになった。地元の事業家が成功して娘を嫁がせるような場合には、トラック何台もの嫁入り道具を用意することがあるが、そのような場合にはまずS氏の店が利用されるほどの信用を勝ち得ることができた。S氏はスポーツマンであり、健康にも人一倍気をつけておられた。
　取引上のトラブルについて相談を受けるようになった私は、この会社の繁栄を疑ったことはなかったが、ある日、S社長はがんに冒され、闘病生活に入ることになった。会社の代表権は、すでに娘婿に譲っていたが、新代表者は、音楽に造詣の深い方であった。勤勉かつ真面目ではあったが、取引上の

駆け引きには卓越していたとはいえなかったように思う。

　折から、わが国はバブル崩壊後の不況が続く中で、小泉純一郎を代表とする自民党政権が、内政的には規制緩和、自由貿易・自由経済の推進、福祉政策等の縮小、解雇規制の労働法制緩和等供給サイド重視の政策を推進してきたために、地方経済の地盤沈下が激しく、一部の大都市を除いて、全国いたるところにシャッター街が出現した。これは、地方の富が大都会に簒奪されて、地方における資本の蓄積や回転が不可能となったことを意味する。地方に蓄積される資本を相手とする贅沢産業、言い換えれば、高級建物の建設を請負う地方ゼネコンや工務店、高級商品を商う家具屋、時計・宝飾店等は、潜在顧客を失うことによって苦境に陥っている。

　Ｓ社長の娘婿は、量販店と競争すべく、安価な商品も取り揃え、薄利多売で苦境を乗り越えようとしたが、このビジネスモデルの転換は、店のイメージを落とし、高級家具の売上減少の原因の一つにもなってしまった。その結果、Ｓ氏の闘病生活中、娘婿の経営していた会社は、自ら破産手続開始の申立を余儀なくされて廃業し、病院のベッドの中で、Ｓ氏は会社のために負担した保証債務のために、無一文の身となってしまった。そこで、私は、債権者に対して、「Ｓ氏から、保証債務の処理に関する相談を受けているが、闘病中につき、寛解すれば整理ないし破産の方針を決定して連絡するので、それまでの間、Ｓ氏との連絡は、私を通してほしい」との通知書を送付し、平穏な闘病生活が送れるように協力した。

　Ｓ氏が亡くなった後に、ご家族から相続放棄の手続の依頼を受けるのは、サラ金からの多重債務を負担する債務者の場合と同様であった。

54 金融市場の開放が招いた不況

　早朝の庭には一面に淡く雪が積もっていた。散歩は取りやめにして、母を連れてドライブに出掛ける。河内長野の里一帯が雪景色で、いよいよ、本格的な冬の到来を告げていた。
　昨日、Ｓ氏の人生との出会いに触れた際に、小泉純一郎政権の政治に言及したが、副島隆彦の『恐慌前夜』（2008年・祥伝社刊）によると、長引くわが国の不況は、わが国の金融市場を米国企業家に明け渡すために、政府、官僚主導の金融統制経済に移行したことによってもたらされたという。
　わが国内の時価会計は、2001年3月期から「企業会計原則」の改正によって実施されたが、時価会計基準と、銀行の自己資本比率のBIS基準の導入は、早くから米国から要求されながら、わが国の公認会計士協会や大蔵省等の抵抗で、10年近く押しとどめてきたものであったという。
　そのため米国資本は、わが国のマスコミを通じて、国内銀行の不良債権問題が深刻であると殊更に喧伝し、かつ、肥大化していた大蔵省は行政の効率化のために分割すべきであるという世論を醸成した結果、2000年に大蔵省は解体されて金融庁が設置され、企業会計原則の改正が実現されるに至った。そして、米国の後押しを受けた小泉純一郎氏が、2001年に政権をとり、米国の求めるがままにわが国の金融市場を開放してしまったのであるという。
　竹中平蔵氏に金融相、経済財政相、郵政民営化担当相、総務相を兼務させ、計画的な経済恐慌を引き起こしたというのである。その結果、取引銀行から破綻懸念先や破綻先と認定された企業は、次々と倒産のやむなきに至り、大手銀行も逐次不良債権総額が増加し、果ては、BIS基準の関係で海外から撤退したり、預金保険機構から輸血を受けるために合併を繰り返すが、ついには、新生銀行のように米国資本に買い叩かれ、支配権を奪われる銀行

54　金融市場の開放が招いた不況

も現れるに至った。その過程で市場に放出された莫大な不良債権や株式、不動産等を海外のファンドが買い漁った。私もこの時期外資系企業の顧問をさせてもらったことがある。

しかし、その時代にわが国の産業を衰退させたのは、米国資本や、小泉内閣だけではなかった。

当時、金融機関が破綻した場合には、その金融事業を他の金融機関に承継させることで、企業に対する金融機能を維持させていた。預金を金融機関の債務として承継させる一方で、貸金を資産として承継させる際には、不良債権をその対象から除き、その結果承継される資産が負債の額に不足する部分は、預金保険機構が資金を供与することになっていた。

そのため、資金繰りに窮した、あるいは自己資本比率が低下した金融機関ほど、破綻金融機関の受け皿になりたがるし、現にそのような事業再編が繰り返され、事業を継承した金融機関が、旧金融機関の取引先への追加与信を強引に拒否して取引を停止し、破綻先や、破綻懸念先に分類することによって、預金保険機構から資金を供給してもらう例が絶えなかった。

また、整理回収銀行が範とした米国のRTC（整理信託公社）は、経済合理性を重視して、債務者の事業を再生することを通じて回収額の最大化を図ったり、不良債権を転売することを通じて転売益を確保する等の手法を用いて、二次ロスの発生を防止し、設立後10年を経ずして、米国経済の再浮揚に成功したが、わが国の整理回収機構（RCC）は、国民には二次負担をかけないと大見得を切っており、債務者と保証人からの強硬な取立てだけに狂奔し、わが国の経済の再生を図ることは視野になかった。初代社長を、経済人ではない中坊公平弁護士に委ねた政治の責任である。

私は、不良債権の債務者のレッテルを貼られた法人の事業を存続させるために、整理回収機構との交渉案件を幾度となく受任したが、経済に理解のない担当者によって、砂を噛む思いをさせられることが少なくなかった。

55 F信用金庫の破綻処理

2012年12月11日（火）

　預金保険機構や整理回収機構との過去の交渉ごとを思い出していると、自分が生臭くなってくるような気がするが、今日、奈良カントリークラブで一緒にゴルフに興じた阿久根紀男さんと三田暎二さんとは、両機構が縁となって付き合いが始まった方々でもあり、その経過に触れておきたい。

　お２人は長年Ｆ信用金庫に勤務してこられた。インターネットの情報によると、Ｆ信用金庫は、かつて大阪市中央区に本店があった信用金庫であるが、1999年３月期決算で17億円の債務超過となったことから、当時の金融監督庁から業務改善命令を受けて、事業譲渡前の店舗数13、預金高は680億円、従業員160人の事業を、大阪府内の信用金庫に譲渡することになった金融機関である。そして、譲渡日までの日常業務の重要事項については、新たに設立された経営委員会が、決定権をもつことになった。

　私は、経営委員会委員を委嘱されて引受け、委員会の活動に関与したが、阿久根さんと三田さんは、Ｆ信用金庫の理事および監事であられ、この時期の銀行業務の処理にあたられた方である。Ｆ信用金庫は、1999年11月28日に大阪府内の９信用金庫に分割して事業譲渡された後、清算されることになり、事業譲渡時には、預金保険機構より95億円の金銭贈与と113億円の不良債権の買取りを受け、私が代表清算人に就任し、三田さんにも清算業務を引き受けていただいた。その後、三田さんには私の所属する弁護士法人にも勤務していただいて、銀行業務のベテランとして、今度は主として債務者側からの事件相談等に尽くしていただいた。ちなみに、阿久根さんには、私が関与する社会福祉法人が経営する施設の長としてご活躍いただいた。

　Ｆ信用金庫の倒産は労務倒産であり、バブル崩壊後の金融機関の低収益環境での合理化の遅れが債務超過の原因であり、理事長以下の経営組織が健全

に機能していれば、倒産は回避できたはずであったこと、従業員が組合を結成していたことが忌み嫌われて、事業譲渡に際して従業員は移籍できず、全員解雇を余儀なくされたこと、私たち内部調査委員会が注意義務違反の過失はないと報告しているにもかかわらず、何がなんでも常務取締役の責任追及をしようとする整理回収機構から、執拗な質問を受けたこと等、さまざまな出来事が脳裏に去来するが、その中でも決して忘れられないのが、預金保険機構から派遣された経営委員会委員の言動である。

　経営委員会は、新規の融資の決裁権を握っており、細大漏らさず、すべての融資案件がまわされてきた。預金保険機構からの委員は、融資の担保状況等、万が一不履行が起こった場合の回収見込みに神経質となるあまりに、従前どおりの資金繰り用の短期貸付であっても、いちいち容喙(ようかい)しようとしてきた。もし、突然日常の資金繰りを途切れさせることによって、取引先を即死させた場合の、金融機関の社会的責任をどのように考えていたのであろうか。

　そして、私たちがしばしば困ったのは、短期借入金の弁済期が到来する場合である。預金保険機構から派遣された委員は、当初借入時に信用金庫側の事業で短期借入金の形をとったが、期日における借換えについて事前に当事者間に成立していた暗黙の合意を、決して認めようとせず、借換え後の返済可能性だけを執拗に審査しようとした。借換えのメリットを何とか説明するのが委員会の仕事であった。預金保険機構の担当者は、融資先を生かすことで不良債権問題に対する国民負担を軽減するのではなく、融資先を破綻させることによって、生かすための新規与信リスクを回避することを強く主張したのである。

　そのような姿勢が、二次ロスを拡大させてしまったように思われる。

[追記] 残念ながら、阿久根紀男さんは、その後リンパ腫を発症して亡くなられた。

56 ロッキード事件の真相

　田中角栄が自民党の総裁に選出されたのは私が司法修習生の時であり、1976年7月27日に受託収賄と外国為替・外国貿易管理法違反の疑いで逮捕されたのは、私が津地方・家庭裁判所四日市支部に勤務中の時である。いずれの場合も、旅行先または出張先の空港でその報道に接した記憶がある。

　ロッキード社の前副社長アーチボルド・カール・コーチャンの嘱託尋問は、1976年7月6日から8日までの間にロサンゼルスの連邦地方裁判所で行われ、嘱託尋問したのは、キャロリン・レイノルズ連邦地検検事とロバート・クラーク特別検事で、日本の検察からは、東京地検特捜検事の堀田力と東条伸一郎が立ち会い、標的として田中角栄に対する嫌疑を外掘、内掘から埋めていく一連の尋問がなされたとされている。

　政治家田中角栄を葬り去った「コーチャン証言」と、それを引き出すきっかけとなった上院外交委員会のチャーチ委員会とは何か。すなわち、通常であればこの種の企業問題は上院の証券取引委員会で取り上げるのが通例のところ、何ゆえチャーチ委員会（今日ではチャーチ委員会の委員長はCIAであったといわれている）が動いたのかということについて疑問を抱いたマスコミ関係者が、調査のために、委員会のメンバー、関係者を精力的にまわったが、徹底した取材拒否にあい、疑問を解明することができなかったと述べており、田原総一朗もその結果を受けて、「田中角栄は無罪だった」と述べている（諸君2001年2月号）。

　その当時、私は、わが国にない司法取引のうえで録取され、刑事事件の公判廷で反対尋問にさらすことなく証拠として採用されたコーチャン証言に対して違和感を覚えた程度であったが、その後、日露交渉を進めようとして連座した鈴木宗男、佐藤優の刑事事件の報道に触れてからは、「米国の日本戦

略に反対した政治家は、次々と冤罪事件の対象となっている」ことに気づき始めた。

しかし、米国が仕掛人だとして、田中角栄問題に切り込んだ立花隆の記事「田中角栄研究その金脈と人脈」(文藝春秋1974年11月号)は何だったのか、検察庁はなぜ米国の求めるように動くのか、マスコミもいっさい問題視しないのはなぜか等々と考えていると疑問が残り、私は自分の推測に確信をもてなかった。

ところが、このたび、元外務省官僚で、国際情報局長も務めた孫崎享の『アメリカに潰された政治家たち』(2012年・小学館刊)を読み、私の疑問はすべて氷解した。立花隆の評論が、贈収賄罪を告発したものではなく、政治家の資産形成過程を記事にしただけであるのに、日本外国特派員協会の米国人記者が重要事件として扱い、これに呼応するように中山素平元日本興業銀行頭取や、木川田一隆東京電力社長ら親米派財界人が田中角栄下ろしに動き、首相辞任に追い込んだものであるという。孫崎享の説明によると、私の郷里である徳島県の出身者である三木武夫は、戦前カリフォルニア大学に進学し、「日米同志会」を結成して対米戦争反対の論陣を張ったという(そのこと自体は見識のある行為として、同郷県人としても誇らしいことである)。

しかし、1948年10月7日マッカーサー元帥に呼ばれて総司令部を訪れ、芦田均の後任になることをすすめられたこともあり、その時は辞退したようであるが、こうした親米的な経歴は、田中内閣総辞職後に首相に就任した彼が田中角栄攻撃の急先鋒となったことは、一連の動きが米国の働きかけを受けたことによるものであることを強く示唆するものである。

同書は、当時の司法機関関係者と米国とのつながりにも言及していて興味深い。

57 米国による留学生の受入れ

2012年12月14日（金）

　師走も2週間が過ぎようとしている。とにかく還暦を超えた後の年月の経過の早いことを痛感している。

　昨日、わが国における政治家の冤罪事件は、米国によってつくられるという話題に触れた。その点はともかく、戦後のわが国の復興の過程で、米国が大勢の留学生を受け入れ、親日家をつくってきたことは、素晴らしい外交戦略であり、大勢の留学生の中から、のちに日米両国のために働く者が出ても、何らおかしくはない。

　そうした留学のシステムの一つが、フルブライト留学制度である。

　フルブライト・ジャパンのホームページには、「フルブライト奨学金による日米フルブライト交流事業は、所属機関・居住地・人種および信条に関係なく応募者個人の資質に基づく人選を行う一般公募の奨学金制度として国際的な評価を得ています。フルブライト奨学金は、奨学生が独自の専門分野の研究を行うための財政的援助を行うと共に、何らかの形で日米の相互理解に貢献できるリーダーを養成することを目的としています。日本人奨学生は各自の研究を行う傍ら、米国の歴史・文化に関するコースを受講し、また出来る限り広く大学やその地域の活動に参加するよう期待されます。さらに、帰国後は職業分野あるいは私的な活動を通して、直接的・間接的に日米関係の向上に貢献するよう期待されます」と記載されており、2012年までの60年間で日本人は6300人留学し、その中には、利根川進（ノーベル生理学・医学賞）、小柴昌俊（ノーベル物理学賞）、下村脩（ノーベル化学賞）、根岸英一（ノーベル化学賞）らも含まれている。ちなみに、留学先は、必ずしも米国に限られないが、わが国の留学生のほとんどが米国を選んでいる。

　もう1つ紹介したい留学制度が、国家公務員法に基づいて設置された人事

院が所管してきた在外研究員制度である。国際化に対応する目的で、入省8年未満の若手官僚を、2年間、海外の大学院などに留学させている。インターネット上の2005年7月17日現在の情報では、「約40年前の1966年度から始まり、これまでに1910人を派遣。2005年度も126人を、米英などに派遣する予定だ」という。そして、米国への留学経験のある防衛省のキャリア官僚の中には、「一緒に机を並べて勉強した仲間が、日米交渉の相手方の一員にいたこともあった。留学で得た人脈は、仕事をするうえで非常に役に立っている」と、その意義を強調する者もいる。

裁判官もこの制度の対象となっていて、私が裁判官に任官した1973（昭和48）年当時は、毎年2人の新任判事補に留学試験の受験資格が与えられた。

実は、私も留学試験の受験資格を与えられた経験をもつ。この資格は、外国語の能力と無関係に与えられるが、私は、愚かなことに中学時代に、「毛唐の言葉なんか」といきがってしまったことから、語学は全くの苦手である。苦手意識を克服しようと、大学時代には日独文化会館でドイツ語を習う等の努力をしたこともあるが、成果なし。受験資格を返上する道もあったが、せっかく受験資格を与えられたもう1人からパスポートを取り上げることもないと考えて、勉強しないまま、翌年受験。ヒアリングのテストさえ聞き分けられず、もちろん、落第した。

合格したＳさんは、無事留学を果たされたが、のちに若くして事故死された。私は、その後の日米関係を理解するにつれて、その時に合格して、米国人脈と不必要に密接な関係を形成していなくてよかったと、負け惜しみではなく本気で考えている。

58 エジプト情勢に思う

2012年12月16日（日）

　エジプトでは、15日、首都カイロを含む10の県で新憲法案の是非を問う国民投票が行われた。ムハンマド・モルシ大統領とイスラム勢力が承認する新憲法案は、地滑り的支持には遠く及ばないものの過半数の支持を獲得した。残りの県の投票は22日に行われる。

　ところで、モルシ氏（60歳）は、本年6月30日、新大統領に自由選挙で選ばれた大統領として、最高裁判所で宣誓し、その後にカイロ大学で演説した。「国家の安全保障を維持し、国境の安全を守る」、「エジプトは（過去の独裁に）後戻りしない」などと述べ、安全保障と民主化の推進を継続させる方針を示した。そして、この選挙の実施によりエジプトの民主化が一歩進んだとされるが、軍最高評議会は、大統領決選投票直前に人民議会に解散を命じ、投票終了直後には暫定憲法を修正して新議会発足までの立法権を握ったほか、軍事警察と軍情報部に市民を逮捕する権限を与え、治安権限も手にした。また、今後、大統領に外交の一部権限を譲っても、宣戦布告や軍の指揮など、軍事にかかわる権限は移譲しない方針をとった。

　ムバラク政権打倒の民主化デモでは共闘した同胞団と、青年グループ、世俗派政党など各派とは、政権崩壊後に団結力を失い、相互不信を募らせてきた。特に「イスラムの価値観に従った社会改革」を掲げる同胞団に対し、宗教と政治の分離を求める世俗派からの反発や、キリスト教徒の警戒心は根強い。一方、「政治の厳格なイスラム化」を期待して、ムスリム同胞団出身のモルシ氏に投票したイスラム厳格派は、圧力を強めている。

　こうした中で自信を得たモルシ大統領は、11月、自らの権限を強化する大統領令を発表したが、野党側が独裁的な権力掌握だと強く反発する等、これをきっかけにエジプト国内で抗議行動が拡大し、12月5日には7人が死亡、

数百人の負傷者が出る事態に発展し、ついに、大統領令は、8日に撤回されるに至った。

　ムスリム同胞団は、イスラム復興をめざす大衆運動組織であり、しばしば現代における最も代表的なイスラム復興運動とされる。1928年にエジプトで結成されたが、ナセル大統領による非合法化と厳しい弾圧を受け、一時は「消滅」したと考えられた。その後、合法活動路線に転換し、1980年代以降の人民議会と職能組合への選挙参加を積極的に行い、1987年には、「イスラム協約」により社会主義労働党および自由党と連合して36議席を獲得し、実質的な野党第一党となった。政治活動や社会奉仕活動を精力的に展開しており、社会における草の根レベルの広い支持を獲得するに至った。同胞団は、イスラム法施行やイスラムの教えに基づくエジプトの包括的改革を訴えている。イスラム教の聖典は、宗教というより憲法以上の規範であり、イスラムの戒律等に忠実であろうとすれば、女性の人権を制限し、イスラムを批判する思想やこれに反する信条も否定することになる。近代的人権の思想は受け入れられそうにない。

　エジプトにおけるエリート層の集まりである軍は、これまで、人権の保護とイスラムの価値観の衝突を回避するために努力してきたと考えられる。しかし、このたびのイスラム社会の民主化運動は、同胞団による政権の掌握を通じて、人権の侵害と直結するという皮肉な現実をもたらした。おそらく、モルシ政権は、ムバラク政権打倒の運動参加者のうち、イスラム同胞団以外の者たちの支持を失い、国内情勢は緊迫していくであろう。

　しかし、イスラム同胞団はエジプトの大多数の国民の支持を得ているのである。民主主義を支持するのであれば、われわれは、イスラム法に基づく政治をただ見守るしかないのではなかろうか。

[追記] 2013年7月3日、軍最高評議会は、モルシ大統領の権限を剥奪し、憲法を停止し、アドリー・マンスール最高憲法裁判所長官を大統領とした暫定政権の樹立を発表した。

2012年12月17日（月）

59 衆議院議員総選挙

　昨日、第46回衆議院議員総選挙が行われた。野田佳彦首相が11月16日に衆議院解散を行ったために、12月4日に公示されていたものである。即日開票の結果、本日早朝には全480議席が確定したが、自民、公明両党が325議席、衆議院で再可決が可能な3分の2を上回る議席を確保し圧勝したのに対し、民主党は57議席と惨敗した。日本維新の会が54議席であった。

　野田首相は、かねて、「3党合意を前進させるために、衆議院を解散した」と解散の意義を強調しており、選挙結果を受けて、「社会保障を持続可能なものにするための安定的な財源確保のために消費税の増税は必要です」とあらためて国民に理解を求めたうえで、自民党の安倍晋三総裁に対し「3党合意はきちっと守ってほしい」とアピールしている。

　今回の衆議院の解散は、突然行われ、かつ、政権党である民主党の選挙準備不足を承知のうえでなされたものである。言い換えれば、野田首相は、政権放棄と同時に、民主党の解党を目論んだのであり、その動機は、「わが国の将来にとって消費税の増額が不可避であり、そのために行った法改正は死守する」という点にあるようだ。

　しかし、消費税先にありきの思考が国民に嫌忌され、民主党に不信任が突きつけられたのだと私は考えている。しかし、安倍自民党総裁は、「3党合意の路線は変わりない」とし、消費税引上げについて、「来年の5月、6月、7月の景気をみながら、来年の秋に判断する」とし、公明党の山口那津男代表も、「3党合意しているので、課題についても責任をもたなければならない」とし、「低所得者対策を具体的に決めなければならない」など条件整備の必要をあげているものの、方針変更する意思のないことを明らかにした。

野田佳彦首相や、政権の背後で影響力を行使した仙石由人らの政見は、財務省官僚の意見そのものである。社会保障の充実のために消費税の増税が必要であるとしても、これからのあるべき社会保障のあり方が議論されない限り、せっかくの増税も、無駄に費消されるだけである。そもそも、一体改革といわれながら、行政の冗費節減や社会保障に関する議論が行われてこなかったのは、財務省官僚の狙いが増税のみにしかなかったことを物語っている。

ところで、すでに紹介したところからも明らかなとおり、今回の民主党の惨敗は、消費税増税を死守しようとする民主党主流派の確信犯的行為の結果であるが、それにしても残念なのは、民主党が約3年前にせっかく政権党となった際に、マニフェスト選挙を実施したにもかかわらず、その後、選挙に拠らずしてマニフェストを改ざんし、あるいは換骨奪胎することによって、マニフェストは単なる客寄せのメニューにすぎないことを、国民に知らしめたことである。自選挙区のための利益誘導と、立候補者の人脈や宣伝力だけで選挙が行われる時代に戻ってしまった。

なお、民主党の藤村修官房長官、田中真紀子文部科学相、連立与党の国民新党幹事長である下地幹郎防災担当相、三井辨雄厚生労働相、小平忠正国家公安委員長、城島光力財務相、中塚一宏金融担当相、樽床伸二総務相と、8人の大臣が落選し、衆議院選挙に立候補せず引退した滝実法務大臣と、民間から起用されている森本敏防衛大臣を加えると、国会議員ではない閣僚が合わせて10人となり、国会議員が閣僚の過半数を下回り、憲法68条1項に抵触している。

したがって、本来であれば、国会で総理大臣が指名されるまでの間の違憲状態を解消するため、野田首相は、国務大臣の一部を更迭し、後任者を選ぶ必要があるにもかかわらず、その気配もない。前記の仙石由人が弁護士であるにもかかわらずである。

60 日系人強制収容問題

2012年12月18日（火）

　新聞は、昨日、ダニエル・イノウエ氏が死去したことを報じている。1963年から50年近くにわたって上院議員に在任していた長老議員であり、上院民主党の重鎮議員の1人であった。2010年6月28日に当時最古参の上院議員が死去したことで、上院で最も古参の議員として、慣例に沿う形で上院仮議長に選出され、亡くなるまでその職にあった。上院仮議長は実質名誉職ではあるものの、大統領継承順位第3位の高位であり、アメリカの歴史上アジア系アメリカ人が得た地位としては最上位のものであるという。

　ハワイ大学在学中の1941年12月に日本軍による真珠湾攻撃が行われ、アメリカが第二次世界大戦に参戦した後、ハワイでの医療支援活動を志願、その後アメリカ人としての忠誠心を示すためにアメリカ軍に志願し、アメリカ陸軍の日系人部隊である第442連隊戦闘団に配属された。ヨーロッパ前線で戦い、イタリアにおけるドイツ国防軍との戦いにおいて、1945年4月21日に右腕を失っている。1年8カ月にわたって陸軍病院に入院したものの、数々の勲章を授与され、英雄として帰国し、1947年に陸軍大尉として名誉除隊し、ハワイ大学に復学した。その後、政治家の道を歩み、民主党の上院議員として上院歳出委員会の国防小委員会で上級委員を務めるほか、ロサンゼルスの日本人街リトル・トーキョーにある全米日系人博物館の理事長を務めるなど活躍を続けていた。2000年6月21日に、軍人に贈られる最高位の勲章である名誉勲章を受章したほか、2007年11月、フランス政府からレジオンドヌール勲章を授与された。

　彼については、第二次世界大戦中の日系人強制収用問題について戦ったことが広く知られている。第二次世界大戦の開戦後の1942年2月19日には第32代大統領フランクリン・デラノ・ルーズベルトが、大統領行政命令第9066号

を公布して、12万名余りのアメリカ在住の日系人を、アメリカ国内のへき地に設けられた10カ所の強制収容所に収容したが、その3分の2はアメリカの市民権をもつ者であり、その半分以上は子どもたちであったといわれる。

ダニエル・イノウエをはじめとする日系アメリカ人議員や日系アメリカ人団体の、戦後の地道な活動と、1960年代の公民権法施行以降に広まった、過去のアメリカ政府による差別政策に対する自己批判の動きとにより、1976年にジェラルド・R・フォード大統領が、強制収容は「間違い」であり「決して繰り返してはいけない」と公式に発言した。日系アメリカ人市民同盟は謝罪と賠償を求める運動を1978年に立ち上げ、1980年にジミー・カーター大統領が強制収容所の実態を調査するための委員会を設立し、1983年2月24日同委員会は、「拒否された個人の正義：日系米人強制収容の記録」と題された467頁の報告書を提出した。

1988年にロナルド・レーガン大統領は、日系アメリカ人補償法に署名し、強制収容された日系アメリカ人に謝罪し、生存者に限って1人あたり2万ドルの損害賠償を行った。また、日系アメリカ人や日本人に対する強制収容についての教育をアメリカ国内の学校で行うために、総額12億5000万ドルの教育基金が設立された。1999年に賠償金の最後の支払いが行われ、賠償金は、8万2210人の収容された日系アメリカ人、もしくはその子孫に支払われたという。

そこで思うのは、人道に対する罪には時効はなく、事件からどれだけの時間が経過しようとも、事実関係を正し、間違いが明らかになった場合には、将来の過ちを防ぐためにも、謝罪し、償いをすることが、国際標準であるということである。

61 なさぬ仲

2012年12月22日（土）

　今日から三連休である。冬といえば、アンコウの「どぶ汁」、これを楽しまない間は冬を迎えた気がしない。脳梗塞になる前は、上京の機会に、築地「たかはし」の「あんこう汁」や、神田「いせ源」の「あんこう鍋」を楽しんだものであるが、今はなるべく出張を控えるようにしているので、望むべくもない。そこで、自分で「どぶ汁」をつくることにし、母を連れての朝のドライブを兼ねて、泉佐野漁港に買付けに出かけた。自宅から小一時間の距離にあり、地物を扱う店が並んでいて、珍しい海老やイカ、タコ、貝等を楽しむことができるが、行くと、どれもこれも賞味したくなり、その後の料理に大忙しとなる妻は、普段敬遠気味である。

　雑物の多く入ったアンコウの身を2パックと、大きなキモを1パック買い求めた。キモも地物と言われたが、大きさといい、値段といい、輸入した冷凍物であろうと疑われたが、なにしろ、キモがないと「どぶ汁」にはならない。

　私が調理を担当し、大きな鉄鍋にキモを入れ、弱火にあてながら小さく砕き、掻き混ぜているうちに、油がにじみ出し、ドロドロになる。ほど良い色になってくると、アンコウの身や雑物を一挙に入れて、大きく刻んだ白菜と白ネギとシイタケとを入れる。本格的「どぶ汁」には水分は厳禁であるが、呑兵衛としてはどうしても調理用の酒をドクドクと入れたくなる。煮立ってきて、アンコウの身に火が入ると、味噌で味付けをして、ここで味見をする。キモが新鮮かどうかがわかる一瞬であるが、本日はどうやら合格。

　弁護士の業務を処理していてつくづく思うのは、人間というものは案外単純な生き物だということである。一人ひとりにはさまざまな個性があるのだけれども、同じような条件の下では類似した人間関係が成立しやすいのであ

る。その代表例が、亡くなった方の先妻の子と、後妻あるいは後妻との間で授かった子との間には、大きな感情の断絶があることが多いということである。先妻と別れた原因が死別であろうと離婚であろうと、基本的には変わりがない。

　ある時、私は後妻の子らに頼まれて、先妻の子との間の遺産分割交渉の依頼を受けた。先妻の子は先妻の実家に引き取られ、父親と接触することなく育ったため、後妻の子は、会ったこともなければ、その消息を聞いたこともない。後妻の子らは、「亡父の残した財産を法律に従って分けるために、間に入って、話をまとめてほしい」と私に言う。

　早速、遺産分割調停の申立てのために、相続関係の調査を開始し、申立書の作成を完了したうえで、先妻の子に対して、「調停事件を受任しているが、もし、調停によらない話合いでの解決を希望されるのであれば、交渉のためにおうかがいしたい」旨の連絡書面を送付した。

　先妻の子からは、丁寧な電話連絡があり、ぜひお会いしたいとのことであったので、早速うかがい、遺産目録と調停申立書の案をみせて、彼の法定相続分を説明し、具体的な財産分けの方法を提案した。これに対しては、後日知人から法律的なアドバイスも得たうえで、「異存ありません」という回答があった。何とも呆気ない幕切れとなった。

　先妻の子、後妻の子のそれぞれが、立派な企業に就職して、家族にも恵まれ、経済的にも何不自由なく暮らしておられた。私は嬉しくなって、双方にそのことを示唆したうえで、「会われる気持はありませんか。仲介しますよ」と尋ねてみた。しかし、案に相違して、いずれからも、「私たちは平穏に暮らしており、今更、親戚関係を築きたいとは思わないので、それには及ばない」と断られたことが、深く私の記憶に残っている。亡父の血を分けているにもかかわらずである。

2012年12月23日（日）

62 エホバの証人の輸血拒否

　今朝の河内長野の気温は零度、朝の散歩に代えて、金剛山の登山道入口付近にある「山の豆腐屋」まで、金剛山の名水でつくられた豆腐を買いに出掛けた。路の周辺の畑一面に降りた霜が、朝日を浴びて盛んに水蒸気を立ち昇らせていて、目の前の景色全体がもやっていた。

　先週19日は、京都産業大学の各学部の学生を対象とする「法律の世界」と銘打った、15人の法科大学院の教師の持ち回りによる講義の私の担当日であった。私は、医療の分野における法律と倫理の問題の中から、今回は、エホバの証人の輸血拒否の問題について講義をした。

　最高裁は、2000年2月29日に、「患者が宗教上の信念から輸血拒否意思を有していることを知っていたのに、医師が外に救命手段がない事態に至ったときには輸血するとの方針を採っていることを説明しないで手術を施行して輸血をした場合、医師は、患者が右手術を受けるか否かについて意思決定をする権利を奪われたことによって被った精神的苦痛を慰謝すべく、不法行為に基づく損害賠償責任を負う」（最高裁判所民事判例集53巻2号582頁）と判断した。

　エホバの証人は、米国のチャールズ・ティズ・ラッセル（1852～1917年）が創設した信仰で、日本には大正時代に伝道が始まり、現在の信者数は公称22万人程度である。信者は、聖書の創世記9章3節に、「生きている動く生き物はすべてあなた方のための食物としてよい。緑の草木のように、わたしはそれを皆あなた方に確かに与える。ただし、その魂つまりその血を伴う肉を食べてはならない」と書かれていることから、命の代償としての血を用いる医療を拒否する。もっとも、自己の血液の貯血や、他人の分画血漿の使用、科学的に製造された輸液の可否等については、信者の自由に委ねられて

いる。彼らは、「神の王国」は、イエス・キリストを王としてすでに天に設立されており、遠くない将来、地上の統治も開始されると信じているが、その時に、人の血を自己の体内に入れていた者は、復活することができなくなると信じている。

わが国の刑法202条は、「人を教唆し若しくは幇助して自殺させ、又は人をその嘱託を受け若しくはその承諾を得て殺した者は、6月以上7年以下の懲役又は禁固に処する」として、自殺関与罪を定めているが、前記の最高裁判例は、この信仰の自由を保護し、たとえ救命のためとはいえ、その意思に反して輸血する行為のほうが違法であり、医師が輸血拒否の信仰を尊重して輸血しないことによって、信者を死に至らしめても、違法としないと宣言したことにもなる。

それでは誰の意思を尊重するかという問題であるが、アルバート・アテンシュタイン医科大学倫理委員会が1987年7月に策定した「ガイドライン」や、東京都立病院倫理委員会が1994年4月に策定した「宗教上の理由による輸血拒否への対応について」等によれば、判断能力がある患者の場合には、信仰の自由とともに、輸血の拒否についての自己決定権を尊重するが、小、中学生のような判断能力の十分でない者については、信仰の自由や自己決定権より、生命の保持を優先する。十分な判断能力がある者は、背教によって神から見放される場合には死にもまさる精神的打撃を与えられるが、判断能力が完全でない者は、この精神的打撃が小さく、また、打撃から立ち直り、人生や信仰を立て直すための可塑性を期待できるからである。

わが国では、2008年2月28日宗教的輸血拒否に関する合同委員会が、「宗教的輸血拒否に関するガイドライン」を報告しているが、医療の現場における緊急の事態に際しては、何ら役に立たない内容となっている。このガイドラインには、何らの思想も哲学もない。

哲学のない現代日本人の問題がここにも露呈している。

2012年12月26日（水）

63 ゴー・フォー・ブローク

　明日はH社の取締役会に出席するために姫路出張が予定されているので、本日は、本年最後の事務所出勤日であった。ほとんど片づけらしい片づけもしなかったが、壁に掛けたクリスマスの飾りを、凧のミニチュアに掛け替え、カレンダーも来年用のものに付け替えた。

　午後、個別労働紛争の解決の促進に関する法律に基づく、大阪労働局の斡旋委員としての仕事にのぞむ。医療法人に雇用されたが、勤務開始3日目に辞めるよう言い渡された事例であったが、使用者側は弁護士が代理人として出頭、申立人である従業員側も年内解決を期待していたようで、円満に斡旋合意に至る。本年は、斡旋事件12件を担当し、9件合意が成立しているので、成功率は75％であった。

　ところで、先日、ダニエル・イノウエ議員の逝去に際し触れたが（60 日系人強制収用問題参照）、その時に紹介した日系人が強制収容所に収容された事件に関連して、人間の尊厳に関する話題に言及しておきたい。

　1つ目は、本年東京芸術大学において、「ガマンの芸術」こと、「尊厳の芸術展」が開催されたことである。強制収容所で不自由な生活を強いられていた日系アメリカ人たちは、身のまわりの手荷物以外の財産はすべて没収され、強制収容所内には家具等は何一つとして用意されていなかった。彼らは、その生活の改善のために、そして、不安と苦悩の日々を乗り切るために、家具や身のまわりの道具、装飾品等を次々とつくっていった。材料は、強制収容所の設けられた砂漠に放置された廃材や、陸貝の殻や、石ころ等であり、道具も、ガラス片等のゴミや、巧みに加工された金属片等であった。作品である杖やブローチ、表札、置物、果ては硯等は、過酷な環境の中でつくられたとは思えない精巧なデザインに加え、静謐な魂を感じさせる作品、

生への強烈な意思が込められた作品、プレゼントの相手に対する愛情に溢れた作品等、人の心を強く打つものばかりである。戦後50年余の時が過ぎて、ガレージや倉庫から作品が次々とみつかっているという。

　強制収容所を出た日系人は、それらの作品をしまい込み、家族にも見せず、おそらくその後の人生再出発の際に、自らを励ますために、この恨みを果たさないでおられようかという情熱を持ち続けるためにだけ、眺めていたのではないかとも思う。その日系人たちも次第にこの世を去り、相続人らが、その作品に触れることによって、日の目を見るに至ったのである。

　実は、2010年にも、米国スミソニアン博物館で、特別展「THE ART OF GAMAN」が開催されて、大きな反響をよんでいる。

　２つ目は、そうした中で、日系人が米国への忠誠の証として、太平洋戦争に参加した際の勇猛さである。1943年１月28日日系人による部隊編成が発表され、強制収容所内等において志願兵の募集が始められ、第442連隊が結成されたが、彼らは、ハワイの第100歩兵部隊と合流して、ヨーロッパ戦線で枢軸国相手に勇戦敢闘した。その激闘ぶりは延べ死傷率314％（述べ死傷者数9486人）、単純死傷率で62％に及ぶ数字が示している。米国史上、最も多くの勲章を受けた部隊としても知られるが、当時の米軍で逃亡事件が発生しなかった唯一の連隊であったとされる。「ゴー・フォー・ブローク」（破産を覚悟で勝負しろ）というハワイの勝負師のスラングを全米に広めることになったのも、彼らの活躍のおかげである。彼らが流した血がのちの市民権獲得へとつながった。人種差別と戦いながら、父母の祖国日本と戦う苦悩と葛藤を抱えた兵士たちの揺れ動いたであろう心もまた、人間の尊厳を考えさせるものではないか。

64 父四宮邦一

　今日で御用納め、明日から冬休みである。
　ところで、27日は亡父四宮邦一の誕生日である。1925（大正14）年12月に徳島県那賀郡（現阿南市）で出生した。昭和9年の室戸台風で当時の自宅が津波に襲われて、家財道具一切が失われた。その中には系図もあったというが、真偽のほどは定かではない。
　父は地元の富岡中学を卒業し、折から太平洋戦争中であったために、一兵卒として徴兵されることを懸念した両親のすすめもあって、神戸高等商船学校に進学し、卒業後病院船に少尉として徴用されている。そして、看護婦として病院船で働いていた母と知り合い、やがて恋愛感情が生まれ、それぞれの親族の反対を押し切って、戦後婚姻している。
　戦後新しい日本の船出に際し、文学青年でもあった父は、自らも大学に進学して学問を修めたかったようであるが、家庭をもったことで断念し、神戸の税関に勤務するようになった。当時は、何かと便宜を図ってほしい人たちから、税関職員に対してさまざまな物品の提供があり、食糧難の時代でありながら、食の不自由を覚えるようなことがなかったと伝えられるが、父は、そのような生活に耐えられず、間もなく退職している。
　その後、商船会社に勤務し、やがては、船乗りとしての経験値を増して、より良い勤務条件を得るためにと、外国航路の船に乗船することをすすめられることもあったようであるが、長期間妻子と別れて暮らすことを嫌って、きっぱりと陸にあがっている。そして、次は、英語の教師として奉職したが、生徒に媚びるのを嫌ったのか、父兄に媚びられるのを嫌ったのか、それとも、教師仲間とそりが合わなかったのか、この仕事も性に合わずに退職している。

そして、のちに地元紙徳島新聞の論説委員となった遠戚のF氏の世話で、同紙の新聞記者として働くようになった。仕事自体は、文学青年の性に合ったのか、以来、新聞記者一筋の人生を送る。しかし、勤務先の徳島新聞の当時の経営陣とは馬が合わなかったようで、いくつかの武勇伝を残している。私の高校の同級生でのちに徳島新聞に勤務したS君は、酔余、社長車の前に立ちふさがって小便をしたという伝説が残っていると語るが、はたしていかがなものであろうか。

　もっとも、そのような話が残っていること自体は、息子として誇らしく思う。

　折から、読売新聞が徳島県に進出して、徳島支局を開設することになり、父は同紙の記者として転職し、徳島県の小松島市以南、すなわち、同市と現在の勝浦町、上勝町、阿南市、那賀町、美波町、牟岐町、海陽町のすべてを1人で担当した。オートバイに颯爽とまたがる父の姿を頼もしく思ったのは幼少時だけであり、成長するにつれて、いつテリトリー内で事件が発生するかもしれないとして、家族旅行はもとより遊園地にすら連れて行ってもらえない父に不満を感じるようになった。父は、不器用な人間で、医療事故でニュース対象となった耳鼻咽喉科医院が、実は、長年息子の私が世話になった病院であったのに、中立の報道姿勢に徹し、母との間で夫婦喧嘩が始まったことは、今では懐かしい思い出である。

　父は、暴力団の抗争事件である小松島港事件において、取材のために身の危険を顧みずに犯罪現場に至り、犯行を目撃して刑事法廷で証言したことがある。この事件は凶器準備集合罪が制定されるきっかけになったといわれている。

　その父の夢は退職後小説を書くことであった。55歳定年の直前脳出血により倒れて夢が断たれたが、私は、その父の息子として生まれて本当に良かったと思う今日この頃である。

65 四宮水軍とは

すでに亡父の人生について触れたので、関連した話題に触れたい。

亡父の親は喜市郎、その親が虎吉、その舅が平左衛門で、元阿波藩士であったという。その先祖は、関東の地にいて坂東姓を名乗っていたが、蜂須賀公に仕え、天正13（1585）年蜂須賀家政が阿波藩に入封された時に一緒に入国したという。しかし、平左衛門の代に至って、明治維新を迎えるや、武士の世は終わったとして、流浪の旅に出、那賀郡の橘湾にのぞんだ地に流れ着いた。その際、津峯神社の神主と遠戚関係のある女性を娶ったことが縁で、四宮姓を名乗ることにしたという。

私は、以上の祖先に関する伝承を、必ずしも信じていない。仮に系図が残っていたとしても、特別な家系を除いて、いずれかの時代の系図書きの創作であろうし、仮に、先祖が立派であったとしても、そのことと、今の自分との間に何らかの関係があるわけでもない。

ところで、津峯神社は、徳島県阿南市の橘湾をのぞむ津峯山山頂にある神社である。人間の寿命を司るといわれる賀志波比賣命(かしはひめのみこと)を主祭神とし、相殿に大山祇命を祀る。社伝では、神亀元（724）年、神託により、国家鎮護・延命長寿の神として賀志波比賣命を霊山・津峰山の山頂に祀ったのに始まると伝えられ、開運延命・病気平癒・海上安全の神として信仰される。領主蜂須賀家が守護神として崇敬したという。

ところで、四宮姓には、興味深い話題がある。河野系村上水軍におそらく組み込まれていたと思われる地方水軍の中に、四宮水軍が存在したのである。

15世紀末頃に書かれた『予州能島来由記』には、阿波鳴門・土佐泊に四宮和泉守、引田浦（瀬戸内海に面する香川県の一番東の端、徳島との県境に位置

し、古代から陸上、海上交通の要地として栄えた町)に四宮左近がいて、豪家であったと記載されている。

また、『村上三家由来記』には、村上武吉の旗本として、備前児島城主として四宮隠岐守昌章、阿波土佐泊城主として四宮和泉守昌純が記載されていて、彼らは石山合戦に際して、毛利方について戦っている。そして、鳴門に近い撫養城は、足利幕府の10代将軍義殖が客死した場所といわれるが、ここにも四宮氏が居住したとされている。

そして、見能林の近くにある北の脇海水浴場付近にも、かつて四宮外記の居城があったが、長宗我部元親の阿波侵入時に戦い、彼も討死したとされている。ちなみに、津峯神社も、長宗我部元親の阿波侵攻の際に社殿が焼かれ、宝物も全焼したといわれていることも、橘湾をのぞむ地にあることとあわせ、四宮水軍が信仰していた神社であったことを推測させるといえよう。

長宗我部元親は、土佐の国人から戦国大名に成長した人物であるが、天正10(1582)年6月2日本能寺の変により織田信長が死亡して引き起こされた近畿の政治空白に乗じて、四国平定を急ぎ、阿波・讃岐の三好氏、伊予国の西園寺氏・河野氏らと戦い四国の覇者となった。その際に、徳島県下の城主たちは、次々と敗れ、四宮水軍もその例に漏れなかった。

長宗我部元親は、信長の後継者の豊臣秀吉に敗れて、土佐一国に減知となり、さらにその後長宗我部盛親が関ヶ原の戦いに敗れて改易となる。

私の先祖は四宮姓ではないようであるが、徳島の歴史を調べていて、次々と長宗我部元親によって滅ぼされた阿波の人たちの遺恨を思うと、長宗我部元親はどうしても好きになれないし、彼を支えた一領具足たちのその後の悲運を気の毒と思う気にもなれない。

2013年1月2日(水)

66 烏帽子形八幡神社

　朝の恒例の散歩には烏帽子形山公園を選び、隣接した烏帽子形八幡神社にも初詣をした。公園の入口とは別に設けられた神社の裏参道は、原始林とみまごう巨木の林の中に約50mほど続いていて、その先に広場があって、西側に本殿が、東側の表参道から登ってくる石段上に拝殿がそれぞれ設けられている。

　祭神は、素盞鳴命、足仲彦命、神功皇后、応神天皇とされるが、そのいわれは不明である。烏帽子形山にあった楠木七城の1つとされる烏帽子形城に拠った楠小二郎が、城の鎮護として創祀したものと伝えられる。その後しばらく荒廃していたが、室町時代の文明12（1480）年に、河内源氏の末裔といわれる石川八郎左衛門尉が新たに入母屋造りの社殿を建立したことが、昭和40（1965）年の解体修理時に発見された棟札・棟束の墨書から判明した。

　その後元和3（1617）年に楠木一族の後裔で徳川家の旗本であった甲斐庄喜右衛門正保が、大阪四天王寺の普請奉行を勤めた折、父正房の代で廃城となった烏帽子形城の鎮守が荒廃しているのを嘆いて、四天王寺の工事の余材で改修し、元和8（1622）年8月に竣工したとされる。

　明治初年、神仏分離により神宮寺の寺を廃絶、明治5（1868）年、村社に列格。本殿は、入母屋造檜皮葺。桁行三間、梁間二間、身舎柱は円柱とし、側面後端に脇障子を設け、木部は朱塗りとする。正側面三方に縁を設け、擬宝珠付き高欄をめぐらす。文化財保護法の施行に伴い、昭和25（1950）年8月29日に国の重要文化財に指定され、解体修理により、建立当時の姿に復元された。本殿の向かいには、楠木正成が湊川の戦いに出陣の折、武運を祈願して植えたとされる老松の巨木「楠公武威の松」があったが、昭和9（1934）年の室戸台風で倒れ、樹齢約600年の命を全うしたとされ、現在は輪切りに

されたものが境内に納められている。

　私の住居のある大師町は、元々大末建設が造成に着手した新興住宅地であるが、烏帽子形山のちょうど東向かいにあり、かつて住民は当然に氏子の扱いを受け、町内会が毎年わずかな寄付を行い、代わりに住民の各戸に配布される護符を頂戴していたと記憶している。

　多分、信仰の自由を唱える住民がいたのであろう。その習慣が途絶えて久しい。無神論の私としては、地方の文化、暮らしのありさまとして、旧習も味わい深く思うし、信仰はなくても、台所に護符が貼られている風情は嫌いではないのだが。

　せっかくの初詣なので、可愛い蛇の土鈴を購入した。最近は、縁起物として土鈴の干支を売る社寺が増えているが、年によって売行きが違うようで、今年の「蛇」のように、嫌う人の多い干支の場合には、ともすると大量に売れ残るのだそうである。そのような年には控えめに発注するのだそうであるが、面白いことに、今年の干支の土鈴は可愛らしさを狙ったものが多く、結構な売行きを示し、正月のわずかな期間で完売してしまった社寺もあったようである。

　ついでに蛇の話であるが、妻は、たいていの日本人がそうであるように、蛇が大嫌いである。爬虫類と哺乳類の共通の祖先は哺乳類型爬虫類であるが、哺乳類型爬虫類が滅んだ後に訪れた恐竜時代には、哺乳類は小型動物として闇の中を生き延びることを余儀なくされた。その祖先の恨みがヒトのDNAの中に何らかの痕跡を残していると考える人もいる。

　ともあれ、昨年末、知人から、金属製の見事な蛇の置物を頂戴したのであるが、そちらのほうは、妻の目に触れることがないように、事務所の私の部屋に飾られている。

67 予期せぬ依頼者の死

　今年の正月は何の予定もない。法律出版物の原稿の執筆予定はあるが、脳梗塞の予後を大事にと、休日はなるべく仕事をしないことにしている関係で、1日延ばしに延ばしている。この日記に向かう時間だけは、自らの神経を研ぎ澄まし、日頃不審に思っていたことを調べながら、自分の考えをまとめる時間となっている。今回の日記では、仕事を通じて体験した「人の死」に言及しようと志したが、関係者がつらい思い出をよみがえらせない程度まで抽象化しながら、その時に感じたことだけは正確に文字に表したいというジレンマがあり、なかなか、筆が動かない。

　今年最初の「人の死」は、破産手続の依頼者の話である。Aさんは、一時手広く事業を経営していたが、バブル崩壊後長引いたデフレ不況の中で、逐次営業成績が低下し、幾度かの事業縮小の努力を払ってきたが、せっかく収支を均衡させても、過去の債務はそのままなので、事業の生み出すキャッシュ・フローと債務額とがアンバランスとなり、結局資金繰りに窮してしまった。

　それに早く気づいて相談してくれれば、民事再生手続や私的整理手続を通じて、Aさんを支援することは可能であったと思うが、経営者は、昨日まで返済できていた債務であるから、経営環境が良くなれば立ち直れると思っていて、結局事業再建のタイミングを失うことが多い。

　Aさんもプライドが高い方であったから、相談に来られた時には、すでに、彼からは事業再生のための資金も信用も失われていた。そこで、私は、いくつかの清算手法について説明し、結局破産手続の申立ての委任を受けることとなった。Aさんの経営する企業とAさん自身の破産手続開始申立ての準備の担当者を決めて、私は、申立ての日を待ったが、実際には、その日

が到来することはなかった。Aさんが死亡したからである。経過は次のようなものであった。

　当時私たちには知らされなかったが、Aさんにはかねてから問題行動があった。妻に対する激しいDV（ドメスティック・バイオレンス）である。平素から、不愉快なことがあれば妻に暴行を加えていた。しかし、妻は、Aさんとの生活が順調な事業の収入を背景とする豊かなものであったし、小遣いも潤沢で心を紛らわせるための出費も可能であったこと、さらには、妻自身も小さな商売を営んでいて、いざとなれば自立できるという気持もあったこと等から、DVに耐え、そのことを誰にも知らせていなかった。ところが、AさんのDVは破産手続を選択したことから狂気を帯びるようになり、また、しばしば普段の日常行動も正気を欠くようになった。

　妻のほうは、Aさんの収入が絶たれたばかりか、妻自身も保証債務を負っていたので、自分が営んでいた小商売も廃業せざるを得ず、結局、将来の生活の糧も失われてしまった。そのうえ、妻は、食事中突然、酩酊したAさんから酒瓶で頭を殴られ、緊急入院を余儀なくされ、頭部表面の割創にとどまらず、脳にも損傷を受け、わずかながらも身体に後遺症が残り、リハビリを開始することになった。

　そしてある日、いつものように、自分に対して暴力を振るった挙句、疲れて就寝したAさんの寝顔を見ていた時に、Aさんが寝返りを打った瞬間、妻は、突然に、Aさんが起き上がって、自分に暴力を振るおうとしているに違いないと感じ、咄嗟に、今度こそは殺されるという激しい恐怖感に襲われた。無我夢中で、手元にあった寝巻の紐で、Aさんの首を絞め、気づいた時はAさんを殺害してしまっていた。

　私たちは、現に進行中の深刻な事態に気づかなかったばかりに、関係者を死に至らしめてしまい、自らの力不足を悲しく思うことがある。

68 立杭の里訪問

　この正月には、とりたてて行きたいと思いつくところもなく、寝正月を続けたが、何もしないのも寂しいので、妻に有馬温泉の御所坊で1泊しようと提案。早速、インターネットで予約状況を確認すると、世の中は明日から仕事を開始する人が多いためか、今晩の予約はまだ可能であった。

　そのようなわけで、母に留守番を依頼して、10時過ぎ頃、愛車のアテンザに乗って、自宅を出発。「ついでだから、三田まで足を延ばして、立杭焼の窯元に行こう」とか、「三田に行くのなら、出口のインター近くの料理屋で猪鍋をつつこう」等と話すうち、気分は高揚するは、早く行かねばと焦り始めるはということで、ついつい、アクセルを踏み込む。

　外環状線をしばらく走って、左折して309号線に入るところから500mから1kmほどの区間は、障害物がなく、交差道路もないので、加速区間である。ただし、スピード違反の検問がたびたび行われるところなので、いつもは、周囲に注意を払いながら加速する。

　ところがである。ふと気づくと、白バイの運転者がマイクで叫んでいる。何ごとかと思って、バックミラーを見ると、スピード違反で停車を求められているのは自分である。やられたと思ったが、見逃してくれるはずもないので、停車して、素直に手続に応じる。28km/時オーバーで罰金1万8000円。

　三田では、篠山口のインターチェンジまで足を延ばして、高速を下り、ひなびた篠山路を走る。最初に訪れたのが、市野信水窯である。以前、ある人の昇進祝いの品を求めて篠山を訪れた際に、信水窯で「うずくまる」を買ったが、その際、自分用に買い求めた御猪口の窯変が素晴らしくて、酒を飲むほどに嬉しくなる。そのようなわけで、もう1個か2個御猪口が欲しいと思ったが、好みのものがみつからない。その代わり、手頃なビール用のカップ

があったので、義理の弟が近く定年退職を迎えることもあって、ささやかなプレゼント用に2個1組を買い求めた。

　次に訪れたのが、西端末晴窯である。こちらも古いお付き合いであるが、3年ほど前に訪れた時に、K大を卒業したご長男が、家業を継ぐ決心をされ、新工夫にチャレンジしておられることを知った。素焼風の地肌に白い釉薬を一面に塗った上に、青い釉薬をかけて乾かしたうえで、掻き落としの技法で、縦横の細かな直線だけで構成される幾何学的模様を浮き上がらせて焼いたものである。その神経質な模様が、未完成さの危うさとともに、一皮むけた時に花開く美しい意外性を期待させたのでお銚子を1本買い求めていたことから、その後の作品の進化を見ようと訪れた。

　確かに、掻き落とし技法の器がたくさんあり、描かれた幾何学模様は、のびのびとした線に変わり、皿などは、いかにも料理を盛りたくなるようだった。そこで、居合わせた若い女性に作者の様子を尋ねたところ、2年前に若くして、死去されたとのことであった。ふと、棚を見ると、立杭焼独特の無釉の御猪口がいくつかあり、地味ながらも上品な窯変が美しく、これらが、彼の遺作であると聞いたので、一番気に入った1個を買い求める。後日、作者の冥福を祈りながら、ゆっくりと晩酌をしたいと思う。

　西端末晴さん自身の作品は、藤岡周平の伊賀焼を思わせるような造形と巧みな釉薬の使い方とを見せる作品が目についた。手頃な大きさの御猪口が欲しかったが、大振りなものしかなく、私の酒量には向かない。というより、それでは飲みすぎるか、何杯も飲めないのでストレスになる。こうして、立杭焼の里での買い物を終えた。

2013年1月7日（月）

[69] 御所坊と有馬温泉の再生

　昨日、御所坊に着いたのは、午後2時頃であった。
　有馬温泉の旅館である御所坊の起源は、1191年に有馬温泉で創業した旅館「陶泉　御所坊」とされる。創業当時の様子が、藤原定家が56年間にわたって克明に綴った日記『明月記』の中にみられ、定家が有馬を訪れた承元2（1208）年10月頃の有馬は貴人でにぎわっていたそうである。そのような言い伝えのある古き良き木造3階建ての旅館を、現当主が、若かりし頃に改築して部屋数を減らし、客にゆったりとした時間を楽しんでもらえるような工夫を凝らされた。そのうえで、料理とその素材とを工夫し、レベルの高い懐石料理を出すという、新しいビジネスモデルでの経営を開始し、成功したことで有名な旅館である。
　有馬温泉は日本書紀に記され、枕草子にも触れられている日本最古の温泉で、薬神少彦名命や、薬師如来に象徴される薬効ある名湯は、鉄分、塩分、その他ミネラルが豊富で、古来より人々を癒す湯として尊ばれてきた。有馬の湯は60km下の太平洋プレート最北端部分から幾星霜を経て湧き上がってきたもので、金泉と銀泉とがある。金泉は、含鉄ナトリウム・塩化物温泉であり、地上の空気に触れて陶色を呈し、銀泉は、単純二酸化炭素泉・単純放射能泉で無色透明・無味無臭である。
　御所坊は、敷地内の御所泉源と妬（うわなり）泉源の湯を利用する金泉であり、薄暗い大浴場へは、洗い場から、足元に湯が満ちた狭い廊下を通って入るが、男湯と女湯との仕切りは、若干の石積みと、組竹とでつくられ、少し怪しい雰囲気であるところが乙である。
　御所坊の改装に成功した現当主は、バブル崩壊後に各地の温泉地が衰退していく中で、同じような危機に瀕した有馬温泉街を何とか踏みとどまらせた

いと願う、地元の他の経営者と協働して、有馬温泉活性化のための新しい工夫を次々と凝らしている。

　その一つが、大人から子どもまで楽しめる世界のおもちゃ博物館「有馬玩具博物館」の創設である。明治時代中頃に神戸で誕生したからくり人形の「神戸人形」は、台の上の人形が手を動かし、首をふり、大きな口をあけて西瓜を食べたり、酒を飲んだりする。その滑稽な動きと繊細な仕掛けで、神戸を訪れる外国人観光客の人気をさらい、そこのお土産用につくられたが、そうした歴史を背景とする施設であると宣伝している。要は、子どもを喜ばせ家族で繰り返し楽しんでもらう温泉街をめざしたのだと思うが、この博物館では、最近「神戸人形」の製作者が絶え、伝統が廃絶状態となっていたのを惜しんで、2002年より、「西瓜喰い」や「酒のみ」などの復元作業を行ってきたという。観光施設だけにとどめず、文化財の保存活動にまで手を広げ、有馬温泉の付加価値をさらに高める努力をしていることには頭が下がる。

　また、有馬温泉路地裏アートプロジェクトは、2013年で4回目を迎えており、旅館や土産物店の並ぶ本通りにはない、静かな風情を感じさせる裏通りに、絵画・オブジェ・インスタレーションといった現代アート作品を展示し、観光客に路地裏散歩を楽しんでもらうというものである。作品は公募により集められ、2013年の会期は、7月1日〜11月24日の予定とのことである。子どもたちの夏休みの季節と大人の旅行客の多い紅葉の季節と、その間の客枯れの時期を通じてのイベントである。久しぶりに訪れた有馬温泉は、相変わらずにぎわっていた。

　そして昨夜は、妻とともに御所坊の料理を心ゆくまで楽しんだ。

70 愛犬の衰え

　愛犬レモンは、2階にある私たち夫婦の寝室の床に就寝し、朝目覚めると、階段を降りて1階の母の寝室を訪れ、ベッドの上に飛び上がり、母の朝食の時間を待つのが習慣である。

　ところが、数日前の朝階下に降りる音を聞いていると、踊り場までドサッドサッとあたかも足を踏みはずさんばかりに慌てながら降りているような音を立て、次いで、もう一度同様の音を残して1階まで降りたことに気づいた。ただし、階段を上るには何の支障もなさそうである。

　そこで、手を痛めているのかと思って、両腕の付け根から手の先まで触れてみるが、右手の付け根が1カ所膨れているほかは、各別の異常もなく、右手の付け根を触ってもそれほどいやがる様子もない。その後2日ほど経った朝、レモンは目覚めても階下に向かおうとはせず、階段上でうろうろしている。見るに見かねて、私が抱き上げて1階に降ろしてやったが、私のいない時に階上に上って降りられなくなると困るので、レモンを励まして何とか自力で降りさせようとするうち、どうも階段の形状が見えにくくなっているのではないかと気づいた。

　そこで、階段の周りの電燈を点灯して明るくし、かつ、大型の懐中電灯で階段を照らしてやると、以前と同様、普通の足取りで降りていく。どうやら、加齢による目の衰えによる不自由であるのかもしれない。最近、レモンの目の光を見ていて、白内障ではないかと案じていたところであった。周りを明るくする程度のことで済むのならと、一安心する。

　妻と話し合っていて思い出したが、以前飼っていたハッピーも、最晩年は、白内障が進んだが、失明するまでには至らなかった。その代わり、小脳に障害が現れ、真っ直ぐ歩けない等の症状をみせた。レモンもそのような障

70 愛犬の衰え

害が現れつつあるのかもしれない。やがてもっと衰えてくると思うと、寂しくなる。

今日の午後は、富田林簡易裁判所で調停委員の仕事が入っていたことに加えて、近所の教会の牧師さんから、信者の法律相談に乗ってあげてほしいという依頼があり、急遽午前中に教会を訪問する約束をしていたことから、事務所へは出勤しないことにし、正月気分をしばし延長した。

今日の調停事件は、申立人、相手方双方ともに弁護士が受任し、話合いでの解決のため、それぞれの依頼者の説得に努めてくれているので、現状の報告を受け、次回期日を指定するだけで終了。

まだまだ陽が高いので、ゴルフの打ちっ放し練習場へ行き、50球ほど打って、汗を流す。昨年、練習場のスウィングどおりゴルフ場で打てないと焦っていたが、年末にゴルフ練習のCDを復習していて、開眼するところがあり、それ以来は比較的調子が良い。ドライバーの飛距離は、キャリーだけで少なくとも160mはあり、打球が鋭いときは180mは飛んでいる。ウッドの5番バフィーでも150mは飛んでいて、ティーを使わずに、マットから打っても、スクウェアーにあたるようになってきた。

気分よく、練習場を出て、今度はコ・ス・パに向かう。両足で漕ぐマシーンに向かい、30分ほど運動し、約320kcal程度を消費し、次いで、自転車用のマシーンを漕ぎ、100kcal程度を費消する。今回の正月は、カロリーに注意をし、雑煮も、餅1個で我慢してきたが、どうやら1kgほど体重が増えたような気がする。今年の正月は、ほとんど家に引っ込んでいて、読書や、物書き等で時間を潰すことが多かったので、この期間カロリー消費が少なくなった分、体重が増加したのだと思う。もっと早く気づいていれば、失敗しなかったのにと思うが、来週は、通常どおりの業務に復帰。早速、減量に努めようと思う。

2013年1月9日（水）

71 義父林良雄

　今日は妻の父親林良雄の命日である。
　朝日麦酒株式会社に奉職し、営業担当の企業戦士として毎夜遅くまで営業に精を出していたが、胃腸を痛めて服用したのが整腸剤キノホルムであり、間もなくスモン症状を発症し、爾来入退院を繰り返しながら闘病生活を続けた。スモン病になると激しい腹痛に襲われ、2～3週間後に下肢の痺れ、脱力、歩行困難等の症状が現れ、舌に緑色毛状苔が生え、便が緑色になる。
　スモン病は1955年頃より発生し始め、1967～1968年頃に大量発生した。当初は原因不明の風土病とされ、発症者の出た釧路病といわれたり戸田奇病といわれたりしたが、その後、スモン病はキノホルム投与により発症することが明らかとなり、1970年に日本ではキノホルムの製造販売および使用が停止となり、その後、新たな患者の発生はない。
　患者とその家族が受けた苦痛には測り知れないものがあるが、許せないのは、スモン病の原因がほぼ判明するに至っていた1970年に、京都大学ウイルス研究所の井上幸重助教授が、「スモン・ウイルスを発見した」と発表したことから、薬害隠しのキャンペーンが張られ、患者や家族が激しい差別を受けるという出来事があったことである。スモン病の原因究明等に貢献された呉医療センター名誉院長大村一郎氏をめぐり、2011年8月14日から28日までの3回にわたって読売新聞に連載された、「カルテの余白に」という記事に詳しい。
　1971年5月28日に、スモン病患者4000人以上が製薬企業・国に損害賠償を求め各地の20を超える地裁に提訴し、その後、逐次追加提訴されて、最終的に、訴訟は全国33地裁、8高裁で闘われ、原告数は合計7561名に達した。1977年10月28日、東京地裁で全国初の和解が成立したほか、1978年8月3日

には、東京地裁がキノホルムに起因すると断定して、国と製薬会社3社に総額32億5100万円の損害賠償を命じた。こうした経緯を経て、最終的に和解によって補償を受けた被害者は6470人、和解額は約1430億円に上るといわれている。

　私が妻と知り合い、結婚を約束したのが1975年であるが、その前に、義父がスモン病に罹患していることも知らされていたので、私の両親に結婚する旨の報告をした際に、その事実も知らせた。その折に、母がウイルス説を気にしていたことを記憶しているから、製薬会社のキノホルム隠しキャンペーンは、その頃もなお有効に機能していたことになる。もっとも、新聞記者であった父は、マスコミの報道等を冷静に判断していたのか、「万が一、ウイルス説が正しかったということになっても、お前が後悔しないのであれば、好きにすればよい」と、その場で許してくれたことも、今となっては懐かしい思い出である。

　ところで、それから約40年経過しているので、日記に書き記しても、もう時効として許してもらえると思う。それは当時の義父の損害賠償請求訴訟を担当してくれたN弁護士のことである。いわゆる新左翼系の弁護士であり、全共闘各派のいずれかに属する被告人らの集団刑事事件の弁護人をしておられた。被告人らは裁判を認めないという姿勢を堅持していて、開廷後不規則発言をして裁判長に退廷を命ぜられ、被告人が不在となった法廷で訴訟手続が進められるといった異常な公判期日が繰り返されていた。その被告人らにつくN弁護士が義父の裁判を担当されたのである。自宅に何度も足を運んでくれて、丹念に事情聴取し、懇切丁寧な報告もしてくれたようである。

　N先生はご存知なかったと思うが、私は、刑事法廷の高いところから見下ろしながら、心の中では感謝をしていた。

72 治験委員会への参加

午後4時過ぎから、独立行政法人国立病院機構大阪南医療センターの治験委員会に出席した。

治験とは、新薬の製造販売をしようとする者が、薬事法に基づく製造販売承認申請に際して添付すべき報告書を作成するために行う試験である。医療機関が、製薬会社から治験を依頼された場合には、治験委員会の承認を受ける必要があり、委員には、医師や薬剤師のほか、弁護士等の院外の者も就任し、治験の実施の基準（GCP省令等）に沿って審査を行う。

治験には、いくつかの種類があり、第Ⅰ相試験は、ボランティアの被験者により、新薬の薬物動態（吸収、分布、代謝、排泄）や安全性について検討することを主な目的とした探索的試験である。第Ⅱ相試験は、比較的軽度な少数例の患者を対象に、有効性・安全性・薬物動態などの検討を行う試験である。第Ⅲ相試験は、実際にその新薬を使用するであろう患者を対象に、有効性の検証や安全性の検討を主な目的として、より大きな規模で行われる試験である。

それらのデータによって、改正薬事法に基づく製造販売承認申請がなされる。製造販売後臨床試験とよばれる第Ⅳ相試験もある。

治験も人体実験であるから、第二次世界大戦後の1964年6月に採択され、その後、逐次修正されてきたヘルシンキ宣言「ヒトを対象とする医学研究の倫理的原則」が適用される。それを簡単に整理すると次のようになる。

医学の進歩は、最終的にはヒトを対象とする試験に一部依存せざるを得ないが、医学研究では被験者の福利に対する配慮が科学的および社会的利益よりも優先され、研究はその健康と権利を擁護する倫理基準に従わなければならない。科学的文献の十分な知識、他の関連した情報源および十分な実験や

動物実験等に基づき、かつ、実験手続の計画と作業内容は実験計画書の中に明示されて、独立の倫理審査委員会に提出される。計画書では、被験者または第三者に対する予想し得る危険および負担を予見可能な利益と比較し、注意深い評価が事前に行われている必要がある。医学研究は、その目的の重要性が研究に伴う被験者の危険と負担に勝る場合にのみ行われるべきであり、被験者のプライバシー、患者情報の機密性に対する注意および被験者の身体的、精神的完全無欠性およびその人格に関する研究の影響を最小限にとどめるために、あらゆる予防手段が講じられなければならない。医学研究は、被験予定者に対して、目的、方法、研究に参加することにより期待される利益および起こりうる危険等について十分な説明がなされ、対象者の自由意思によるインフォームド・コンセントを得なければならない。

ところで、最近しばしば問題となるのは、プラセボ対照試験である。これは、新薬と偽薬とを使用して、その効果を比較する試験であり、すでに承認された薬や治療方法がある場合には、承認済みの薬を使用する組との3組に分ける場合もある。組分けは、結果に対してバイアスがかかることを防ぐために、アトランダムに行われるので、新薬や偽薬を投与される被験者の、既存の薬による治療の機会を奪われる不利益、新薬を投与される被験者の副作用の危険等を伴う。そのためプラセボ対照試験は、①一般に既存の証明された治療法がない場合か、②予防、診断または治療方法の効率性もしくは安全性を決定するために必要である等の特別の事情がある場合や、③プラセボ対照試験を受ける患者に深刻または非可逆的な損害という追加的リスクが決して生じないであろうと考えられる場合にのみ利用することができる。

しかし、治験依頼者が、後発薬品を世に出すために先発薬との比較試験の実施を急ぐあまり、時には、倫理が後回しにされているとして、不承認の決定がなされる事例がある。

[追記] 薬事法は、2014年11月25日の薬事法等の一部を改正する法律（平成25年法律第84号）の施行により、「医薬品、医療機器等の品質、有効性及び安全性の確保等に関する法律」と改められた。

73 句集『無患子』

　義父は、スモン病に倒れた後、俳句の世界に入り、1966年に藤田湘子の「鷹俳句会」に参加し、1969年には「鷹」の同人にもなる。秋元不死男が逝去した1977年には「氷海」の同人となり、鷹羽狩行の指導を受けるとともに、その後、角川源義の「河」の同人にもなり、句作を続けた。

　遺句集『無患子』の編集のご協力をいただいた藤田草心の跋文の一部を抜粋する。

　「初対面でありながら、私は、椿さん（俳号は椿一郎）とかなり長い時間を過ごしてしまいました。大きなベッドは南面に頭を置いて、右側の書棚はどの本も手が届くように作られ、背文字の配列から見て、だいぶ永い句歴の方だと思いました。（中略）左側には受話器があり、耳元には句帳とメモ帳が待機しているように置かれてありました。ベッドの手摺にはアームを取り付け、それが自在に動き、鏡が付いています。鏡が付いている本当の理由は、後日分かったことですが、入れ替わり立ち替わりいろいろな小鳥が（庭に）入ってきて、しつらえてある餌台で存分な啄みをする姿が鏡に写ります。自分の朝が、小鳥達と一緒に始まるのだそうです」。

　妻との結婚の許しを得るためにおうかがいした際に知った療養生活の模様を彷彿とさせてくれる。「和歌は、心に感じたとおりに主観的な詠嘆を表現するが、俳句は文字数が少ないので、心に感じたことを客観的な視座からみつめ直し、余分なものを削ぎ落としてつくる。だから、歌人には自殺者がいるが、俳人には自殺者がいない」と仰っておられたことが忘れられない。

　闘病生活の侘しさを、俳句と愛妻に囲まれた生活の中で、乗り越えられたのである。

　遺句集の中の「猪くらひゐて仰向けの喉ぼとけ」は、妻に口まで運んでも

らった好物のボタンの肉を、病床で賞味している姿を詠んだものと思うが、以下、闘病生活をテーマとした句を先ず紹介する。

「復職す珈琲の香と蝶に遇ひ」
「看護婦に瞼の重さシクラメン」
「現し世の点滴地獄鳥交る」
「豆咲いてこの世がありぬ麻酔覚め」
「手術日の午前3時の夜鷹笛」
「見舞客一巡トマト熟れ尽くし」
「担送の赤札貼られ夕牡丹」
「全快を期すピラニアを飼い馴らし」
「木偶の座が予後の座帰燕しきりなり」
「入院や綿虫青さ増す日暮れ」
「安静のどん底に覚め牡丹雪」

「身辺に医師なき一日かげろへる」
「病みつづくつくし坊主に笑われて」
「手術後の粥腹たたく朧月」
「とろとろと病む快晴の五月富士」
「病室は独房に似て猩々蠅」
「救急車吠えて風船虫の夜」
「退院の許しを乞えり夜の新樹」
「麻酔後の薄き睡りや水鶏笛」
「鴫喜々と退院の日の定まれり」
「看護婦ら来て寒灯を消さむとす」
「医に通ふ寒さ髄まで五十代」

　義父は、愛情深い人であり、長女（私の妻）と次女に生まれた孫らのために、次の句を詠んでくれた。なお、姉妹にそれぞれ2人目の子が授かったのは、義父が逝去した後である。

「火の島に産ごゑ寒の明けにけり」
「熟睡子の掌形足形うららなり」
「産声の強き男や蕗の薹」
「春立つや児の泣きごゑのやはらかく」
「羽二重の児のてのひらの朧月」

「囀るは男のいのち生まれしや」
「茎立や嬰に手ぢからの湧くごとし」
「呱々の声まるまる海の風ひかる」
「乳足りて辛夷明りの深睡り」
「初孫の名がつきバレンタインの日」

2013年1月13日（日）

74 テンプラ調書

　大寒の直前であるだけに、河内長野の朝の冷え込みはさすがに厳しい。朝の散歩時に道路脇に設置された寒暖計では、氷点下3度とか4度が計測される。

　さて、昨日、兵庫県警の警察官らが2011年に覚せい剤事件の捜査で供述調書を捏造したとして、県警捜査2課は、虚偽有印公文書作成の疑いで社署所属の警部補と巡査部長ら計3人を逮捕、本日さらに1人を逮捕した。警部補は「おおむね間違いない」と供述しているという。

　このような捏造調書を「テンプラ調書」というが、それが作成されることが日常茶飯事であることを、私は、以前に今は亡き覚醒剤常習者Kさんから聞かされていた。

　私がKさんと知り合ったのは、彼のシノギと関係する民事事件の相手方となったことからであり、その頃、彼は暴力団の組員として、債権回収等の業務を担当していた。最初に会った時の彼の印象は、頭の回転が速いということであった。彼は、出産前に父母が離婚しており、物心つく前に母親にも捨てられて教護院で育つという過去をもっていたが、生まれつき性格が穏やかで優しかったことから、債務者やその家族を追い込んでいく仕事は、彼には不向きであった。債務者の住居を訪れ、本人が姿を現すのを待ち受けるときでも、債務者たる親が債権者をおそれて近づかないために、食事も与えられず飢えに苦しむ子どもの姿を見ると、つい、パン代を渡してしまうという具合であった。

　そのようなことから、結局、組を離脱したが、天涯孤独と同様の身上であるため、就職するにも身元保証人を得ることができず、日雇仕事で糊口を凌ぐ毎日であり、つい、魔がさして、覚醒剤を使用してしまった。私は、その

事件の弁護を依頼され、先の民事事件も解決済みであったことから、これを受任し、初犯であったため執行猶予をとることができた。彼は、当時、付き合っていた女性と結婚し、心機一転して姓も変えて、生まれ変わった心算で再出発を誓った。

その女性も、Ｋさんと全く同じような身の上で、教護院育ちであった。子連れであったが、その子もＫさんによくなついていた。ところが、女性が幸せな家庭を築くと、今まで自分の子どもを捨てて顧みなかった母親が現れ、金を無心するようになった。初めて母親らしい言葉をかけてくれたことが嬉しくて、依頼に応えたい妻と、捨てた子にたかっている非情な母親を許せない夫との間に、やがて隙間風が吹くようになり、ついには、離婚をしてしまった。

旧姓に戻ったＫさんから、２度目の覚醒剤使用事件の弁護を依頼されたのは、それから間もなくであった。その時に聞いたのが「テンプラ調書」の存在である。覚醒剤取締月間等になると、警察官は、「（特定の前科者が）自宅で覚せい剤を使用していたことを目撃した」とする調書をでっちあげて、身柄拘束して取調べ中の別件の被疑者に署名・捺印させる。内容は虚偽であるから、調書に記載された事件が摘発されることはないが、警察官は、その調書を利用して裁判所から発令を受けた捜索差押令状に基づいて前科者の自宅を捜索し、居合わせた前科者に尿を提出させることにより、覚醒剤の所持か、使用の罪のいずれかの証拠をあげられる蓋然性が高いのである。なぜなら、覚醒剤は最も習慣性が高い薬物だからである。

そのカラクリが立証できれば違法収集証拠の排除を理由として無罪を主張する余地はあるが、弁護士が証拠収集の違法の立証に成功することはほとんどなく、仮に成功しても、今日では、毅然とその証拠の排除を宣言する見識のある刑事裁判官はまず居合わせないことを、警察ははなからみとおしている。

75 金長饅頭と金長狸

　成人の日は、長い間1月15日とされてきたが、最近は1月の第2月曜日に変わっている。

　早朝から雪催いであったが、やがて本降りとなり、自宅一帯は白銀の世界となる。住宅地の幹線道路は、時折、走行する車の轍による雪融けと新しく積もる雪とがせめぎ合い、一歩路地に入ると、スノータイヤ等を履いていない限り、車の走行も怖い。

　今日から2日間、私の関係している社会福祉法人の理事5名と幹部職員4名とが、徳島県下で同様の事業を行っている歴史の古い社会福祉法人白寿会を見学する予定である。昼食後、集合場所である特別養護老人ホーム等を営む「ふれあいの丘」に出向く。雪道に足をとられないようにウォーキング用の靴を履いて、普段なら15分くらいの道のりを30分ほどかけて歩く。

　9人乗りの車両で一路、徳島県に向かう。今日の予定は移動と夜の懇親会だけなので、体質的に酒が飲めない運転手役お2人のお許しをいただいて、持参していた紙パック入りの麦焼酎「壱岐」と、手軽なおつまみとを他の7人に配って、早速宴会を始める。

　外環状線から、阪神高速に入り、神戸線を通って、明石海峡大橋を越える。淡路島に入って間もなくのドライブインで小休憩。島特産のタマネギを利用した土産を買い、あわせて、私の郷里、徳島県小松島市の名物「金長饅頭」を、皆に食べてもらうために買う。

　1837（天保8）年阿波の日開野（現・小松島市）で、木の中に棲む金長という名の狸が燻り出されようとしていたところに、染物屋の茂右衛門が通りかかって、金長を救った。その後間もなく、茂右衛門の家へ奉公に来ていた万吉という少年に、金長が憑き、自ら「金長」と名乗るようになってから、茂

右衛門の店が繁盛するようになった。

　その後、「無位無官の若造」であった金長は、子分の藤の木の鷹とともに、名東郡津田浦の化け狸・四国の狸の総領の六右衛門に弟子入りした。六右衛門は密かに金長をおそれ、娘と結婚すること等をすすめたが、金長は、茂右衛門への恩を返すまでは他のことに気を遣えないとして辞退。日開野へ帰ろうとした。そこで、金長がいずれ大きな脅威になると考えて、大勢の狸に金長たちを襲わせ、その結果、鷹は倒れ、かろうじて金長のみが日開野へ逃げ遂せた。

　金長は仇討ちのため仲間の狸たちを呼び集め、鷹の息子たちも父の弔い合戦のために駆けつけ、日頃から六右衛門の非道ぶりを好ましく思っていなかった狸たちも立ち上がって、勝浦川を挟み、金長軍総勢600匹余り、六右衛門軍総勢600匹余りが対峙することになった。

　六右衛門軍は籠城作戦をとったが、金長軍は、三日三晩に及ぶ死闘の後、ついに門を突破して六右衛門を討ち取るが、金長もまた、刀による致命傷を負い、死力を振り絞って日開野へ帰り、大恩ある茂右衛門に礼を述べ、力尽きた。その後、六右衛門の息子千住太郎が修行先の屋島の禿狸のもとから急遽駆けつけ、敗れ去った六右衛門軍を再召集して日開野へ攻め入ったが、屋島の禿狸が仲裁に入り、ようやく合戦は終結を迎えた。

　金長は後に、茂右衛門によって正一位金長大明神として祀られた。金長神社は今なお小松島市中田町脇谷にあり、神社の北側の芝山山上の日峰神社には、境内社の金長神社本宮がある。

　私が小学生の頃、主演の明智十三郎、松浦浪路らに交じって若かりし丹波哲郎も出演した映画「阿波狸変化騒動」が多くの観客を動員できたことを感謝して、新東宝が、地元の動物園に金長狸の銅像を寄贈したことがある。私はその時、除幕式に参加させてもらった。動物園はその後、廃園となり、野球場ができたりしたが、今は小松島市民運動場になっているようである。

2013年1月15日（火）

76 モラエスと社会福祉法人白寿会

　徳島市大道にあるワシントンホテルプラザで起床。朝食も早々に済ませて、午前8時30分過ぎから付近を散歩する。ホテルは、私が高校時代住んでいた、蜂須賀家の墓所である興源寺のある下助任町と、自転車通学していた現城南町にある城南高校の所在地との中間に位置している関係で、付近の景色は、ほとんど記憶にとどめてはいないものの、とても懐かしい気持になる。

　散策中、1998年に建立されたヴェンセスラウ・デ・モラエスの銅像を発見した。銅像のあった徳島県徳島市伊賀町一帯は、モラエス通りと名づけられ、付近には墓所である潮音寺がある。モラエスは、ポルトガルの軍人で、のちに外交官として日本を訪れ、日本文化をこよなく愛して芸者ヨネと結婚、ヨネが死去するとその姪のコハルと結婚、コハルにも先立たれ、寂しい晩年を過ごした。『おヨネとコハル』、『日本精神』、『ポルトガルの友へ』、『徳島日記』等をポルトガル語で執筆して出版するなど欧州に日本文化を紹介する文筆家でもあった。著作が邦訳されたのがモラエスの死後であるため、生前、彼の業績を知る日本人は少なかったようである。

　私は、2011年の暑中見舞いに、彼が書いた『徳島の盆踊り』から、次の一文を引用した。

　「この徳島の土地を初めて踏んだある美しい夏の午後、これが永住の地と定められていたささやかな住居へ歩いていく路すがら受けた印象だけは、今もなお断じて忘れがたい。万目これ緑の印象だった。とぼとぼと歩み行く二軒屋町の長い街路に沿うて、群松がこんもりと濃い影をつくる美しい小山が、意気ようようとそびえ立っていた。そうしてその山やあたりの稲田や畑から、生い茂った草木の烈しい香気が、鋭くおそいかかってきた——まる

で、『母なる自然』からほとばしり出る、生命の神秘な発酵物の気のように。緑、緑、ただ、万目これ緑だ！」。

しばし、黙とうの後、眉山ロープーウェイの発着場建物の１階の物産館で、大谷焼のぐい呑みを入手し、ホテルに帰って仲間と合流、社会福祉法人白寿会の見学に出掛けた。

法人本部は、徳島市住吉の吉野川南岸堤防下の道路に面した場所にある。1916年に大正天皇即位記念事業として、篤志仏教者が、徳島市内の丈六寺の境内に設立した阿波養老院を前身とし、のちに徳島県仏教会の経営となり、現在地に移転したものである。本部に併設されている主な施設は、養護老人ホーム（90人）等を営む白寿園と、特別養護老人ホーム（80人）等を営む「よしの園」であり、短期入所生活介護（10人）や、デイサービス（35人）等も行っている。

次いで、阿波市吉野町の阿波老人ホームよしの園。旧吉野町が社会福祉法人白寿会に依頼して、土地を提供し、白寿会が建物を建築して運営している施設であり、特別養護老人ホーム（50人）と短期入所生活介護事業所（10人）やデイサービスセンター（20人）のほかに、グループホームよしの（27人）を経営している。さらに、阿波市土成町の施設阿波老人ホーム「御所園」も訪問した。現在は平成の市町村合併で阿波市となったが、元々旧吉野町の隣接町であった旧土成町が、町内に施設がなかったことから、旧吉野町と同様に白寿会の協力を得て建設した施設であり、特別養護老人ホーム（30人）、短期入所生活介護事業所（20人）やデイサービスセンター（35人）のほかに、グループホーム御所（18人）を営んでいる。

見学後の双方の関係者の懇談会は、介護費用を削減するために猫の目のように変えられる介護保険制度等についての愚痴合戦の様相を呈した。しかし、私は、歴史に支えられ、利益を収奪しようとする経営者のいない社会福祉法人は、利益の多くを人的、物的投資にまわせるだけに、行政が無策であっても、必ず生き残れると確信している。

77 マリ共和国の紛争

2013年1月16日（水）

　朝の冷え込みが厳しく、庭に置いている愛犬レモンの飲み水を入れた容器が、カチンカチンに凍っている。母との朝のドライブも、途中の散歩を省略する。

　去る1月11日に、フランスのオランド大統領は、西アフリカのマリ暫定政府の要請に応えて、軍事介入し、北部地域を支配するイスラム武装勢力に空爆を加えたと発表した。その後も、空爆の対象を拡大、武装勢力の拠点ガオ等の空爆も続行中である。フランスは宗主国。アフリカ連合（AU）も、フランス軍の介入を歓迎する声明を発表し、西アフリカ諸国経済共同体（ECOWAS）も部隊を派遣する考えを示し、ナイジェリア、セネガルなど周辺6カ国の兵士の一部は13日にもマリに到着したという。中国外務省の洪磊副報道局長も、14日の記者会見で、「中国はマリの反政府武装集団による新たな攻勢を非難する」としている。

　1960年に独立したマリ共和国では、2002年4月に実施された大統領選により、トゥーレがマリ共和国第4代大統領に就任し、2007年6月には2期目の政権がスタートしていた。

　ところで、マリ共和国の北部はサハラ砂漠の一部であり、14世紀にはマリ帝国、15世紀にはソンガイ帝国が栄え、イスラム教が浸透し、トゥアレグ族のキャンプ地として建設されたトンブクトゥは、両帝国の交易、文化の中心地であった。砂漠の過酷な環境のもとではイスラムの部族社会がよく機能し、トゥアレグ族は、マリ共和国の独立以降も、中央集権政治には抵抗し、自治権を求める反政府闘争を続けてきた。

　リビアのカダフィは、1990～1992年と2006～2009年に、マリ政府とトゥアレグの武装勢力との間で発生した武力紛争に際し、武装勢力を支援してきた

ほか、早くから、トゥアレグ族等の近隣諸国出身の兵士を雇兵として利用してきた。リビア紛争時、傭兵を手配・統括していたのは、グローバルCSTとよばれるイスラエルの民間軍事会社である。リビア紛争で戦闘経験を積み、終結後マリ共和国に高性能の武器を持ち帰ったトゥアレグ族が、反政府組織・アザワド解放民族運動（MNLA）のもとに組織化され、2012年1月中旬より独立を求め蜂起したのである。

劣勢に立った軍は、2012年3月21日軍事クーデターを起こしたが、西アフリカ諸国経済共同体（ECOWAS）から反乱軍として制裁を受け、同年4月12日にディオンクンダ・トラオレ国会議長が暫定大統領に就任して、民政に復帰した。こうしたマリの国軍による反乱による混乱に乗じて、MNLAは北部攻勢を進め、北部ガオ州の州都ガオを掌握、トンブクトゥや北部の主要都市を掌握したとして、4月6日にマリの北部に「アザワド」の独立宣言を発表した。

しかし、実は、トゥアレグ人勢力の中には、別に、アルカイーダ系イスラム過激派「アンサール・ディーン」があり、中部都市トンブクトゥ等を実効支配するに至ったのは、こちらのほうである。その後北アフリカの「イスラム・マグレブ諸国のアルカイーダ」（AQIM）等の協力を得て、MNLAを追い出したばかりか、マリ共和国中部へと戦闘地域を拡大し、支配地域を広げながら、イスラム法に基づく統治を進め、マリの首都バマコをうかがうまでに至った。AQIM自体も、サハラ砂漠南縁部に広がる半乾燥地域であるサヘル地方でのイスラム国家樹立をめざして、アルジェリア政府転覆工作に加え、マリやニジェール等での活動を拡大している。フランスが使用する原発燃料のウランの産出国ニジェールはマリの隣国であり、フランスの軍事介入は、「アンサール・ディーン」やAQIMの活動を牽制しようとしているのである。

マリ国は、わが国で使用するウランの輸入元である。

78 アルジェリアのプラント襲撃事件

2013年1月19日（土）

　早朝の烏帽子形公園での散歩の際に、霜柱が立っていることに気づいた。今冬は初めての体験で、踏みつけると足元でサクッと微かな音がして、霜柱の上ではしゃいだ子どもの頃が懐かしく思い出される。ソッと足を触れてみると、1cmばかりのたくさんの氷柱が倒れ出てきた。

　ところで、1月16日アルジェリア南東部のイナメナスの石油プラントを武装イスラム勢力が襲撃し、多数の人質をとって占拠。マリからのフランス軍撤退を要求する等している。人質の中には、プラント建設大手「日揮」の日本人駐在員が含まれている。人質事件発生の引き金となったのは、アルジェリアの南隣マリで進むフランス軍によるイスラム武装勢力の掃討作戦であり、「ムラッサミン」と名乗る人質事件の犯行グループは、フランス軍のマリからの撤退を求める声明を出している。

　アルジェリア軍は、日本時間18日午後10時過ぎ（現地時間の17日昼頃）から、武装勢力に対する軍事行動に出た。アルジェリアは、人質救出作戦と説明するが、これを実行した特殊部隊は、人質を乗せてプラント施設内を移動していた武装勢力の車両5台のうち3台を爆撃し、他の1台も自爆を余儀なくさせられたとの報道もある。アルジェリア軍の意図は「人質救出」ではなく、「テロリストせん滅」にあったと理解すべきであろう。国営アルジェリア通信は17日夜、政府軍による人質救出作戦が終了したと伝えたが、現時点では作戦は継続中のようである。

　日本人らを人質に天然ガス関連施設に立てこもった武装勢力の一部を制圧したアルジェリア軍は、豊かな天然資源を背景に得た最新装備に身を固めた「精鋭ぞろい」とされる。軍上層部は政治、経済界にも強い発言力をもつとされ、専門家は「国益を守るため、国際世論が高まる前に攻撃に出たので

は」と分析する。ロシアなどから装甲車や戦闘用ヘリなどの近代装備を導入しており、訓練を受けた兵士の戦闘力は高いといわれる。早期の武力行使は軍の意向が反映された可能性が高く、テロの再発を抑え、同国唯一の産業ともいえる天然資源プラントを再び襲撃されないようにするには、完膚なきまでにたたきのめす必要があったといわれている。

そもそも、アルジェリアでは、1990年に地方選挙で圧勝したイスラム主義勢力への反発から、世俗派の後押しを受けた軍部がクーデターにより政権を掌握したが、南部山岳地帯を中心とするイスラム勢力が武装イスラム集団（GIS）を結成し、テロ活動を主たる手段とする反政府活動を続け、1992年以降2000年までの死亡者数は10万人とも15万人ともいわれる。

内戦は2000年、イスラム原理主義組織イスラム救国戦線（FIS）と政府との停戦合意により終結。1999年の大統領選挙で与党・民族解放戦線（FLN）の候補者のブーテフリカが当選し、豊富な石油や天然ガスの輸出により経済発展を成し遂げたとされるが、依然として失業率は高く、貧富の差は拡大している。このため、アルジェリアでも、「イスラム・マグレブ諸国のアルカイダ」（AQIM）等の影響を受けた勢力が、マリの反政府勢力らと連携を取り合いながら、急成長を遂げており、欧米のもつ権益、さらには、政権を握っているブーテフリカ大統領や軍部等の世俗派を脅かすまでに至っている。

ちなみに、アルジェリアの油田は、国際石油資本が、国営企業と共同で経営し、2010年のアルジェリア国家統計局、および中央銀行の発表によれば、石油・ガス関連製品は、米、伊、西、仏、蘭等に輸出されており、輸出総額は570億ドルである。

79 イスラム社会と植民地問題

　イスラム教徒のひき起こす事件が世情を騒がせるとともに、アルカイーダの集団が世界各地で力を増しつつあることから、先進国に多いキリスト教信者の恐怖心も増加しつつあるが、宗教間の戦争等といって過剰反応する前に、考えるべきことがある。すなわち、第二次世界大戦後に植民地政策を放棄せざるを得なくなった先進国が、宗主国としての権益を保持したいために、過去の支配の単位に従って、植民地を独立させたことがもたらした災禍のことである。

　そもそも、かつては、世界的にも、部族社会が社会の基本単位であった。そして、自力救済が公の秩序と平和とを危うくさせる野蛮な復習に発展することを防止するために、部族の長という最初の権力が生まれた。やがて、卓越した部族が、他の部族を糾合して、部族連合の上に立ち、そこに権力が集中する。この権力の集中によって、自力救済のための部族相互間の戦いを一時停止させる道が開かれる。部族間の争いの解決に際し、法に従って黒白をつけ、処断するが、その処断は、権力が自ら行うこともあれば、加害者を被害者の出た部族に引き渡して生殺与奪の権を委ねることもある。もっともわかりやすい法は、「人を打って死なせた者は必ず殺されなければならない。目には目、歯には歯、手には手」云々と、モーゼ五書に書かれているような同害報復である。この権力機構が安定してくると、同害報復のストレスを軽減するための贖罪制度が誕生し、それに伴い、贖罪契約の成立や支払いの有無を決する民事裁判も誕生する。

　こうした裁判では、黒白をつけることが要請されるが、その正当性を支える権威づけが必要であり、宗教がその役割を担うことがある。イスラム社会では、今日でも、部族社会によって秩序が維持され、部族やその連合をまと

めるために、イスラム教の信仰が利用され、アラーへの絶対的服従が求められる。自然環境の極めて過酷な地域に成立したイスラム教は、独特の戒律を定め、部族や信者の義務づけを通じて、可及的多数の教徒の生活を守ってきたという面もある。彼らは、復讐や聖戦という概念のほかに、もてなし、名誉、旅行者の保護等の概念を大切にするが、それらを大切にする慣習法こそ、砂漠を生きていくための知恵だからである。

ところが、アフリカを中心として、第二次世界大戦後に独立したイスラム国家は、宗主国にも利益をもたらす中央集権制度を採用したが、中央集権制はアラーを超える権力を前提とするという意味で、そもそもアラーへの絶対的服従を要求するイスラムの教えと矛盾する。

また、独立した国の国境線は、植民地時代の1880年代から1912年までにかけて、ヨーロッパの帝国主義列強によって行われたアフリカ分割と、1916年にイギリス、フランス、ロシア等によって秘密裏につくられたサイクス・ピコ協定によって、人為的に引かれたもので、部族社会の単位や広がりを無視し、これを分断している。アフガニスタンとパキスタンの両国にまたがるパシュトン人の社会や、イラン、イラク、トルコ、シリアにまたがるクルド人の社会が典型例であり、カシミールも人口の大部分がパキスタンと同様のイスラム社会に所属しているのである。

そうした事情のために、イスラム国家の多くで、中央集権政治を進めようとする世俗政権に対する反政府運動が起こり、隣国の同一民族がこれを支援する戦いがやむことはない。

アルカイーダは、圧倒的な戦闘能力を誇り、その戦いに参加することで砂漠等の辺境のイスラム社会に浸透していった。イスラム同胞団はエジプト等で支持を集めているが、イスラム主義を掲げるスンニ派の組織であり、パレスチナにおける武装闘争部門がハマスである。

本来は寛容なはずのイスラム社会の過激化の遠因は、欧米の植民地支配がもたらしたものであり、また、今日なお彼らの活動をテロであると糾弾し、抹殺することにより、宗主国が利権の維持を図っていることを見逃してはならない。

80 2013年1月23日（水） 丹羽宇一郎前中国大使の特別手記

　正月に入って約1kgほど体重が増加したため減量を志すが、どうにも減らない。本日は、ロータリークラブの例会日に出席の予定であったが、明日、明後日と、それぞれ夕方からパーティーが予定されているので、急遽、欠席し、自宅で休養をとることにした。夕刻、帰宅途中に難波の高島屋で、低カロリー弁当を3個買い求める。

　文芸春秋創刊90周年記念号が発売中であり、丹羽宇一郎前中国大使の特別手記「日中外交の真実」が掲載されていると知り、早速購入した。丹羽氏は、1939（昭和14）年1月29日生まれで、伊藤忠商事会長・社長、日本郵政株式会社取締役等を歴任の後、2010（平成22）年7月末に駐中国日本大使に着任、2012（平成24）年12月まで務めた。

　丹羽氏は、石原慎太郎前都知事が魚釣島、北小島、南小島の購入計画を発表した後の6月7日付けの「フィナンシャル・タイムズ」紙のインタビューに応じて、「もし計画が実行されれば、日中関係にきわめて深刻な危機をもたらす」と答えている。手記では、この発言をめぐって、日本国内からさまざまな批判を浴びたことについてのコメントを控えているが、言外に悔しさがにじみ出ている。丹羽氏は、2010（平成22）年9月7日尖閣諸島沖で、中国の漁船と日本の海上保安庁の巡視船が衝突する事件が起き、日本側が漁船の船長を逮捕、送検したことによる日中関係悪化の後に、関係を好転させるために中国担当者と協議を重ねてきた、その体験に基づいて、慎重に黄信号を発信したのに、わが国の世論から激しい攻撃を受け、丹羽氏を送り出したはずの経済界からも、丹羽氏を抜擢した民主党政権からも、支援が得られなかった。その結果、今日みるとおりに、丹羽氏が懸念した最悪の状況を招き、解決の糸口がみつからない状況を招いている。

手記では、中国大使館のチャイナスクール出身の外交官を評価しているが、これには元外交官岡崎久彦の影響を受けた親米派外交官による日中関係正常化に対する妨害行為に対する非難が込められていると理解できる。野田佳彦元首相が完全な親米従属路線をとり、当時自身の発言を無視したことに対する批判も込められているであろう。

　しかし、野田政権に操られたマスコミの丹羽氏批判に財界までが迎合し、丹羽氏を援護射撃する者がいなかったことは、財界首脳部の低能さを物語るものとして、私も切歯扼腕の思いがする。マスコミ等は、日米安全保障条約があるのだから、領海侵犯に対しては毅然として対応すべきであると声高々に主張し、発砲も辞する必要はないとする者も決して少数ではない。この無思慮、無責任な姿勢が、その後の中国側の反日運動や、港湾での通関作業の実質サボタージュによるわが国の輸出不振や、レアメタル取引の規制による生産の制約等の形で、経済へ深刻な打撃として跳ね返ってきているのである。

　副島隆彦は、『ぶり返す世界恐慌と軍事衝突』（2012年・祥伝社刊）の中で、「日本は中国と衝突させられる、なぜなら、戦争経済こそ、米国経済の唯一の延命の手段だからである」と主張している。その真偽はともかく、米国が公式には領土問題は日中間の対話で解決すべきことであると表明しながら、他方で、親米外交官や政権を用いて、日中間の関係正常化を妨害していることを等閑視するのは危険である。丹羽氏の特別手記による「一刻も早く、『領有権は日本にあるが、外交上の係争は存在する』という前提で、尖閣列島に関連する、海難救助、漁業、資源開発といった点で、どんなことを協力して進めることができるか、話し合いを進めるべきです」との提言は、平和的解決のための唯一のカードを示すものであるのかもしれない。

[追記] 丹羽宇一郎前中国大使は、2014年に『中国の大問題』（PHP新書刊）を著し、「彼らを資することはやめ、彼らを利する戦略を持て」と訴えている。

2013年1月24日（木）

81　米国の二重基準

　朝の烏帽子形公園での散歩の際に、マンサクの樹の小さな蕾が膨らんできて、いくつかの黄色い花が開き始めていることに気づいた。山間部に自生し、早春2月、3月に、他の木々に先駆けて花を咲かせるらしい。本来の花径は3cm程度であるから、これから、すっかり開花する頃には、「豊年満作」の言葉を思わせるような、細長い花弁が密集した花に成長する。もっとも、マンサクの名前の由来は、早春に咲くことから、「まず咲く」「まんずさく」が東北地方で訛ったものとも言われているから、それが正しいのなら、「満作」とは無関係ということになる。

　昨年から、『あるべき私的整理手続の実務（仮）』の編集を行っている。多くの原稿が集まってきているので、今秋の発刊に向けて、作業を開始しなければならないが、私の執筆項目である「日本における事業再編の特殊性」の中の「RCC」（整理回収機構）の部分が執筆できていなかった。この論文のテーマは、1991年頃からのバブル崩壊後の不況克服のため、金融機関の不良債権問題と企業の過剰債務問題の解決のためにできた、わが国のRCCと預金保険機構とによる問題解決システムが、設計目的に反して、不況克服のブレーキとなったという問題意識から選んだものである。

　しかし、弁護士業務を通じての私の経験だけでは、私の直感を証明する確たる証拠たり得ず、もとより、これに触れた判例や法律論文があるわけでもないので、なかなか執筆に着手できずに悩んでいた。ところが、期せずして、たまたま、昨年末から今年初めに読んだ3冊の書籍が、執筆のヒントを与えてくれることになった。

　1冊は、中谷巌の『資本主義以後の世界』（2012年・徳間書店刊）である。それによると、1980年代に、製造業の分野でドイツ、日本に追いつかれた米

国は、「金融立国戦略」にシフトし、アラン・グリーンスパンFRB（連邦準備制度理事会）議長の手綱で、バブルを起こさないように配慮しながら、ドル供給量を増加させて、金融空間を拡大していった。投資先の発展途上国に対しては、ワシントンに本部をおくIMF（国際通貨基金）や世界銀行を通じて、①民営化、②小さな政府、③規制撤廃というセットでの構造改革を迫り、破綻した金融機関や企業、あるいはその保有資産を商品化していった。わが国にも、1994年以降は、「年次改革要望書」を突きつけてくるようになった。これは、米国資本の金融資本のための市場整備にすぎなかったことが理解できる。

　２冊目と３冊目は副島隆彦の『恐慌前夜』（2008年・祥伝社刊）と、ジョージ・ソロス著（徳川家広ほか訳）『ソロスは警告する』（2008年・講談社刊）である。それらによると、1973年のオイル・ショック後に誕生した大量のオイル・マネーが米国の金融機関に集まることによって成立した金融資本が、国境を越えて動くことによって、金融のグローバル化を進展させた。米国の金融当局が、国際金融システムを牛耳り、途上国等に、「ワシントン・コンセンサス」とよばれる厳しい市場規範を押しつけ、わが国にも不良債権、過剰債務の処理を迫ったこと自体が、わが国経済を金融資本の餌食にするための行為にほかならなかったことになる。

　以上、要するに、RCCと預金保険機構は、わが国経済のセーフティーネットになるべき使命を忘れ、金融資本の手伝いをしていたことになる。

　しかし、米国自身は自らの国際金融システムの危機に際しては規範を棚上げにし、IMF（国際通貨基金）も世界銀行も、米国の利害を他に優先させた。2008年９月15日のリーマン・ショック発生直前の３月18日に、SEC（米証券取引委員会）は、新会計基準（FAS157）に基づく有価証券の分類基準を示し、実質的に「時価会計の放棄」をしているのである。

82 阿倍仲麻呂と会津八一

　朝のドライブの際に、外環状線の道路上から、進路前方に連なっている金剛葛木山地を遠望すると、雑木林の木々の枝先に、何とはなしに白い雲がかかっているように思われ、芸術関係の大学を卒業されたKさんに、そのように語ると、彼は、紫色に見えているという。

　そう聞くと、薄い紫色に見えなくもない。紫雲からの連想で、私が浄土宗の信者であれば、臨終にのぞんだ時に金剛葛木山地が紫雲に化したのを見れば、阿弥陀聖衆が姿を現し来迎したと感じるかもしれない。その場面を想像すると、何とはなしに気持が落ち着くように思われたが、よくよく考えてみると東西の方向はあべこべである。

　奈良ロイヤルホテルには、地元に設立される予定の「倭ロマンスクラブ」が、木製の歌碑を寄贈してくれる予定だという。奈良にちなんだ和歌を、順次整備していく予定とのことである。最初に、古今和歌集に収められた阿倍仲麻呂の、「天の原　ふりさけみれば　春日なる　三笠の山に　いでし月かも」の歌碑がつくられたが、奈良ロイヤルホテルからは、三笠山が眺められるので、建碑の場所に選んでいただいたとのことである。この歌は、阿倍仲麻呂が753年に藤原清河率いる第12次遣唐使とともに帰国するに際して、王維ら友人との送別の宴で詠まれたといわれている。

　現在、陝西省西安市にある興慶宮公園の記念碑と江蘇省鎮江にある北固山の歌碑に、この歌を五言絶句の漢詩に詠んだものが刻まれているという。

　翹首望東天　神馳奈良邊　三笠山頂上　思又皎月圓

　（首を翹げて東天を望めば　神は馳す　奈良の辺　三笠山頂の上　思ふ　又た皎月の円なるを）

　この歌に詠まれた三笠山は御蓋山のことであり、奈良市東部、春日大社の

すぐ東にそびえる山で、海抜283m、東側の花山・芳山とともに春日山と総称され、春日大社の神域をなしている。今日、若草山を三笠山とよぶこともあるが、それとは異なる。

　歌碑の除幕式の際の特別企画として、奈良ロイヤルホテルの主催で、会津八一の以下の歌碑めぐりを企画してはどうかとも提案しているが、あまり支持が得られてないようである。

ちかづきて　おふぎみれども　みほとけの 　　　みそなはすとも　あらぬさびしさ	新薬師寺　昭和17年4月建立
かすがのに　おしてるつきの　ほがらかに 　　　あきのゆふべと　なりにけるかも	春日神社万葉植物園 昭和24年建立
おほらかに　もろてのゆびを　ひらかせて 　　　おほきほとけは　あまたらしたり	東大寺　昭和25年建立
おほてらの　まろきはしらの　つきかげを 　　　つちにふみつつ　ものをこそおもへ	唐招提寺　昭和25年建立
くわんおんの　しろきひたひに　やうらくの 　　　かげうごかして　かぜわたるみゆ	法輪寺　昭和35年11月建立 以下は、会津八一没後の建立
ふぢはらの　おほききさきを　うつしみに 　　　あひみるごとく　あかきくちびる	法華寺　昭和40年11月建立
あきしのの　みてらをいでて　かへりみる 　　　いこまがたけに　ひはおちむとす	秋篠寺　昭和45年建立
しぐれのあめ　いたくなふりそ　こんだうの 　　　はしらのまそほ　かべにながれむ	海龍王寺　昭和45年建立
ならさかの　いしのほとけの　おとがひに 　　　こさめながるる　はるはきにけり	般若寺　昭和45年建立
かすがのの　よをさむみかも　さをしかの 　　　まちのちまたを　なきわたりゆく	日吉館　昭和49年4月建立

その後も歌碑の建立は続いている。

83 シリア内戦の激化

　内戦が続くシリアでは、政権側が短距離弾道ミサイルや、化学兵器を使用しているとの報道もみられ、政権側もいよいよ余裕をなくしてきたと推測される。現に、今月21日にも中部のハマで爆発があり、政府側の兵士や市民数十人が死亡し、戦況や人道をめぐる状況は悪化の一途をたどっている。

　ロシア政府は、先月シリア西部の町でロシア人2人が何者かに拉致される事件が起きたことから、自国民に対し、シリアへの渡航を自粛するようあらためて求めていた。1月22日には、シリアに滞在する自国民を避難させるため、隣国のレバノンの首都ベイルートに、旅客機など2機を派遣することを決めたと発表し、以来、国際ニュースでロシアへの帰還の映像が流されている。シリアには、民間企業の従業員や旅行者など、多い時にはおよそ3万人のロシア人が滞在していたとみられており、アサド政権に近い立場をとってきたロシア政府も、国連の推計で累計6万人を超える死者数を出した内戦の深刻さから、アサド政権の崩壊が懸念される段階に入ったとの強い危機感を抱くに至ったのかもしれない。

　そして、ロシアのメドベージェフ首相が27日、スイスのダボスで開かれた世界経済フォーラムでCNNの取材に応じて番組に出演し、内戦が続くシリア情勢について、アサド大統領が政権を維持できる可能性は薄れつつあるとの見方を示すに至った。ただし、アサド政権が崩壊した場合、後継をめぐる争いが「何十年も」続くかもしれないとも警告。政権の支援を継続する意思をあらためて表明している。たとえアサド政権が崩壊したとしても、反体制派の統一組織「シリア国民連合」は指導力不足が指摘されており、反体制派にはこれに参加していないイスラム過激派組織もあることから、両者の間で新たな内戦が勃発する危険性も高い。また、内戦は宗派対立の様相を濃くし

ている。政権側はイスラム教アラウィ派が中心で、反体制派はスンニ派が主流だが、その中にアルカイーダも含まれる。現政権が崩壊した場合、人口では少数派のアラウィ派住民がスンニ派からの激しい報復にさらされるおそれがあるし、その過程で、マリやアルジェリアで衰えない力をみせつけたアルカイーダが勢力を拡大することも予想できる。

　シリア国民の自由な選択に委ねながらも、イスラム過激派以外による穏健な政権が樹立されることを願望することは、あるいは、ない物ねだりであるのかもしれない。

　ところで、メドベージェフ首相は、「われわれはシリア大統領およびその父と良好な関係にあったが、アサド大統領は欧州にもっと緊密な同盟国があった」とも語っている。これは、シリアを支援しているのはロシアと中国だけであると世界中が信じていることを隠れ蓑として、シリアと兵器等の取引を行い、利益を上げている国が欧州の中にあることを指すのかもしれない。アムネスティが、「すべての国々は直ちに、シリアにすべての武器、弾薬、軍隊、治安および警備のための設備・備品、訓練、人員の移転を停止すべきである」等と、国連の安全保障理事会に対して提言し、働きかけの努力をしてきたのも、そのためであると思う。

　昨年7月27日、中国、ロシア、米国の3国の合意で、問題が先送りされた事実に鑑みれば、さまざまな思惑が交錯してきたことを物語っている。

　万が一、アサド政権が崩壊する事態に立ち至ったとしても、それが新しい地獄の釜の蓋を開けることにならないことを切に祈る。しかし、それは、われわれが干渉するところではなく、あくまでも圧倒的多数のイスラム教徒を抱えるシリア国民の選択に委ねられる事柄であると思う。

[追記] レバノンのシーア派の政治・武装組織として1982年に結成され、イランとシリアの支援を受けてきたとされるヒズボラが、その後シリア内戦に介入し、さらにシリア反政府組織の中でISの勢力が強大となるに及んで、IS叩きに国際社会が参加するに至り、ますます混迷の度を深めている。

2013年1月30日（水）

84 事業承継の難しさ

　今月もあとわずかになったが、今年になってから、河内長野に数店ある特色のあるパンを焼いている店を一巡することができた。私たち夫婦の一押しは、「K」であるが、営業しているのは週4日で、今日はその営業日である。朝の散歩中、立ち寄って、昼食用のパンを買い求める。妻に温野菜のサラダ等もつくってもらい、職場に愛妻弁当として持参する。

　私たちの仕事は、人の生死にかかわるだけではなく、依頼者らの人生の質にも大きくかかわっている。経営不振企業の事業維持のために抱えるストレスについて、今日は述べてみたい。

　今から20年ほど前の出来事である。小規模であるが、老舗建設会社として大手上場企業の取引先をたくさんもっていた「T社」の代表者であるA氏は、高齢になり、体のあちらこちらに故障が目立つようになり、事業意欲が次第に減退してきた。加えて、その頃始まったバブル崩壊後の不況の影響で、受注が減少するようになり、急速に会社の財務状態が悪化していった。しかし、親族には事業の後継者がおらず、彼のストレスを肩代わりできる候補者がいなかった。

　そうした状況下で若手のS氏が経営を手伝うようになった。S氏は、ほかにも営んでいた事業があって、当時、それなりの資産も形成していたが、事業の多角化の一環でもあると考え、老舗建設会社の経営に参画することに応じた。そのようなわけで、次第に、T社の事業に関与する時間が長くなり、売上げ増加のために自身の人脈をも活用した。

　その間、A氏は、いよいよ経営に対する意欲を失う中で、認知症と思しき症状をみせるようになった。S氏からT社の経営問題の相談にあずかっていた私は、A氏が代表取締役であるから、S氏に同行してしばしばお会い

したが、会うたびに様子が首を傾げる状況になっていった。

　そうした経過を経て、S氏とA氏との間で、会社譲渡の話が持ち上がり、やがて、私は、双方の合意事項を書面化することを求められた。しかし、当時、私はS氏が代表者となっているB社から報酬を得ていた一方、元々S氏の紹介で面識を得たA氏とも信頼関係ができているので、A氏とS氏との間の契約問題に関与することには弁護士倫理上の問題があった。そのため、合意事項の文書化に際し、この種の契約の際に、一般的に取り決めが行われるであろう事項をいくつか指摘し、双方の話合いを促すだけで、合意形成のために積極的に働きかけることはできなかった。

　結局、A氏にしてみれば、せっかくS氏が経営再建の努力をしているのであるから、会社が最悪の時点で手放すことはないと考えるであろうし、S氏としても、A氏の年齢も考慮すると、大きな負担を伴う合意の時期を急ぐ必要はないという当然の思惑があったのであろう。合意書面をつくるとは言いながら、双方ともその作成に熱心ではなく、信頼関係だけで、T社の運営が行われてきた。

　ところが、A氏の認知症症状が見事に消えて、日常生活に何らの差し支えもなくなり、さらには、趣味の登山の会の世話までできるようになったのは、S氏の努力により、T社の経営が改善され、キャッシュ・フローが潤沢になってきてからである。認知症の症状の出現は、事業の不振によるストレスからの無意識下での逃避であった。事業が再建に向かったために精神の健康が回復したのである。結局、S氏は、T社を手に入れるのに、高い買物をすることになった。

　考えてみると、人生の難局に直面してたちまちにして認知症症状を呈するようになった人が、問題の解決とともに急に元気、溌剌と、現役に復帰することは、決して稀なことではない。

85 エリザベス・サンダースホーム

　烏帽子形公園のマンサクの細い花弁の長さはようやく1cmほどとなり、それが密集した姿は、線香花火を思わせるようになってきた。花弁がもっと成長した時の姿が楽しみである。

　ところで、マンサクの花をよく観察していると、花火のように四方八方に細長い花弁が伸びているように見えて、実は、花弁4枚の小さな花が、枝の1カ所にたくさんついていて、それぞれの花弁の根元の額が密集している。それが、あたかもマンサクの花の中心部のような態を見せていることに気づく。自然の造作の妙を感じさせる。

　第二次世界大戦後の1948年の今日、2月1日は、三菱財閥の創始者岩崎弥太郎の孫娘である沢田美喜が、財産税として物納されていた岩崎家大磯別邸を400万円で買い戻して、エリザベス・サンダースホームを孤児院として設立した日である。

　沢田美喜は、1947年2月に列車内で死亡した混血児の母親と間違われたことから、混血児救済を決心したようである。ホームは、戦後日本占領のためにやってきたアメリカ軍兵士を中心とした連合国軍兵士と日本人女性の間に、強姦や売春、あるいは自由恋愛の結果生まれたものの、両親はおろか周囲からも見捨てられた混血孤児たちのための施設であった。

　それゆえに、施設の誕生は、日本国内においても、米国においても、歓迎されず、むしろ、迫害を受けて、経営は窮乏を極めたといわれている。施設の名は、ホーム設立後に最初の寄付をしてくれた聖公会の信者エリザベス・サンダースの名前にちなむ。

　子どもたちが、小学校、中学校に上がる年齢になり、周囲の「混血児」への偏見迫害や、学校生活との折り合いの問題から、ホームの中に1953年に聖

ステパノ学園小学校が設立されることになり、1959年には中学校も併設された。学校名は、美喜の戦死した三男の晃の洗礼名にちなむ。1993年からは外部の一般家庭の子弟をも募集するようになった。

1962年からはブラジルのアマゾン川流域の開拓を始めて、聖ステパノ農場を設立。1968年教え子の1人がブラジル政府の黒人移民不歓迎政策を打破して移民し、成功しており、その後ホームの卒園生が数多く移住。2010年現在1400人の出身者がいる。

沢田美喜は、1980年5月12日スペインのマヨルカ島にて心臓発作のため78歳で急死。

ところで、三菱創設者である岩崎家の本邸は、上野公園や湯島天神が立ち並ぶ界隈にあり、「旧岩崎邸庭園」の中に保存されていて、1896年に建てられた3つの建物が現存しているが、なかでもゲストハウスとして使用された洋館が有名である。それらは、1945年終戦に伴い、GHQにより接収されている。その後昭和40年代に、敷地内に司法研修所庁舎や池之端文化センターが建設され、庭園は、大きく削り取られてしまったが、今も大きな雪見灯篭等が往時を偲ばせているという。

私が、司法研修所で学んだのは、1971年4月から7月までと、1972年12月から翌年3月までの計8カ月間であった。研修所の建物が岩崎邸内に存在した時代である。敷地内には、大木が鬱蒼と茂り、その幹には、拳銃の弾痕跡が残されていた。GHQに弄ばれた売春婦が、その樹の下で戯れに銃殺された跡だと聞かされたことがある。ただの怪談話であるのかもしれないが、そう言われてみると、陰鬱な空気が流れているような気もしなくはなかった。

しかし、沢田美喜が育ったという輝かしい過去が、その空気を和ませてくれているような気もした。私が青春時代の一時期を過ごした、思い出の場所でもある。

2013年2月2日（土）

86 サッカー・ロータリー・カップ

　朝のドライブの際に、千早赤阪村の小さな農産物販売所に立ち寄った。楠木正成で有名な下赤坂城の故地である丘の上は中学校の敷地となっていて、その斜面が棚田（1999年7月26日に農林水産省が選定した棚田百選に選ばれている）に開墾され、農産物販売所はその下にある。無造作にバケツに投げ入れられていた猫柳の枝束を買い求めた。白い花穂が、赤銅色のツバを割って顔をのぞかせていて、今後次第に膨らんでくるのが楽しみである。

　今日は、所属する河内長野東ロータリークラブが主催する「サッカー・ロータリー・カップ」の開催日であった。ロータリークラブ等は暇ができた金持ちの道楽である。一生入るまいと、若い頃の私は考えていた。しかし、1985年父が死去した際に、父が尊敬していた楠木正成縁の、観心寺の永島龍弘住職に手向けを依頼したことがきっかけで、メンバーでもあった永島住職から、入会をすすめられた。その前年に創設されたばかりの若いクラブであったが、初代会長の森明信氏が、「良きロータリアン、必ずしも良き社会人ならず。先ず、良き社会人たれ」という信念の方であり、会員の中には、出席率や服装等の形式的なことにやかましい人はおらず、入ってみると違和感を感じることがなかった。親睦を大切にしており、社会奉仕についても、金より知恵と労力とを持ち寄って、河内長野市という小さな町で身の丈にあった活動を推進してきたクラブであった。

　その当時は、ロータリーの社会奉仕活動は、単年度事業を原則とし、毎年異なる事業に取り組むことが推奨された。世界で最初に創設されたシカゴ・ロータリークラブが、公園のトイレを整備する社会奉仕活動を行い、それが当局の業務に引き継がれたというエピソードと関連している。有用な社会奉仕活動を行い、それを当該事業を本来推進すべき母体に引き継がせる。そし

て、次の社会奉仕活動に取り組むことが理想とされたのである。

　さて、今年の「サッカー・ロータリー・カップ」は、河内長野市内と千早赤阪村内の少年サッカーチームに所属する子どもたちを招待して、長居公園の「セレッソ大阪」のホームグラウンドの天然芝の上で対抗戦の試合をさせるとともに、セレッソ大阪のコーチや、河内長野市に縁のある森島選手とも交流してもらう企画である。参加者のほとんどが小学校６年生の男子であるが、５年生の子や女の子も混じっていて、熱戦が繰り広げられた。この企画は、今年で４年目となるので、単年度を原則とするロータリークラブの奉仕活動としては、出口を探す時期がきており、すでに、NPO法人河内長野子ども応援団と共催するようにしている。

　もっとも、子どもたちは喜んでいても、父兄たちの観戦は決して多いとはいえず、また、NPO法人の会費を支払って正会員となろうとする父兄も、当日の進行に協力を申し出てくれる父兄も少ない。そこで、この企画の最初の発案者であるK会員からは、自分が来年度の当クラブの会長に就任する予定であることもあって、一度、「サッカー・ロータリー・カップ」を取りやめてみようかという提案もなされている。

　しかし、晴天に恵まれた１日、懸命にグラウンドを駆けめぐったり、セレッソ大阪のコーチたちとの練習試合で得点されて悔しがる子どもたちをみていると、誰からともなく、「来年度も実施しようか」という声があがってくる。ついては、来年の開催については、少年サッカーチームの関係者の方々を集めて、ロータリーの奉仕の意義や、これまでの「サッカー・ロータリー・カップ」の経過、NPO法人の設立趣旨等を説明し、その人たちの協力を得て、運営主体をNPO法人に変えて、今後長く実施できる体制を整えることが急務である。

┌─ 2013年2月4日（月）─┐

87 立春の日

　立春を迎えた。旧暦では1年が始まる日である。私たち夫婦の長男は、昭和52年の立春の日（4日）に生まれ、長女も昭和55年の立春の日（5日）に生まれた。長男は予定日より1週間早く出産したが、長女は遅れ気味で、同じ産院で出産予定であった他の妊婦との関係もあって、分娩促進剤を使うことを産婦人科医に提案されたが、私たち夫婦は拒否した。

　一般に産婦人科医の中には、母子の状態をモニターする分娩監視装置を過信していて、分娩促進剤の使用に抵抗を覚えない方もいるが、分娩促進剤の副作用により新生児が知的障害となることもある。たとえば、児頭骨盤不均衡の場合には帝王切開が選択されるが、その前に分娩促進剤が使われて、強陣痛によって胎児仮死となるような場合がある。当時、私たちにはそのような知識はなかったし、そういったリスクの説明も受けなかったが、選択は正しかったのだと今は確信している。

　ともあれ、2人の子どもがいずれも立春の日に生まれたと喜んだのは、30年以上も前のことである。月日の経つのは早いが、考えようによっては、その時を境に、私たち夫婦は、その前と後とを、ちょうど同じくらいの期間過ごしてきたことになる。おそらく、もう1個分までは残されていないであろう。

　古来、自然の景色の変化から季節の移り変わりを把握する「自然暦」が使用されてきたといわれている。1年を通しての動植物の移り変わりなどを目安としてつくる一種の暦であり、たとえば、白馬岳に見られる馬型の雪模様は「代馬」、つまり代掻きをする馬の形に見立てられ、これが見られると代掻き作業をすべき時期だと里人は知ったといわれる。

　日本での暦法は、日本書紀によれば、持統天皇4年11月11日「勅を承って

はじめて元嘉暦と儀鳳暦を行う」とあり、実際に使われ始めたのは持統天皇6年（西暦692年）からとされる。中国から二十四節季も伝えられ、冬至を年の分割の起点とし、立春を1年の初めとするようになった。新月から新月までを1月とし、1月は平均すると約29.5日となるので、29日になる月を「小の月」、30日になる月を「大の月」という。これで12カ月を1年とすると、1年が約355日となり、太陽の周期に比べ10日ほど短くなるので、調整するために、ほぼ3年に1度の割合で「閏月」を設けたのが太陽太陰暦である。

明治5年太政官布告第337号（明治5年11月9日）により、「今般太陰暦ヲ廃シ太陽暦御頒行相成候ニ付来ル十二月三日ヲ以テ明治六年一月一日ト被定候事」とされ、それまでの天保暦に代わり太陽暦が採用されることとなった。そして、現在使用している置閏法が決定されたのは、明治31年勅令第90号（明治31年5月11日）による。勅令は、「神武天皇即位紀元年数ノ四ヲ以テ整除シ得ヘキ年ヲ閏年トス但シ紀元年数ヨリ六百六十ヲ減シテ百ヲ以テ整除シ得ヘキモノノ中更ニ四ヲ以テ商ヲ整除シ得サル年ハ平年トス」と定める。

中国、台湾、韓国等の春節は、年初である旧暦の正月（元日）またはそれから始まる数日間のことを意味するが、ここでの旧暦とは中国等でかつて使われていた中国暦およびその変種のことである。わが国でつくられている太陽太陰暦とは合わないこともあるとされ、平成25年の中国暦の元旦は2月10日である。中国では、春節祭には、爆竹が鳴り響き、お祝いごとにはかかせない龍や獅子が舞い踊り、大いに賑わう。神戸の南京町でも昭和62年から「春節祭」が開催されているようである。

88 暴力問題に揺れる全柔連

　今度は、日本柔道が、体罰問題で最悪の事態に陥っている。
　柔道女子日本代表選手らが、昨年12月25日にJOCの女性専門部会に対し、園田隆二監督（39歳）らの選手への暴力行為に関する嘆願を行い、体制見直しを求めたが、その後の反応が遅かったことから、本年1月10日と27日には計9人の選手がJOCに出向いている。
　文書によると、選手らはJOCへの告発に至った背景として「憧れだったナショナルチームの状況への失望と怒りが原因」とし、「指導の名の下に、園田前監督によって行われた暴力行為やハラスメントに深く傷ついた」ことをあげた。また「（選手生命への影響など悩んだ末に）決死の思いで立ち上がったが、全柔連内部では封殺された」ことも明らかにされている。
　柔道日本女子初の世界王者でJOC理事の山口香・筑波大学大学院准教授が、代表選手らの告発を後押ししており、新聞のインタビューに応じて、「ロンドン五輪も終わった昨年9月に、園田隆二・女子監督（当時）の代表合宿での暴力やパワハラの話が出て、事実確認もできたので、すぐに全柔連幹部に伝えた」と話している。しかし、全柔連（全日本柔道連盟）は園田監督に事実を確認し、園田監督も暴力を認めたが、幹部は、被害を受けた女子選手からも聞き取りをして、謝罪したにとどまり、その後の海外遠征の時にも園田監督には反省の色がなかったという。
　JOCの関与を知った全柔連は、1月30日になって、19日付けで同監督とコーチ陣を戒告処分としたことを明かしたが、代表選手らが求めた体制見直しを拒否し、「園田監督は指導力も情熱もある。十分に反省し、二度と暴力は振るわないと言っている」として、現体制で、次の五輪をめざすことを強調した。

しかし、翌31日には、上村会長がJOC選手強化本部長辞任に追い込まれ、今月1日には園田前監督の引責辞任が決まり、続いて5日に強化担当理事や暴力行為を行ったコーチが辞任したが、15選手の代理人弁護士は、4日大阪市内で記者会見し、今回の告発の意図は全柔連の指導体制の抜本的な見直しであると説明し、トカゲの尻尾切りで終わらせない姿勢を明らかにした。

　この問題で、国際柔道連盟（IJF）は公式ホームページでいかなる暴力行為も非難するという声明を出しており、文部科学省からも、徹底調査を求める圧力が加わっている。

　ところで、2007年9月のIJFの理事選挙では山下泰裕元選手が落選し、上村春樹がその折に会長に就任したマリウス・ビゼールによって議決権を有しない指名理事に選ばれたにとどまる。日本のお家芸であった柔道は、すでに世界のスポーツとなっているが、全柔連は、もはやIJFの中でも指導的な立場にないのである。にもかかわらず、全柔連は、1997年10月のIJF総会で解禁されたカラー柔道着を国内の大会で使わせないし、講道館も、IJFルールと異なる講道館ルールを堅守している。わが国の柔道家は、いまだに世界から目を背けている。

　体罰問題も同根であって、全柔連の解体的組織再編が不可欠なような気がする。

　[追記] 2013年3月19日JOCが交付金停止などの処分を決定したほか、内閣府は、7月23日、相次ぐ不祥事を理由として、2008年の新法人制度施行後初となる公益社団法人及び公益財団法人の認定等に関する法律（公益認定法）に基づく改善措置勧告を行った。四面楚歌の中で、全柔連は、ついに8月21日上村会長など執行部ら理事23人、監事3人が辞任を余儀なくされ、臨時の理事会・評議員会において、新日鉄住金会長兼最高経営責任者である宗岡正二氏を会長とする新体制が発足している。

89 紀州みなべの南高梅

2013年2月10日（日）

　そろそろ、和歌山県下の南部梅林で開花が始まっているのではないかと、妻が言い出した。母にも異存はなく、急遽、朝のドライブの行先を南部に変えた。

　南部梅林は、和歌山県日高郡みなべ町に位置する梅林であり、インターネット情報では、2007年現在約7万本から8万本の梅が栽培されている日本最大級の梅林であり、なだらかな山々に、見渡す限り続く白梅は、「一目百里、香り十里」といわれている。梅林の中に整備された散策コースには、土産物屋が散在し、大勢の人が春の香りを楽しみ、期間中の入場者数は、年平均5万人といわれている。ただし、この梅林は果実採取のための産業用の農林であり、本来は観光目的ではない。白梅の花自体は、よく言えば清楚、悪く言えば少し寂しい。

　この地方の梅の栽培は、江戸時代、田辺城主として入封してきた紀州藩附家老安藤家が奨励したことに始まるとされる。明治時代に和歌山県の旧上南部村（現みなべ町）で高田貞楠が果実の大きい梅をみつけ、高田梅と名づけて栽培し始める。1950年に「梅優良母樹種選定会」が発足し、南部高校の教諭竹中勝太郎らによる5年にわたる調査の結果、37種の候補から、「南高梅」を最優良品種と認定したが、その名は、高田の「高」と「南（部）高（校）」からとったものである。現在、日本国内で生産される国産梅の6割は和歌山県産であり、2006年に「みなべいなみ農業協同組合」が、地域団体商標制度による商標登録として「紀州みなべの南高梅」を出願し、同年特許庁より認定された。

　南部梅林は丘の上では3分咲き、下では5分咲きというところで、梅独特の芳香はいまだ漂っておらず、1週間先くらいが見頃と思われたが、少し訪

問が早かっただけに、観光客も比較的少なく、車での散策コースも、渋滞なくまわることができ、足の不自由な母にも、梅を堪能してもらうことができた。

その後、私たちは、南部の隣町の印南町切目にある別荘に赴いた。昭和30年代に狼煙山周辺に開発された別荘用地で、その後のオイル・ショックで開発会社が倒産し、別荘地所有者が管理組合を結成し、管理を継続してきている。付近の海岸で生痕化石を見学するために訪れた際に、たまたま、別荘地内の物件が売り出されていることに気づき、衝動買いし、別荘地の建設に着手し、1991年9月頃竣工したものである。

当時、私たち家族は、愛犬の「ハッピー」と暮らしていて、家族旅行のために獣医院併設のペットホテルに預けたことがあるが、ストレスでグッタリしてしまったことがあり、それ以来、家族全員で旅行をすることができなくなっていた。印南は白浜から近いこともあって、そこに別荘を構えれば、いつでも家族旅行の気分を味わえると思った次第である。

天井板を張らずに、天井下の梁や垂木が下から見えるように設計し、春頃着工したが、その直後の5月25日に私は狭心症で倒れて入院を余儀なくされた。竣工後は、病後の体力の回復と、ストレスの軽減とに努めるべく、静養にも利用した。現在の愛犬の「レモン」がわが家に来たのは、1999年のことであり、2匹の愛犬を連れて、何度も家族で出掛けたが、「ハッピー」が2005年8月19日に15歳9カ月で死去し、息子や娘も成長して一緒に出掛けることがなくなり、最近は、めっきり訪れる機会が減ってしまった。

久しぶりに、海を見ながら、皆で昼食をとった後、しばしの間ゆっくりとくつろいだ。

90 チュニジアの悲劇
——民主化がもたらすイスラム化

　妻が近郊の「道の駅」で買い求め、庭の鉢に植えた黄水仙が芳香を放っている。

　ところで、北アフリカ・チュニジアで暗殺された野党指導者の葬儀が8日に行われ、数千人の参列者が治安当局と衝突したと報道されている。

　チュニジアは、古代、フェニキア人がこの地を交易拠点とし、紀元前814年頃にはカルタゴが建国され、地中海貿易で繁栄したが、紀元前146年に第3次ポエニ戦役に敗れて滅亡し、ローマの支配下に入った。7世紀に、イスラム教の下に糾合したアラブ人が東方から侵入し、698年カルタゴの戦いにより、土着のベルベル人の女王カーヒナと東ローマ帝国との連合軍とを破った。そして、この時にアフリカはイスラム世界に編入されたのである。

　その後オスマン帝国の支配下に入ったこともあるが、1878年のベルリン会議でフランスの宗主権が列国に認められて、フランスによるチュニジア侵攻が行われ、1881年のバルドー条約、1883年のマルサ協定で、フランスの保護領チュニジアとなった。1956年に独立し、翌1957年に大統領制をとる「チュニジア共和国」が成立した。1959年に憲法を制定し、社会主義政策をとったが、1970年代には自由主義に路線を変更した。イスラム諸国の中では比較的穏健なソフトイスラムに属する国であり、中東と西洋のパイプ役を果たしているといわれる。観光地としても発達し、アフリカの国の中では経済状態は良好なほうである。

　アフリカ一円に広がったジャスミン革命はチュニジアで発生した。中部の都市シディ・ブジドで、2010年12月17日の朝、露天商のモハメド・ブアジジ（26歳）が果物や野菜を街頭で販売し始めたところ、販売の許可がないとして地方役人が野菜と秤とを没収、さらには役所の女性職員から暴行と侮辱を

90 チュニジアの悲劇——民主化がもたらすイスラム化

受けた。彼は、これに抗議するために同日午前11時30分、県庁舎前で自分と商品を積んだカートにガソリンをかけて火をつけ、焼身自殺を図った。モハメドの従兄弟アリ・ブアジジが、事件直後の現場の様子を携帯電話で撮影し、その日の夕方フェイスブックに映像を投稿したことが、アルジャジーラの報道に取り上げられ、1人の青年の焼身自殺が国内に知れわたった。その衝撃は大きく、1987年に無血クーデターによって政権を獲得したベン＝アリー大統領による長期政権の下での一族による利権の独占といった腐敗と、高い失業率への不満がたまっていたことから、大統領の退陣要求デモが全土に拡大し、ついに、翌年1月15日に憲法評議会が下院議長のフアド・メバザを暫定大統領に任命したものである。

　2011年10月23日に行われた選挙の結果、穏健派とされる「アンナハダ」が第1党に進出し、11月19日の制憲議会選挙で、第1党の「アンナハダ」と2つの世俗政党とが政権協議した結果、ハマディ・ジェバリ（アンナハダ）が首相に選出され、議会議長に第3党の「労働・自由民主フォーラム」のムスタファ・ベンジャーファルが就任した。

　しかし、これら政権与党はイスラム原理主義組織との親和性があり、野党の民主愛国運動のベライド党首は、「与党のアンナハダはイスラム原理主義組織への対応が不十分である」として、批判の急先鋒に立っていたが、6日銃撃されて死亡し、8日には首都チュニスでベライド氏の葬儀が行われたのである。

　チュニジアでも、民主的な選挙が、欧米型の民主主義体制ではなく、イスラム法を規範として統治するイスラム主義に基づく政治体制をもたらしたようである。

91 骨肉の争いとすみれ

2013年2月15日（金）

　庭に咲くすみれの数が増えてきた。妻も私もすみれが好きで、庭に自生したすみれ等は鉢に植え替えて大切に栽培してきたし、畦道でみつけたすみれの株を土ごと持って帰って育てることもあった。そのようなわけでわが家には何種類ものすみれが花開くはずであるが、不思議なことに、年々庭で咲く花の種類が減り、今年辺りは、白っぽいすみれだけが勢いよく開花している。

　自然消滅したすみれの中で最も思い出のあるすみれは、斑入りの比較的大きな花弁をもつすみれである。植えた時期は10年ほど前で、教わった名前も忘れたが、インターネット上で調べてみると、花弁の様子はアリアケスミレに似ている。

　当時、地方都市での母親の遺産の分割をめぐる姉弟間の紛争に関与していた。私の依頼者をＡ子さん、相手方をＢ男さんとすると、母親と隣家に住むＢ男さんの奥さんとの仲が悪く、そのためにＡ子さんは、遠隔地で家庭と仕事を両立させていた多忙の身であったが、たびたび帰郷して母親の世話を焼いていた。

　Ｂ男さんの奥さんは、寝たきりの母親の毎度の食事を、寝床まで届けてくれていたようであるが、たとえば、こんなことがあったとＡ子さんが涙ながらに語る。お好み焼きを焼いて、その皿を母親の枕元に置いて帰る。しかし、箸を置いていないので、母親は手づかみでお好み焼きを食べ、べとべとになった手を洗う術もないまま就寝し、布団もすっかり汚れてしまう。しかし、Ｂ男さんの奥さんはその後訪れてその事実に気づいたはずなのに、放置していた。Ａ子さんは様子を見に行ってこれに気づき、母親を風呂に入れて体をきれいにし、布団も買い換えてあげたという。Ａ子さんの憤りは激

しく、自分の法定相続分どおりを母親の形見として受け取りたいと願った。

一方、母親も、自分が頼りにできるのはＡ子さんだと悟っていたのか、生前、自宅建物をＡ子さんに贈与していた。ところで、Ｂ男さんは、亡父の経営していた会社の２代目社長であり、おそらく、母親死亡後は、先代社長のお屋敷に移り住む心算であったのに、それがＡ子さんのものになっていたことに激怒したのであろう。自らが把握している遺産の開示には消極的で、遺産分割交渉は難航を極めた。Ａ子さんはしっかり者であるが、Ｂ男さんは、理性的に物ごとを判断することができないタイプで、この姉弟は男女が逆であれば良かったのにと、幾度思ったことかわからない。

しかし、財産に関する係争には、必ずいつか解決の時期が来るものであり、やがて、Ｂ男さんの税理士が、相手方の交渉窓口になってくれたことから、解決の糸口が開かれていった。

最終的な和解によって、Ａ子さんは、自分の名義の建物をＢ男さんに譲ることになったが、その時、自宅の庭をしみじみと見ながら、「両親が愛でた庭も、これからどのようにされるかわからない」と言いながら、庭の斑入りすみれについて、両親が珍しい物だと自慢していたと説明してくれた。

そこで、私は、数株もらい受けることにし、わが家の庭に下した。その後、数年間、特徴のある花を咲かせてくれたが、やがて姿を消してしまった。

姉弟の亡父が建てた屋敷は、Ｂ男が自分のものになった途端に取り壊し、庭も整地してしまった。この事件に限らず、両親が、長男ではなく、娘に託そうとした屋敷については、長男は異常な執念をもって取り返しながら、自分の物となった途端に破壊してしまうということを私はしばしば経験し、そのつど近親憎悪の激しさに対する認識を新たにしている。

92 河内源氏の祖・源頼信

2013年2月17日(日)

　田辺や南部の梅林は満開を迎えたはずであるが、河内地方の梅林の様子を見ようと思いつき、錦織公園に出掛けた。公園の梅林手前の池には、見事なアオサギが魚取りするでもなく、じっと静止していたが、こちらに気づいた様子もないのに、突然飛び立ち、悠然と去って行った。池の奥に広がる傾斜地一帯が梅林で、開花時期を迎えると、「淋子梅」とか、「鹿児島紅」等々の白梅、紅梅が入り乱れて咲き誇り、一帯に芳香が漂うが、どの木の蕾もまだまだ固かった。

　散歩の帰りに公園事務所に立ち寄ったところ、「平安期の跡をめぐる」と記載された、河内源氏三代の史跡めぐりの案内パンフレットをみつけ、故郷の歴史を学ぶことになった。

　寛仁4（1020）年9月10日、多田満仲の四男の源頼信が河内守に任ぜられ、この地の香呂峰に館を営み居住し、河内源氏の祖・初代となった。関東で起こった平忠常の乱を平定し、武将としての名を高めた。最初に乱の追討使を命ぜられた平直方が成功できず、頼信に勅命が下った縁で、頼信の嫡子である2代目の頼義と平直方の娘とが婚姻し、その間に生まれたのが3代目の八幡太郎源義家である。直方の娘の持参金が相模国鎌倉であった。なお、鎌倉幕府の創始者源頼朝は源義家の4代の孫であり、室町将軍家足利氏、徳川将軍家も義家の流れとされる。

　頼義は、平忠常の乱から20年後、奥州において発生した「前九年の役」とよばれる安倍頼良・貞任・宗任父子の反乱（1051～1062年）を、鎮守府将軍・陸奥守として平定した。河内源氏の勢力は奥州にまで伸び、関東武士たちに対する支配力は一層強固なものとなった。

　義家は、後三年の役（1083～1087年）の際にも兵を動かして乱を制圧した

が、河内源氏の政界進出を牽制しようとする白河天皇の政治に翻弄され、前九年の役の勝者清原氏一族の内部争いに端を発した私的戦闘とみなされて、追討使には任じられなかった。

しかし、後三年の役を通じて、義家と関東武士団との関係は、より緊密となり、「天下第一武勇之士」とか「武士の長者」（中右記）と評され、武士の棟梁としての地位を得た。義家は、武勇にすぐれただけでなく、学問にも通じており、『千載和歌集』にも、「吹く風を　勿来の関と思へども　道もせに散る　山桜かな」（戦よ、もう起こってくれるな。桜の花が散るように、人の命も散るではないか）という和歌がある。

大阪府羽曳野市壺井にある壺井八幡宮は、頼義が「前九年の役」の出陣に際し、石清水八幡宮に詣でて戦勝を祈願し、凱旋後、誓願の験ありとして康平7（1064）年5月15日社殿を建立して石清水八幡宮の神霊を遷し祀ったものである。また、天仁2（1109）年正月3日の夜、義家の五男左兵衛尉義時が、父祖三将軍の夢のお告げに「吾等三者の霊を祭祀すべし。然らば、王城を鎮護し、永く源家の守護神たたらん」とあったことから、八幡宮西方に地を選んで社殿を造営したのが、壺井権現社である。

河内源氏の菩提寺である通法寺は、明治の廃仏毀釈にあい、現在は山門と鐘楼が残る。長久4（1034）年に河内国司であった源頼信が小堂を建てたことから始まり、前九年の役の時、東北地方で活躍した源頼義が浄土宗に帰依し、阿弥陀如来を本尊としたことから、河内源氏の菩提寺となり、源氏の隆盛とともに栄えた。壺井八幡宮の神宮寺でもあったが、南北朝時代には、戦火により焼失。江戸時代になって源氏の子孫・多田義直が5代将軍綱吉に願い出て柳沢吉保らが普請奉行となり再興する。なお、ここには源頼義の墓があり、東方約200mの丘陵地には父頼信と子義家の墓もある。

93 沖縄散策

　今朝は小雨模様であった。温暖前線の影響か、いく分暖かく感じたが、それでもせいぜい摂氏2、3度程度だろうと思いながら、沖縄行きの準備をした。講演依頼された機会に、前日から出掛けて、妻と沖縄散策でもしようと考え、今日出発することにしたのである。

　午前6時40分頃、妻と一緒に自宅を出て、徒歩20分程度で河内長野駅のバス停に到着。関西国際空港に向かうリムジンバス「そらえ」に乗り込む。河内長野東ロータリークラブの会員を含む男性4人のグループと出会った。韓国に冬の料理を楽しみに行かれるような感じの身支度であったが、はてさて。

　午前9時関西国際空港発の全日空で約2時間30分程度のフライトを経て那覇空港着。モノレール「ゆいレール」の空港駅で24時間乗降自由の乗車券を600円で購入する。正午発売の文字記入があったが、有効なのは19日の正午乗車までか、下車までかを駅員に問う。乗車すればよいとのこと。四半世紀前に、妻子と4人で沖縄本島をレンタカーで一周する旅行に出掛けたことがあり、その際に、モノレール建設計画があると聞き、経営計画はしっかりしているのだろうかと危ぶんだ記憶がある。数年前に沖縄に出掛けた時はすでに那覇空港と首里間が開業されていたものの利用は少ないように思われたが、今回は利用者数も増加してきたように感じたし、1日乗車券の発売等なかなか意欲的な経営をしているようである。しかし、調べてみると、平成23年度の経常損失は8億8000万円のようである。独立採算の事業として行われていて、建設資金等が借入金等によって賄われていることも赤字の原因であり、沖縄振興のためのインフラ整備を目的として、税金でその多くを賄っていれば、もっと数字はよくなっていたかもしれない。

その乗車券を使って、「牧志」で降車し、公設市場で食材を探す。今回は「ヤシガニ」を食する心算であったが、大きなものしか目に入らず、妻と２人で食べるために殺すには忍びず、魚屋がすすめた「アサヒガニ」を選ぶ。それに地物の刺身の盛合せを求めて、２階の食堂に持ち込む。まずは、泡盛２合を頼んで、持ち込んだ刺身と、ゴーヤやソーセージ等が少しずつ入った突き出しをつまみながら妻と乾杯、注文した島らっきょう、ジーマミー豆腐、足ティビチ、ナカミ汁や、ゴーヤチャンプルー等が次々と出てくるので、泡盛を追加注文しながら楽しむ。やがて、アサヒガニも出てきて、濃厚なみそ等を楽しむ。妻は大きなラフティの入った沖縄ソバも食べるが、こちらはカロリー制限の身、我慢する。

　１時間30分ほど夫婦で酒盛りをして、店を出て、１階の店舗をまわって、帰阪してからのオツマミを探す。カズノコ詰めのイカ、島らっきょう、ミミガー等を抱えて、しばし、カロリー消費のために歩くことにする。まずは、壺屋ヤムチン通りに出て、壺屋焼を物色する。前回訪問時の収穫は宮城須美子の徳利と御猪口、小橋川清次の赤絵牡丹唐草の御猪口であったが、今回は、新垣健司の魚紋の御猪口を選んだ。実は、大阪の骨董店で金城次郎の御猪口をみつけていて、買おうか買うまいか逡巡していたところなので、いくつかの店で次郎作の作品を探したが、やはり、思うような品物がみつからなかった。妻は、猫を漫画風に描いた現代作家の蕎麦猪口風の作品を求めていた。これで、晩酌を楽しむつもりなのだろう。

　ヤムチン通りをすぎて、今度は、寒緋桜を見るために与儀公園に向かうが、すでに散ってしまった後、わずかの樹に何輪かの花が残っている程度であった。後刻訪れた末吉公園も葉桜の季節を迎えていた。大阪では、寒緋桜の蕾ですら膨らんでいない状態なので、あわよくばと期待していたが、見事に肩透かし。もっとも、「桜は盛りをのみ見るものかは」である。

94 沖縄事業再生セミナー

本日は、沖縄でセミナーを開催した。

セミナー名のテーマは、「会社を変える！ 企業の再発見」であったが、目的は、時限立法である金融円滑化法（中小企業者等に対する金融の円滑化を図るための臨時措置に関する法律）が本年3月末日をもって終了することを目前に控えて、中小企業と沖縄経済の再生をどのように図っていくのかということを考えることにあった。

場所は、ロワジールホテル那覇、午後1時開会で、開会の挨拶は私が担当したが、形式的な挨拶は簡単にすませ、20分間の持ち時間の多くを、私的整理の基本的な手法の概説と、弁護士として、最近数年間、中小企業を再生させる私的整理手続を用いて行ってきた試みの経験を具体的に紹介することに費やした。

続いて、企業再生についてのコンサルタント業を営むTGコンサルティングの玉井豊文社長が、金融円滑化法終了後でも再生の余地のある中小企業については、諦めずに再生の努力を払ってほしいということと、金融機関にはそれに対応できるように体制を強化してもらいたいとの願いが述べられた。同時に、再生不能な会社については、市場からの撤退を決断すべき時期が到来しているのではないかとの問題意識も吐露された。

その後、株式会社グラックス・アンド・アソシエイツ（G&A）の2人の取締役常務執行役員が、中小企業の事業評価と不動産鑑定評価とを通じて、同社が中小企業の再生に寄与し得ることを、具体的な事例等を紹介しながら説明された。本来、債権者たる金融機関の回収の最大化は、債務者たる中小企業の再生を通じて、その事業価値を高めることによってもたらされることが多く、一般的に、企業の清算価値とともに事業価値についての情報を共有す

ることと、それを高めるための協力関係を樹立することが望まれるのである。

次に、弁護士法人淀屋橋・山上合同の２人の若手弁護士が、金融円滑化法の制定と終了までの経緯、並びに今後起こり得る中小企業借入金のオーバー・デューの予想数値等の解説と、民事再生手続等を利用して、弁護士として中小企業の再生に関与してきた経験の説明がされた。その中には、私的整理の事例も含まれたが、バンク・ミーティングを通じて作成する事業計画は、どうしても、債務の減免を伴わない単純リスケ型が多くなるように思われた。

個別講演の最後に、株式会社沖縄債権回収サービスの平良孝夫社長から、「事業再生におけるサービサーの役割とは」とのテーマで、サービサーの関与による中小企業再生の手法が披露された。たとえば、サービサーは１億円の債権を1000万円で取得した場合、「債務者のモラル・ハザードさえ避けられるなら、短期間に1500万円を回収することと引き換えに、残債務の免除や債務者の指定する会社への1500万円での債権売却ができ、その取引が行われた場合には、その瞬間に、債務者である中小企業は再生を遂げたことになる」と、説明された。感動的であったのは、債務免除に際して、役員の保証債務の免除もあり得るという話である。現に進行中の民法改正論議の方向とも合致した卓見である。

平良社長の話自体には格別難しい内容は含まれないが、今日、金融機関の子会社であるサービサー会社にはこの話を理解できる能力をもつ担当者はほとんどいない。そこに出向し働いている銀行マンには回収の機微を理解する能力が失われていることが多いからである。

それらの講演の後に、関係者が一堂に会して、G&Aの中里肇社長の司会で、「事業計画策定のための専門家活用法」と題するパネル・ディスカッションを行った。

⑨⑤ 長野公園と留学する弁護士の送別会

2013年2月21日（木）

　昨夜から母は妹宅に出掛けている。そのため、今朝は散歩の距離を伸ばすことが可能なので、妻と愛犬レモンと一緒に、私の住む住宅地に隣接した長野公園に出掛けて、梅の咲き具合を見ることにした。住宅地内の各家庭の梅の中には、7分咲きくらいの木々もある。

　ところで、金剛山系の裾野に点在する長野公園は、1908年に、大阪高野鉄道（南海高野線の前身）が乗客誘致のために開設した「長野遊園」が原型である。観心寺や金剛寺、長野近在の温泉等とともに観光名所として売り出された。1951年に大阪府営公園となって新たに開園、その後延命寺地区も1957年に加わった。長野公園は現在個性豊かな5つのエリアからなり、それぞれの自然や歴史を満喫できる。「長野地区」は春に全山が桜に包まれ、「河合寺地区」は梅雨の季節に5000本ものあじさいを観賞することができ、「観心寺・丸山地区」は展望台から大阪湾をのぞむ眺望が素晴らしく、「延命寺地区」は南河内を代表するモミジの名所であり、「天野山地区」は南北朝時代の古戦場跡で、うっそうとした森林が広がる。

　公園面積は5地区合わせて46.3ha、およそ甲子園球場の35個分である。その一部は、金剛生駒紀泉国定公園にも含まれている。

　今日訪れたのは「長野地区」であるが、中央広場の西側出入口付近に3本ほどの紅梅と白梅とがちらほら花をつけている程度であった。レモンは人間の年齢に換算すると72歳くらいであるが、長野公園の南側から登り、西口から出て、公園北側にまわり、東行して、私たちの住宅地に、北側の進入路から入って、坂を上りきって西に折れ、わが家に戻るという行程を、50分ほどかけて楽しんだ。

　私の所属する弁護士法人では、最近、若手弁護士が金融庁その他の機関に

出向したり、外国に留学することが多くなってきている。今月下旬にはK先生が中国に留学するので、夕方からK先生および彼と懇意な先生との3人で、私の行きつけの台湾料理の紅爐餐廳(ホンルーサンテン)に出掛けた。この店の名物料理のほか、蜂の子等も注文し、紹興酒を心ゆくまで飲み、懇談した。

若手弁護士の多くは、欧米の大学への留学と現地での弁護士資格の取得とを夢見るが、資格をとったとしても、欧米の現地で活躍する弁護士は格別、日本に帰国して国内で法曹活動をする場合には、仮に、依頼者から欧米の裁判所での係争案件を依頼されても、地の利がない以上、現地での訴訟活動は現地の弁護士に任せて、せいぜい、支援や監督の役割を担うしかない。

してみると、欧米での資格取得は、箔を付けるためか、自らのプライドのためでしかない。もっとも、今日、欧米での弁護士資格を取得した弁護士は掃いて捨てるほどいて、資格取得が箔を付けたことになっているか否かは、実際のところ疑問である。

そうであれば、外国に留学する弁護士が、自ら業務に携われるのは、外国企業が日本に進出してきた場合の法律業務であり、そこは、日本の司法試験に合格し、修習を経ていることで、一応の業務は遂行できる。このようにみれば、外国に留学する弁護士が真に心掛けるべきことは、日本でビジネスをし、日本での法律業務や裁判の事務を依頼するような外国の顧客との人脈を形成し、可能な限り、関係を厚くしておくことである。

K先生には、そのような私の考えを伝え、また、中国は、彼の父親の旧母国でもあることから、中国での血縁関係の調査や、その延長線上で、世界に広がる華僑との連携の強化、あるいは、その先に、有力な官僚や党の職員がいる場合には、彼らとの関係の形成をすすめた。

素晴らしい人脈を形成することができれば、彼にとって大きな営業上の武器となるであろう。

96 大企業に翻弄された賃貸人の死

2013年2月23日（土）

　今朝は遅がけの散歩に出掛け、途中で、河内長野市赤峰にある社会福祉法人聖徳園に立ち寄って、6種類の色のチューリップの苗を合計12株ばかり買ってきた。

　聖徳園は、大阪府枚方市内で昭和42年1月に設立された社会福祉法人であり、40余年にわたり、大阪・兵庫・福井の各地域で、児童・障害・母子・高齢といった弱者のための施設を設け、在宅福祉事業に取り組んでいる。

　赤峰では、障害児者が生産活動を通じて社会参加を果たすことと、生活の自立と向上を図ることを目的とするワークメイト聖徳園を営んでいる。この園は、職場で必要な規律や勤労意欲、集中力等を養うことで、社会に向けての就労を支援しており、働く喜びを自ら再認識してもらうために、年に1回、河内長野市民に広く花の苗のポットを1、2個プレゼントするとともに、引き換えに来られた市民にたくさんの花卉類の鉢を買ってもらうための行事を催している。売場近くにたたずんでいる障害児者の表情からも緊張とともに喜びの色を感じ取ることができる。わが家の庭には、すでにプランター2個にチューリップを密植しているが、さらにチューリップが増えたことで、春の一斉開花が楽しみである。

　ところで、わが国の経済活動においてはコンプライアンスの意識が希薄であり、その傾向は大企業ほど顕著である。バブルの時代に、大手企業のS百貨店が、Y市の電鉄駅前一等地の所有者に対して建築費に相当する建設協力金を納めて、建物を建築してもらい、その一部を建物賃借の保証金に振替え、残額は、建設協力金に振り替え、10年据え置きのうえ、その後10年間での分割弁済を受けることにした。そして、当初の賃料は低額にするが、徐々に増額していって、据置期間経過後は、毎年建設協力金割賦返還額以上の賃

料を支払うという約束もした。

　しかし、その後バブルが崩壊して、Ｓ百貨店の経営が苦しくなると、賃料逓増の約束は反故にされ、賃料の増額を拒否された。賃貸人は、それでは10年経過後建設協力金の割賦返済が不可能になるとして難色を示したが、Ｓ百貨店が割賦弁済が始まるときには、弁済額を賃料と均衡がとれるまで軽減することを示唆したので、やむなくこれに応じた。

　ところが、10年経過時にＳ百貨店は、賃貸人に対して約定どおりの建設協力金の割賦返済を請求し、賃料がその額よりも安いので、賃貸人は返済額の軽減を申し入れたが、Ｓ百貨店は、割賦金返済の延滞により、建設協力金の期限の利益が喪失されたとして、その全額の即時一括返済を求めて、賃貸人の銀行預金債権等に仮差押えをかけたうえ、訴訟提起に及んだのである。

　法的な論点はたくさんあったが、それはさておいて、問題は、自己の計算（リスク負担）で処理するから「店舗を建てて賃貸してほしい」と依頼しておきながら、経済情勢が変わって経営が苦しくなると、「賃料が増額されないという危険は、賃貸人が負担すべきものだ」と開き直ったことである。私たちは賃料増額請求もしたが、Ｓ百貨店は、地価や家賃が下落傾向にある時代背景のもとでは、増額は認められないとして、これに応じなかった。賃貸人は地元の名士であり、資産の差押えをされたり、訴訟を提起されたことの無念さ、悔しさは、私にも痛いほど理解できた。抗争に伴う強いストレスの中で賃貸人は身体を壊され、死去された。

　その後継者とともに、私は抗争を続けたが、結局、ある金融機関から一括返済のための資金を借り入れることができ、和解が成立した。

　後日談であるが、その後Ｓ百貨店は、経営不振により同業他社に吸収されて消滅している。

97 化石のクリーニング

2013年2月24日（日）

　2月13日の午後神戸地裁で裁判があったので、その前に、裁判所のある私鉄「高速神戸」駅の少し先の「板宿」駅まで足を延ばし、化石屋の「ドリーム・ストーン」を訪問した。この日に購入したのは、岐阜県根尾川河畔から算出した二畳紀のベレロフォン等であったが、その際、出雲の布志名層から産出した貝の密集化石の購入をすすめられた。

　実は、過去に何個か買っているが、割った際に、貝の形が損なわれずに、雄型と雌型とに分かれるのならよいのであるが、出雲の化石はそのようには割れないために、結局、書斎の端っこに放り出したままになっていた。それで、丁重にお断りし、うまく割れて貝の形象がくっきりと見えているものだけを2個買い求めた。

　ところが、数日後に化石が届いたので、早速開封すると、おまけとして数個の貝の密集化石を入れてくれていた。ありがたいとは思いつつも、応接間の机の上に放置して、時々眺めては、割っても駄目だろうと思い、ほとんど諦めていた。ところが、何日も経つうちに、1個の石だけは、何だか割れ目のような物があるように思われ、かつ、その石へのタガネのあて方についても、これでよいのではないかという工夫ができてきた。

　そこで、先週自宅でのんびりしていたときに、思い切ってその石を割ってみたところ、何と、これ以上鮮明なシオバラマクラザルガイはないと思われるような立派な雄型と雌型に分かれたのである。それならと、以前、買い求めたほうの出雲化石にタガネをあててみたところ、これもすばらしいシオバラマクラザルガイとヨコヤマビノスガイとに分離した。

　そのようなことから、昨日の土曜日と本日の両日で、石工仕事をすることになり、出雲の密集貝化石を片っ端から割ってみた。最初のときほどの最高

97 化石のクリーニング

の幸運は二度と訪れることがなかったが、それでもたくさんの鮮明な化石を手に入れることができた。

　出雲地方の地質は、大きく分けると島根半島と中国山地とに新第三紀の地層が、宍道低地帯には第四紀の地層が広く分布しており、出雲地方の新第三紀堆積物からなる多くの化石層の中でも特に「布志名層」は、カバに似たほ乳類デスモスチルスや多くの種類の海生貝化石が産出されることで知られている。布志名層（古江層）は1490万年前から1200万年前までの間に堆積した層であり、初期はタコブネなどを産出し、暖流の影響が残っていたが、その後寒流系の要素の強い貝類が多く産出してくるようになったとされている。

　私は、平成20年5月1日、妻と一緒に、出雲観光と化石採集との旅に出掛けており、JR西日本の東出雲駅付近の工事現場で、比較的柔らかい貝の密集化石を採集してきていた。それらを割って、クリーニングしたうえで、良い物だけを選んで、標本箱1個に整理してあったが、今回、鮮明な相当数の化石が入手できたので、標本を整理し直した。

　鮮明な化石をもとに、図鑑やインターネットの情報を確認すると、以前の同定の間違いに気づいたり、以前判明しなかった種まで特定できるものもあった。そして、出雲の化石は、標本箱3箱になり、かなり充実したものになった。

　そこに収納された貝化石は、二枚貝綱では、シオバラマクラザルガイ、ヨコヤマビノスガイ、ナナオニシキガイ、イズモタマキガイ、ムカシクルミガイ、タザワサルボウ、ツキガイモドキ、フジナカガミガイ等であり、腹巻綱では、ミクリガイ、コロモガイ、エビスガイ、メイセンタマツメタガイ等、堀足綱ではヤスリツノガイであった。今度、残りの化石も買ってこよう。

98 バーナンキFRB議長が支持するアベノミクス

2013年2月26日（火）

　今夜は、私が社外取締役を務めているD社の柳茂樹社長ご夫妻と2夫婦で、大阪地裁北門からすぐのところにある料亭「高崎」で食事をした。午後5時30分頃から8時過ぎまで、出過ぎないけれどもかゆいところに手が届くようなサービスを受け、心ゆくまで酒と料理と会話を楽しむことができた。その後、妻も柳さんの奥様も気に入っている女性バーテンダー兼経営者のスナック「サシャ」に立ち寄り、さらにカクテルやウイスキーを楽しんだうえで帰宅した。このような贅沢も許される年配になったと思っている。

　さて、本日、バーナンキFRB議長は、上院委員会で、「安倍首相は緩和が十分でないと、正しく考えており、首相によるデフレ脱却をめざす試みを支持する」旨の証言をして、アベノミクスを評価する一方、過去の日銀の金融政策については、「慎重すぎた」と批判し、金融緩和策が不十分だったためにデフレが長期化したことを指摘した。

　元内閣参事官・嘉悦大学教授の高橋洋一氏は、産経新聞がインターネット上に提供する情報の中で、大要次のように語っている。

　「バーナンキ議長はプリンストン大学教授時代から日本の金融政策を批判してきた。バーナンキ議長は、物静かであからさまに批判するような人物ではなかったが、日銀の金融政策については『異様に貧弱、下手』などとはっきり言っていた。同じ頃『インフレーション・ターゲット』という本もバーナンキ議長は書いており、米国は必ずやると明言していた。

　そして、2002年5月、バーナンキ氏がFRB理事になり、2008年のリーマン・ショック後は、大恐慌の専門家であるバーナンキ氏は、FRB議長として猛烈な金融緩和でうまく乗り切った。大恐慌下では金融緩和の程度によって影響が変化しており、金融緩和したほうが、影響が少なくなるという有名

98 バーナンキ FRB 議長が支持するアベノミクス

な自身の論文を活かしている。

　2002年11月、バーナンキ議長は、『アメリカでデフレが起きないようにするためには』日本のような政策はとらないと何度も強調していた。かつて、バーナンキ議長は、日本に対して『プライス・レベル・ターゲット（物価水準目標）がいい』と述べていた。日本のようにデフレで物価指数が下がっていると、本来達成すべき物価水準からかなり乖離してしまう。であれば、本来の物価水準を目標とすべきとなる。そのため、短期的には、インフレ率はたとえば4％のように高くなってもいい」というものだ。

　今のアベノミクスのインフレ目標は2％なので、かつてのバーナンキ議長からみれば、これでも控えめではあるが、白川方明総裁の日銀とは大違いだ。それは世間の人が肌で感じている。デフレ予想からインフレ予想への大転換はそこまで来ている。FRBはリーマン・ショック後もデフレ予想に落ち込ませなかった。インフレ予想キープという意味で、日米がそろった。

　ところで、不思議なことに、アベノミクスが始まった頃、わが国内では、インフレ・ターゲットは、ハイパー・インフレの引き金になるとばかり、懐疑論に基づく批判がマスメディアで流された。財界首脳の反応も同じであった。

　しかし、昨年末、衆議院議員選挙に突入した時点で、自民党による政権奪回と、アベノミクスの推進とを読み切ったかのように、為替と株式市場とが反応し、円安、株高傾向が今に続いている。アメリカの企業にとっては必ずしも利益にはならない円安をバーナンキ議長が容認するのは、わが国がデフレから脱却して経済力を取り戻すことが、とりも直さず、国際経済に正の影響を与えるとみるからであろう。マスメディアや財界首脳は誰の意見を受け売りしていたのか。

　もっとも、アベノミクスの第2の矢と第3の矢のほうは、かなり眉唾であると、私は思っている。

2013年2月28日（木）
99 『あるべき私的整理手続の実務』の編集作業

　「お水取り」として知られている東大寺の修二会の本行は、かつては旧暦2月1日から15日まで行われてきたが、今日では新暦の3月1日から14日までの2週間行われる。明日からである。二月堂の本尊十一面観音に、精進潔斎した練行衆が自らの過去の罪障を懺悔し、その功徳により興隆仏法、天下泰安、万民豊楽、五穀豊穣などを祈る法要行事等が行われる。

　ところで、私は昨年来、すでに終了した第2期事業再編実務研究会の研究成果を文字にするため、『あるべき私的整理手続の実務』を編集中であり、半分弱の原稿が集まっているが、先般の沖縄セミナーの経験もあって、金融円滑化法の終了を迎える今日、単なる研究発表より、今、まさに再生したいと考えている中小企業のためになる出版企画に変更しようと考えるに至った。

　そこで、本日は、編集委員の中でも熱心な、経営学部の教授である松尾順介教授と中野瑞彦教授のお2人にお会いし、編集会議を開いた。その後の懇親会では、事務所近くの「上海楼」で、中華料理を肴に紹興酒を楽しんだが、酔うほどに、お互いに、現在の銀行の情けない姿に対する愚痴が出てくる。

　元々銀行は、一般投資家の直接投資を呼び込めない企業に対し、間接投資の方法による資金融通の機能を果たしてきた。その資金は、投資家に限らず、零細預金者からも受け容れることによって賄ってきた。銀行の与信機能は、戦後経済の復興を支えたたくさんの中小企業を誕生させ、成長させるうえで、大きな役割を果たした。その頃は、設立されたばかりの企業への与信判断に際しては、成長力を重視してきた。各銀行の与信担当者は、今日の言葉で言い換えれば事業価値の判断能力を有していたのである。現在の担保依

存の融資態度とは異なる。

　そして、この事業価値判断能力を支えるものとして、中小企業の破綻をいち早く察知したり、破綻に際しては経済合理性のある回収を図ることによって、銀行資産の毀損額を最小限度に抑えるための豊かな知恵があった。回収の最大化を図るために再生支援することもあった。

　ところが、各銀行が、先輩諸氏の培ってきたノウハウを一斉に放棄してしまったのがバブル期である。私が裁判官から弁護士に転向した昭和56年頃には、銀行の回収担当者は、若手弁護士以上に、仮差押えや強制執行、あるいは、担保実行の手続等に関する正確な知識と豊富なノウハウとを有していたし、実務家や弁護士による各種研究会にも積極的に参加していた。

　しかし、それから10年もすると、銀行は、「スペシャリストはいらない。これからはゼネラリストを育てるのだ」という合言葉で、バブル期の貸金業務の拡大に狂奔した。不動産投資業者に融資すれば短期間で転売利益が確保でき、貸し手の銀行が回収漏れすることはないと盲信された。積極的に不動産事業を展開する事業家がもてはやされ、彼らと取引できる担当者、つまりバブル紳士との親和性のある者が銀行内で出世した。今から20年ほど前、バブルがはじけた直後こそ、銀行の中にかつてのスペシャリストが少しは残っていたが、残念ながら回収部門にまわされ、バブル時代に発生した莫大な不良債権の回収にあたらされたために、彼らが蓄積していた融資のノウハウのほうは新しい銀行マンに承継される機会は訪れなかった。かつてのスペシャリストも、その後定年を迎えてすでに銀行を去り、現在の管理職は、いわゆるゼネラリストといえば聞こえはよいが、融資のノウハウも回収のノウハウも身に付けていない者ばかりになってしまった。業務のマニュアルの作成も、新人教育もその人たちによって行われている関係で、今日の銀行には、起業を助ける能力もないし、破綻企業を再生させる能力もない。

　いまだに、担保頼みの与信判断しかなされないのはそのためでもある。

2013年3月2日（土）

100 メインバンクの支援による会社更生の事例

　昨日の最低気温は摂氏8度、最高気温は摂氏18度であった。今日の最高気温はせいぜい10度程度にしかあがらなかった。もっとも、今日の最低気温は4度前後であり、つい先々日までと比べると、いく分か暖かくなってきている。この暖かさをもたらした暖気団の影響か、昨日から今日にかけて「春一番」が日本列島上で暴れている。

　昨日の続きである。かつて銀行が破綻企業の再生を支援したという話を、もう少し具体的に語っておきたい。

　私が、現在所属している弁護士法人の前身の米田法律事務所に入所したのは1981年であり、弁護士登録は5月ではなかったかと思う。その頃、米田法律事務所の主宰者である米田実弁護士は、更生会社であるA株式会社の更生管財人をされていたが、実は、私が大阪地裁の倒産部に在籍していた時に、A株式会社の更生計画の審議・決議のための集会が開催されて可決され、認可されていた。A株式会社は大阪府下南部の中小企業であるが、当時のメインバンクのD銀行は、主要取引先を潰すより再生させて長い期間かけて回収することで、融資先を大切にするという営業姿勢を外部に披露しながら、同時に回収の最大化を図っていたのである。

　A株式会社に対して会社更生の申立てをすすめたのもD銀行であり、その際、申立て直後の運転資金にあてさせるために、事前に預金の払戻しにも応じている。更生計画においても、債権の一部カットや、DES（債権の株式振替）にも応じたほか、準メインバンクのT銀行との2行だけの長期弁済計画を受け入れ、他の債権者への返済期間の短縮にも応じ、もって、多数の債権者の賛成を得て更生計画案が可決されるよう、最大限の協力をしていた。

A株式会社は、その後、更生計画の履行を完了したばかりか、DESによって発行した株式を債権者から買戻し、今なお、経営は、順調に推移している。

　同社とほぼ同時期の1978年に、上場会社であった永大産業株式会社は、約1800億円の負債を抱えて会社更生手続の申立てに及び、当時、戦後最大の倒産といわれた。創業は戦後直後の1946年にさかのぼり、1959年国産第1号のプリント合板の製造販売を開始した会社であるが、このメインバンクもD銀行であり、1982年に会社更生計画が認可され、1993年に手続が終了している。そして、2007年2月28日に東京証券取引所第2部再上場、次いで、2011年12月28日東京証券取引所第1部再上場を遂げている。

　同社の現在のホームページには、「設立以来、一貫して『木』にこだわり続け、現在ではフローリングや室内ドアを始め、素材や製品の基材としての木質ボード、さらにはシステムキッチンに至る製品の開発と生産を手がける総合住宅資材メーカーとして快適な住まいづくりをサポートしております」と誇らしげに記載されている。この会社更生の申立てをすすめたのもD銀行であり、もとより会社更生手続の円滑な進行にも大いに貢献している。

　このような事例は決して稀ではなく、当時は、銀行が永年の融資先を簡単に切り捨てることは恥とされた。メインバンクである限り、仮に融資先が経営困難に陥っても、事業再生のアドバイスをし、万策尽きた場合でも、会社更生法や当時存在した和議法による再建の手続をとるようすすめたものである。

　したがって、会社更生の申立ては、かねて債務者会社と懇意であった弁護士ではなく、銀行の顧問弁護士から紹介された他事務所の弁護士が担当することが多かった。

[追記]　私は2014年弁護士法人を円満退社し、同年4月1日にコスモス法律事務所を開設した。

101 河内長野－五条－橋本－河内長野

2013年3月3日（日）

　ひな祭りの日を迎えたが、本年は母が数えで米寿を迎え、3月5日が母の誕生日なので、ささやかなお祝いを妻が企画し、わが家の2人の子と私の妹とお産で帰ってきている姪の4人が集まってくれる日である。料理は喜多寿司にお願いし、ケーキは青葉台のパティシエに注文している。そのため妻は朝から忙しくしていたので、散歩を省略することにして、私だけが母と愛犬レモンとを連れて朝のドライブに出発。自宅を出て、河合寺から国道310号線に入り、石見川の上流に向かい、千早峠の下を貫いたトンネルを越えて五条に下り、建設中の京奈和道を通って橋本に出て、国道371号線を再び紀見峠付近まで登ってトンネルを越え、河内長野に帰るという周遊の時間記録更新にチャレンジする。今まで何回か試みていて、1時間以内にまわりきることを目標としているが、いつも1時間5分以上かかっている。今朝は1時間4分であった。

　今日は、自宅から千早峠までの間の歴史や文化を紹介したい。

　河合寺は、付近の山々にたなびいた五色の雲を不思議に思った皇極天皇が蘇我入鹿に付近を調査させ、松の大木の根元から金色に輝く千手観世音菩薩像が現れたので、ここに本堂を建立して菩薩像を祀らせたのが始まりとされており、皇極天皇2（643）年の創建といわれている。かつては河南の三大名刹の一つであったとされるが、のちに足利氏に攻め入られて大伽藍を焼失したり、織田信長による寺領の没収などにより衰退し、今日ではかつての面影はない。

　石見川は、金剛山系・神福山に発し、国道310号線沿いに西流し、寺元からは低い丘陵の間を曲折し、三日市で天見川右岸に注ぐ、天見川の支流であり、観心寺のある寺元付近から一級河川に指定されている。

さらに登って行くと、川上地区の国道東南側の山麓に川上神社が鎮座する。この神社は、『図説河内長野史』によると、かつて氏神牛頭天王社とか鳩原神社と称していた。鳩原の由来は、文武天皇3（699）年に白鳩を朝廷に献上したことによるといわれている。素盞鳴尊（すさのおのみこと）が祀られ、石見川・小深・太井・鳩原・鬼住・寺元・河合寺のいわゆる観心寺七郷の氏神であった。明治時代他地区の神社と合祀され、川上神社と改称された。10月の秋祭りに「稚児相撲」が開催され、行司立会いのもと名前をよばれた満1歳未満の子どもが本殿前にてにらみ合う。

　本殿の裏山には、高さ約2ｍ、直径約5ｍの円形の石塚があって、御神体のように取り扱われていて、長慶天皇の陵墓であるとする伝承がある。長慶天皇は南朝年号興国4（1343）年に後村上天皇の子として生まれた南朝第3代天皇で、対北朝強硬派であったといわれているが、事蹟は明らかでなく、南朝弘和3（1383）年頃弟の後亀山天皇に譲位している。しかし、今日では、観心寺で没した実恵上人の墓ではないかと考えられている。

　川上神社をすぎ、国道310号線が金剛山に向かう道との分岐もすぎて少し行くと、建築年代は寛永年間（1624～1644年）であるとされる山本家住宅がある。山本家は、元庄屋で、主屋の西方に廊下で別棟の座敷がつながっていて、和歌山藩主の鷹狩の折りには本陣になったと伝えられている。建物の規模は、桁行7間、梁行4間の入母屋茅葺、平入住居である。内部の概要は、ウチニワ（内庭）や、マヤ（馬屋）、カマヤ（釜屋）等のある土間部分と、整形4間取の居室部分とが左右に折半され、2階にツシ（物置）が設けられている。このような、間取や土間の配置方法は、大和・河内の民家に共通するとされ、当建造物は河内長野市内で最も古い民家建築の遺例であるばかりでなく、全国的にみても古い民家の例に属するといわれている。

2013年3月5日（火）

102 墓地の返還

　今朝の最低気温は氷点下1度前後、厳冬に逆戻りである。しかし、私の住む町内の1軒が庭に植えているミモザが黄色い花を咲かせていて、1日1日と見事な房に成長させている。

　これまでの日記の中で、私は多重債務者が平穏な死を迎えられるよう援助する仕事について触れてきた。闘病生活中に破産免責を得る方法と、債務者死亡後に遺族（法定相続人）が相続放棄する方法があることにも触れてきた。それらの手段について受任し、処理することによって、普通は私の仕事は完結する。しかし、本当は、さまざまな理由でその後も暫時私の仕事が続く場合がある。本日はそのような体験の一つに触れておきたい。

　世間はとかく法律に不案内なこともあって、債務者の遺族を苦しめがちである。弁護士が遺族の代理人として相続放棄手続を受任したと連絡した後でも、遺族に請求書を送りつける銀行がある。関連部署の連携が不十分なためである。さすがに今日では銀行の事例は減ってきたが、地方公共団体ではなお同様の不始末が絶えない。先日も、すでに相続放棄済みの遺族に対し、介護保険料の未払いについては相続放棄の対象とはならないとして、堂々と請求してきた担当者がいた。遺族宛てに督促状まで送られてきた。私は、市長に対して慰謝料請求の通知を送ることまで検討したが、その後連絡が絶えたので、強硬措置は見送った。

　死者を鞭打とうとする人もいる。Bさんは、生前C寺の総代もされた方である。立派な墓も建立し、寺には尽くしてきたが、晩年事業の経営が不振となり、失意のうちに亡くなった。そこで、遺族は相続放棄をし、私は代理人として各債権者に対してその旨を通知した。C寺に対しても、遺族が墓の維持を続けることは困難なので、墓を返却すると申し出た。

ところが、C寺は、墓の権利は祭祀用財産であるから、相続放棄とは無関係であるはずだと主張し、滞納していた管理料を請求するとともに、墓地を返還するなら墓石等を撤去して原状回復工事をしてから返還するようにと求めてきた。

確かに、わが国の民法上は、系図、祭具、墳墓は、遺産相続とは無関係に祭祀承継者に継承され、遺骨もそれらに準ずるとするのが判例であるが、管理料や墓地の永代使用権は相続の対象となり、したがって相続放棄の対象ともなるというのが、当時の私の主張であった。

それはともかく、C寺に考えてほしかったのは、民法の解釈論の問題ではない。C寺のために貢献してきたBさんが亡くなり、遺族は立派な墓を維持しきれないとして、墓地の返還を申し出てきたという事態をどのように受け止めてくれるかということである。Bさんの永年の功労に感謝し、滞納管理費を免除するとともに、快く遺族の申出を受け容れて、ねんごろなお経で、遺骨の御性根を抜いて、遺族にお返しされても罰はあたらないと思うのである。それが宗教家の姿ではなかろうか。さすがに、私の剣幕におそれをなしたのか、結局、遺族のほうで、遺骨を墓から取り出して持ち帰るのであれば、滞納管理費も、墓地の原状回復費用も請求しないということになり、遺族は、密かに遺骨を持ち帰ることで一件落着となった。

私自身は無神論者であって、御性根を抜かずに遺骨を持ち帰ることにちっとも抵抗を覚えないが、遺族のほうはどうなのかという点と、社長が盛業の時に一緒に暮らした土地にあるC寺の墓地で作業する際に、遺族が人の目を気にされないかという点が気がかりであった。

しかし、何ら気にされる様子もなく淡々と事務的に処理する胆力を、遺族が備えておられたことに、私は安堵した。

2013年3月6日（水）

103　37回目の結婚記念日

　本日は、妻との37回目の結婚記念日である。最近、夫婦にとって、いささか心楽しまざることがあって、お祝いという気分にはなれないところであるが、「それはそれ、これはこれ」と気を取り直して、赤ワインを買い求めて妻とささやかに祝う。

　さて、長く引き受けてきた社会福祉法人長野社会福祉事業財団の理事からも年内には退任する意思を固めたが、現在もやり残している仕事がある。それは、これからの中・長期計画の策定と、今後の事業展開を可能とする土地の取得である。しかし、事業の中・長期計画の策定の責任を担うと、実施についての責任までをも背負い込むことになる。本年65歳を迎え、脳梗塞等のリスクも抱えている者が、担いきれる責任ではない。

　そこで、事業の中・長期計画の策定と実施については、私たち年長の理事退任後に、寿命が私たちより長い、若返る理事の皆様に担っていただくことにした。そして、土地の取得については縁の問題なので、取得できる機会があれば購入して、後任者に引き継ぎたいと願ってきた。

　そのために、必要な土地の広さの検討をつけるためにも、財団職員によって今後の事業計画の立案を手掛けさせるようなしくみづくりを行った結果、現在、事業の中核施設の建設計画が複数提案されるようになった。また、法人が営む養護老人ホームは、老朽化しつつあるうえ、すべて2人部屋であり、個人のプライバシーを尊重すべき時代の要請には合致していないので、これを建て替えることは、すでに喫緊の課題となっている。しかし、建替えの建設コストの目安は1室1000万円であるうえ、生活保護者たる入居者のために施設に月々支払われる補助金は投資と比べて低額にすぎるので、採算が合わない。また、行政は、現在4人部屋以上の養護老人ホームの建替えには

補助金予算を準備しているが、2人部屋は後まわしになっているので、当法人の建替えには公の建築補助金に多くを期待できない。そうしたことから、以上2つの計画は、個別にではなく、一体のものとして推進することによって、補助金の取得方法について工夫し、かつ有効利用することが、財団職員によって提案されるに至っている。

　こうした施設の充実のためには一定の広い敷地を安価に確保する必要がある。そのために、法令上は市街化調整区域でも社会福祉施設を建設できることになっているのに、現在大阪府は、市街化調整区域における老人施設の建設を認めていない。しかし、相対的に他地域と比較して地価の安い河内長野市内であっても、市街化区域の土地は坪26万円は超えるようであるから、土地探しは困難を極めてきた。

　このような状況のもとで、市内の市街化区域内にある6反以上の広さがある田が売りに出ているとの情報が入って来た。法人が保有している2棟の老人施設である「ふれあいの丘」からも「クローバーの丘」からも至近の距離にあり、また、広大なので、建設計画に着手したい上記2施設のほかに、将来、サービス付高齢者住宅の建設や、望むのであれば有料老人ホームの建設を行うことも可能である。そして、それまでの間は、法人の各施設のお年寄りがいつでも農作業をし、収穫を楽しむことを通じて生活の質を高めていってもらえるような工夫も可能になる。

　なお、現在の財団に蓄積された資金は、余剰利益ではなく、実質的には減価償却費の累積額、ひいては施設更新、充実のための積立金の実質をもつものである。

　この資金を、老朽化した「ふれあいの丘」の施設の機能の拡充、後進のための新施設建設の敷地に替えて残しておくことが、今後の放漫経営を防ぐことにもつながると考えている。

104 北浜の証券マンに育てられたハヤシライス

　毎月第一木曜日には、事務所近くの北浜の洋食屋「ハマヤ」の隠れメニューであるハヤシライスを味わうことができる。「ハマヤ」は他にあった同名の店から暖簾分けされた店ではないかと、私は思っている。なぜなら、そう遠くない場所にも同名の店があり、主なメニューが共通しているからである。しかし、その別の店では、ハヤシライスが出されることはなく、北浜店だけのメニューである。

　そこで、店主にハヤシライスを扱うようになったきっかけについて尋ねたことがある。店主曰く、北浜が証券会社の従業員等で賑わっていた頃、常連客からのたっての要望でつくり始め、海外出張などで舌の肥えた顧客から、「こうしろ、ああしろ」と言われるままに試行錯誤を続けて完成したメニューだそうである。顧客に対する感謝の気持を忘れないために、つくり続けているという。

　毎月第一木曜日にはハヤシライス目当ての客が駆け付け、開店直後から行列ができ、なかには、職場の代表として順番取りに並んでいる若者もいる。今週初めから私のもとで弁護士の仕事の仕方を見学しているエクスターン・シップの学生2人を連れて、ハマヤのハヤシライスを楽しんだ。

　その後、2人を中之島中央公会堂に案内し、岩本栄之助記念室を見学させた。中之島公会堂のホームページには、岩本栄之助について、次のように記載されている。「大阪市中央公会堂は、1918（大正7）年11月に完成後、コンサートやオペラ、講演会などが次々と開催されるなど、大阪の文化の発信地となり、大阪市のシンボルともいえる公会堂。かつて、その誕生のために莫大な私財を投じた岩本栄之助は、1877（明治10）年大阪市南区（現在の中央区）にあった両替商『岩本商店』の次男として生まれ、1897（明治30）年

に日露戦争に出征、除隊後の1906（明治39）年3月に家督を継ぎ、正式に大阪株式取引所の仲買人として登録される。この年の5月、北浜の大阪株式取引所を日露戦争終結に端を発する空前の暴騰が襲う。株価は急騰し『買えば必ずもうかる』とささやかれたが、北浜の仲買人の大半は、将来の暴落を見越して売方に回っていたところ、株価の暴騰は止まらず、多くの仲買人は破産寸前の状況に追い込まれた。そこで彼らが頼ったのが手堅く買方に回っていた岩本栄之助であり、彼に売方に転じてもらい、株価を下落させようとした。買方として得た利益を吐き出してくれというこの常識外れの懇願を栄之助は快諾、その結果、翌年1月21日に株価は大暴落。売方である北浜の仲買人は破産を逃れて莫大な利益を手にし、栄之助自身も大きな利益を得たのである。岩本栄之助は、1909（明治42）年の『渡米実業団』への参加により、米国の富豪の多くが財産や遺産を慈善事業や公共事業に投じていることに強い感銘を受け、大阪の地にもどこにも負けないホールを建設しようと決意し、父親の遺産の50万円に自分の手持ち財産を加えた100万円を大阪市に寄付している。現在の貨幣価値でいえば数十億円という巨額であり、当初はさまざまなプランが出されたが、最終的に公会堂の建設が選ばれた。岩本栄之助は、1914年に株式仲買の第一線から身を引いたものの翌年には再び株式仲買の世界に身を投じて、第一次世界大戦勃発の影響による高騰相場で、莫大な損失を出してしまう。このため、岩本栄之助は、1916（大正5）年10月、自宅でピストル自殺をし、同月27日享年39歳でその人生を終える。公会堂は、その死から2年後の1918（大正7）年11月に完成。現在は国の重要文化財にも指定され、市民の文化・芸術の活動拠点として親しまれている」。

　その辞世の句は、「その秋をまたでちりゆく紅葉哉」であり、実に見事な覚悟である。

105 東洋陶磁美術館の安宅コレクション

　昨日は、エクスターン・シップ生を中之島中央公会堂に案内した後、東洋陶磁美術館にも案内した。過去に十大商社の一角を占めていた安宅産業が倒産し、メインバンクの住友銀行がエー・シー産業を通じてその清算事務に関与した際に、安宅産業が保有していた朝鮮陶磁、中国陶磁を中心とする東洋陶磁のコレクション965件、約1000点を、大阪市文化振興基金が、住友銀行グループからの寄付金152億円で買い取り、美術館の建築資金18億円は基金の運用利息で賄われたのである。

　コレクション収集の経過については、安宅英一の側近で初代館長の伊藤郁太郎が著した『美の猟犬 安宅コレクション余聞』（2007年・日本経済新聞出版社刊）に詳しい。

　東洋陶磁美術館は、1982（昭和57）年に開館した後も、さらに複数のコレクターからの寄贈を受け、特に1999（平成11）年には在日韓国人実業家李秉昌からまとまった寄贈を受け、現在では多くの朝鮮陶磁の名品が所蔵されている。

　同館には国宝が2点ある。1点は、関白秀次、西本願寺、京都三井家、若狭酒井家と伝来してきた油滴天目茶碗である。南宋時代に、現在の中国福建省建陽市にあった建窯でつくられたとされ、その時代の油滴天目茶碗は、曜変のある物も含めて、現存が確認されているものは世界でわずか数点しかなく、そのすべてが日本にある。作者は不詳であるが、同一人物の作ではないともいわれている。天目茶碗とは浅い擂鉢形をした茶を喫するための茶碗であり、油滴天目茶碗は、建盞の見込み、すなわち内側の黒い釉薬の上に大小の星とよばれる斑点が無数に表れ、茶碗の表面に油滴のような斑文となったものである。焼成時に釉中で破裂した無数の気泡の後に、酸化第二鉄の粒子

が結晶となって生じたものとされる。その斑紋に曜変のあるものは、茶碗の内側に光をあてると、その斑点の周囲に、瑠璃色や虹色の光彩が取り巻いているように見え、光のあてる角度を変えると、七色の虹のように色が変化する。

　東洋陶磁美術館所蔵の油滴天目茶碗は、細かな油滴が整然と表れている美しさが、他を圧している。ほかに３点の曜変天目茶碗が国宝に指定されているが、水戸徳川家に伝えられ、1918（大正７）年に藤田財閥の藤田平太郎が入手した藤田美術館所蔵の物と、堺の豪商津田宗及から大徳寺塔頭の龍光院に伝わった大徳寺龍光院所蔵の物と、元は徳川将軍家の所蔵で、家光が春日局に下賜し、淀藩主稲葉家に伝わり、のちに岩崎小弥太に伝わった静嘉堂文庫所蔵の物とがそれである。

　東洋陶磁美術館所蔵の国宝としては他に飛青磁花生がある。13～14世紀に元の龍泉窯で焼かれたとされ、鴻池家に伝来した物で、器表に鉄斑を散らし、その上に青磁釉がかけられており、玉壺春というふっくらとした胴部とひきしまった頸部の優美な姿に、舞い上がる蝶のような鉄斑が見所であるとされている。私は蝶に見立てるのではなく、雁に見立てたい。

　前掲の『美の猟犬　安宅コレクション余聞』には、安宅栄一が、安宅産業株式会社の創業家に生まれながら、創業社長たる父親から後継者には選ばれず、また、会長には就任したものの、会社の経営には口を出さない等、浮世離れした人物として描かれている。

　安宅栄一が美に対する執念をもって大きな努力を払ったことで、大阪に膨大なコレクションが残ったし、そのコレクションを核として、それに劣らない名品が逐次集まってきていることに感動を覚える。彼は東洋陶磁美術館設立後も、辰砂で描かれた蓮の花が美しく発色した白磁の大鉢だけは手元に置いていたが、それも現在は美術館で鑑賞することができる。

106 原子力損害賠償法よりは裁判で

2013年3月10日（日）

　ここ2日ばかり暖かい日が続き、今朝も小雨混じりながらも気温は低くないので、月ヶ瀬渓谷の梅林も開花したのではないかと考え、午前7時30分頃から、妻と母、愛犬レモンのいつものメンバーでドライブに出掛けた。月ヶ瀬梅林は、奈良市月ヶ瀬尾山とその周辺に位置し、五月川の渓谷沿いにも梅の木が広がっている。古くから有名で、日本政府が最初に指定した名勝の一つであり、現在、約1万3000本の梅が栽培されているとされるが、満開ではなかった。

　ところで、去る2月22日、東京電力は、原子力損害賠償支援機構から福島第一原発事故の賠償資金2106億円の追加交付を受けたと発表した。今年1月に受け取った2717億円に続く14回目で、累計額は2兆2313億円となった。ほかに、原子力損害賠償法に基づく1200億円の補償金も受け取っている。

　他方、21日までに支払った賠償金の総額は1兆8939億円であり、文部科学省は5日、東京電力の広瀬直己社長に対して、センター宛てに被害者から苦情が寄せられているとして、誠意ある対応を要請している。同省によると、福島第一原発事故の被害者と東京電力との和解を仲介する「原子力損害賠償紛争解決センター」への申立てが、センター開設から今月4日までの約1年半で5659件に上り、うち1770件で和解が成立した。申立ては避難費用や精神的損害、営業上の損害の賠償を求める内容が多く、平均審理期間は8カ月だったとされる。

　しかし、「原子力損害賠償紛争解決センター」の野山宏和解仲介室長（当時）によると、被害者から寄せられた電話の約33％は東京電力への意見、要望、不満が占め、なかには、「東京電力側から、政府の原子力損害賠償紛争審査会が定めた賠償指針に個別に明記されていない損害は支払わないと言わ

れた」という相談もあり、こうした対応は不可解だと批判している。和解が成立した分以外の賠償について直接請求しようとした住民が、東京電力にある請求用紙の送付を拒まれた例もあるようである。

　東京電力本店広報部は「賠償業務の質が向上するよう取り組みたい」としているが、東京電力福島第一原発事故の損害賠償をめぐり、被災者らが和解による解決を敬遠し、民事訴訟を選択するケースが相次いでいるという。7日には複数の弁護士グループが、事故から3年目を迎える11日に東京、千葉、福島の3地裁1支部へ1600人規模の集団訴訟を起こすと発表。今後、さらに訴訟が増えれば、小規模の裁判所では対応しきれなくなる可能性もあり、最高裁も注視している。この日、東京虎ノ門で開かれた記者会見で、東京訴訟弁護団の弁護士は、「被災者の生活再建のためには、もはや訴訟しかない」と語っている。

　2011年9月、原発事故の被害救済のために、被災者が国の「原子力損害賠償紛争解決センター」に、東京電力との和解の仲介を申し立てるしくみ（ADR）がスタートしたが、個別の事情を酌んだ賠償になりにくいことなどの批判や、ADR手続を申し立ててから1年半以上も放置された人もいるという。慰謝料の額が低く、画一的な運用になっているADRによる被害回復に限界や失望を感じる被災者が訴訟を選択するのも自然な流れだと考えられている。

　私は、かねてから、責任の所在を明確化し、後世に同じ過ちをさせないためにも、裁判による解決が図られるべきだと考えていて、この提訴の動きは歓迎したい。そして、被害者の早期救済は、それとは別の行政の任務である。

［追記］2014年8月26日福島地裁は、東京電力に対し、避難先から一時帰宅中に焼身自殺した女性の遺族に対し、4900万円の支払いを命じた。

107 フランシスコ１世の誕生

2013年3月15日（金）

　わが家の庭では、レンギョウが満開である。とはいえ、昨年庭師が切り詰めてしまったので短い枝に黄色い花が密集して咲いている。義父に俳句を教わっていた頃、早春の黄色いレンギョウが好きになり、数年前に義父の思い出の便りとして庭の片隅に植えたものである。

　ところで、前法王ベネディクト16世の後任者を選ぶための法王選出会議（コンクラーベ）が12日から行われており、２日目の13日未明（日本時間14日未明）に、５回目の投票でアルゼンチン人でブエノスアイレス大司教のホルヘ・マリオ・ベルゴリオ枢機卿（76歳）が、266代目の新法王に選出された。イエズス会からの初の法王であり、フランシスコ会の創設者であるアシジの聖フランシスコ修道者にちなむ「フランシスコ１世」を名乗る。その名は、スペインナバラ生まれのカトリック教会の司祭であり、イエズス会の創設メンバーの１人となり、1549年に日本に初めてキリスト教を伝えた宣教師のフランシスコ・デ・ザビエルの名でもある。

　中南米出身の法王の誕生は、欧州出身者が法王の座を事実上独占してきたローマ・カトリック教会の歴史上、画期的なことであるとされるが、世界のカトリック人口の４割はラテンアメリカに住むといわれている。新法王は、1936年12月17日、ブエノスアイレスでイタリア系移民の家庭に生まれ、哲学を学び、アルゼンチンの大学で文学などを教えた後、1969年に司祭となり、1998年からブエノスアイレス大司教、2001年から枢機卿となっている。2005年の前回コンクラーベで前法王に次ぐ票を集めたことでも知られる。

　醜聞に揺れる法王庁で、透明性向上などを求める勢力が推したイタリア・ミラノ大司教のスコラ枢機卿（71歳）を排除したいイタリア勢と、「米州法王」を望むドーラン・ニューヨーク大司教ら米国枢機卿団との間で「合意」

が成立した結果であるともいわれている。

　前法王ベネディクト16世はローマ・カトリック教会が直面する数々の難問に対する対応能力に欠けていた。また、ローマ法王庁の資金を管理する宗教事業協会（バチカン銀行）の資産は約80億ドルに上るが、マネーロンダリングへの対応が不十分とされていて、透明性向上と業務改善は喫緊の課題となっている。新法王は、アルゼンチンでは質素な生活と貧困層の支援で知られ、現場の聖職者というイメージが強い。権力闘争や金銭スキャンダルが暴露された法王庁の官僚らとは一線を画す、穏健な改革派ともみられており、傷ついたカトリックの威信を取り戻すにはうってつけの人材とされ、新法王が選出に必要な参加枢機卿115人の3分の2を大きく上回る90票以上を獲得したことはその期待の表れであるかもしれない。

　しかし、新法王は、同性愛者のカップルに通常の夫婦と同等の権利を与える「合同生活」には異議を唱えていないものの、アルゼンチン等南米数カ国でも法的に認められている同性婚に反対しているほか、カトリックの原則に関しては保守的な立場をとるともいわれている。現在在任中の枢機卿のほとんど大部分が超保守的な態度をとった前法王が選んだ人たちであることを考え合わせれば、ローマ・カトリック教会の立直しは決して容易ではないようにも思われる。

　サンピエトロ大聖堂のバルコニーに現れた新法王は、大聖堂前に集まった何万人もの信者から、「新法王が誕生した！」と感嘆の声で迎えられたのに対し、その第一声は「ボナセーラ（こんばんは）」だったという。日経新聞は、「この挨拶が、多くの問題を抱えるカトリック教会の落日を暗示するものになるのか、時がたてば分かるだろう」と書く。

108 矢部喜好による良心的兵役拒否

　午後からフィットネスクラブに出掛けて、自転車型の機械で運動を行った。一汗流して405kcalを消費し、シャワーを浴び、体重測定すると67.2kgであった。減量も最終段階か？　晴々しい気持になって駐車場を出ると、並木に使われているコブシの樹々のうちの1本に、白い花が咲き始めていた。間もなく、あちらこちらに街路樹として植えられたコブシが一斉に満開となるであろう。

　本日、鈴木範久編『最初の良心的兵役拒否』（1997年・教文館刊）を読み、日本人で100年以上も前に良心的兵役拒否をした偉人がいることを知った。1905（明治38）年3月16日、若松区裁判所において、召集令状を受けて入営しなかった矢部喜好が、召集不応被告事件により禁固2月の判決を受けている。六甲山上にわが国初の神戸ゴルフ倶楽部が開場された翌年である。

　彼の年齢は、当時わずか19歳8カ月であり、キリスト教の一派であるセブンスデイ・アドベンティスト派の敬虔な信者であった。同派は、特に安息日を日曜日ではなく土曜日に守ること、戒律の遵守、キリストの再臨の待望等を特徴とする。

　矢部喜好は、十戒の中の「汝殺すなかれ」という言葉を引いて、「戦争は人を殺します。人を殺す戦争に参加することはできません。聖書には剣をとるものは剣にてほろぶべしと書いてあります。戦争は戦争によって終わらせることはできません」と主張したとされる。

　服役中、彼は友人の批判に答えて、「なんじらの中の争は何より来たりしや。なんじらの百体中に闘う慾より来たりしに非ずや。なんじら貪れども得ず。殺す事をし嫉む事をすれども得ること能わず。なんじら争いと戦闘せり。なんじら求めざるによりて得ず」、「キリスト教は真理の本源にして、個

108 矢部喜好による良心的兵役拒否

人的救いなり、完全に一人の霊魂を平和の神に導くにあり、神と人との連合成就して始めて安心来たり。平和伴ひ、何時も春風花香ひ、天空月輝くの快楽奪うべからさる者あると信ず」、「余は是迄『罪なき人を殺す勿れ』とは何人に対しても語らず、『凡そ人を殺す勿れ』と述べたり、又余は日露戦争を潔しとせずといふに非ず、戦争そのものを指すなり。誤解なきを望む」と述べている。

　この事件を報道していた「会津日日新聞」の４月８日号には、東京の詩人伊藤桂山の次のような詩「矢部兄に与ふ」が掲載されていたという。
1　黒雲深く地を掩へ　平和の光り影もなく　罪なき人は罪を負い
　　冷たき獄に血を飲つ
　　荒ぶる鬼の住居にも　聖心の天に成ことく　地にも成せ給と
　　祈声の嗚呼最高き心根よ
2　真理は不義の仇なれば　世は永久に反逆て　平和の君は打なんと
　　叫ひし声は今も世は
　　猶太にあらぬ大八州　平和を口に唱へつゝ　砲よ剣よ弾丸と
　　刻一刻と暗黒に　（以下略）

　兵役拒否のあり方については、①兵役そのものの拒否と、②召集には応じるが戦闘部隊への配属を拒否すること、③戦闘部隊に配属されながら武器の使用を拒否すること等があるが、諸外国では、兵役拒否者を看護兵等の非戦闘部隊に配属させることが、好ましい処遇の仕方だと認識されているようである。矢部喜好も、服役中にキリスト教信者としての信仰を深め、セブンスデイ・アドベンティストの信仰から、福音への信仰に至り、出獄後の再招集に際しては、看護兵として入営している。

　彼は、「戦争に行って私の弾丸で敵の一人が死んだと考えてごらんなさい。そこに寡婦とみなし児がすぐできるではありませんか。そういう悲劇というものを戦争は沢山つくるのだから反対しなくてはならないではないですか」とも語っている。

2013年3月18日（月）

109 愛犬ハッピーと陽光桜

　今朝の河内長野の気温は観心寺付近で何と17度であった。
　おかげで、庭の鉢植えの陽光桜が開花を始めた。大師町のわが家は、亡父が昭和49年に居宅を建築したことにさかのぼるが、それ以来、庭に桜の樹を植えることはなかった。何しろ、世話が大変だからである。娘も毛虫が大嫌いであった。しかし、わが家の家族は桜そのものは好きで、しばしば花見に出掛けるし、毎年観心寺や長野公園の桜の下で弁当や酒を楽しんできた。
　そのようなわけで、亡き愛犬ハッピーもまた毎年家族とともに花見を楽しんできたが、最晩年の桜の季節には、散歩もままならぬ状態になっていた。瞳が白濁してきたので白内障だと推測していたが、目が不自由になったことに加え、後足も弱くなり、両後足の根元に妻がタオルでつくったリングを引っ掛けて、人間がハッピーの両後足をいく分吊り上げるような具合で、歩行を補助して庭を散歩させたり、排便させるという具合であった。加えて、小脳にでも腫瘍ができたのか、何でもないのに転倒したり、歩かせているときにグルグル同じところを回り始めたりするようになった。
　そのようなことで、外に連れ出せない最晩年のハッピーを不憫に思い、花屋で蕾がたくさんついた桜の鉢植えを買い求めたのである。それがたまたま陽光桜であった。この花は赤い色をしていることに加え、花弁の根元に透けて見える深紅の萼（がく）がアクセントになって、なかなか艶やかである。ハッピーに生活させていた部屋の中心部に鉢を置いて、皆で弁当を食べた。
　その年の夏にハッピーは満15歳9カ月で死んだが、鉢の桜はその後も勢いがよく、次の年も見事に開花し、庭の中心部に置いた鉢の底から根を伸ばしていったために、庭から直接養分や水分を吸い上げて、昨年までにかなり育ってしまった。そこで、庭の適当な場所に移植をしようと考えて、庭師に鉢

植えのまま根切りをしてもらってから、とりあえず庭の片隅に移動し、植替えの時期を待つことにした。その桜が、今年も勢いよく開花したのである。根切りした鉢植えの桜なのに、昨年に勝るとも劣らない見事な色と豊かな花数が、私たちを楽しませてくれた。ハッピーの形見の桜であるだけに、いつまでも元気で咲いてほしいと思う。

　ところで、本当のところ、私が一番好きな桜は、「山桜」である。私が幼少年時代に過ごした小松島市中田町にあった建嶋神社の参道の並木が山桜であったし、小学生時代に通った小松島市立千代小学校や、高校時代に通った徳島県立城南高校の校庭に植えられていたのも山桜である。各時代の思い出がよみがえってくる。ソメイヨシノの華やかさはないが、その素朴さと、白っぽい花より早く芽を出す赤い色の葉とのコントラストが、私は好きである。また、最近はめっきり見ることが少なくなったが、白くて清楚な「里桜」の花も素敵である。

　ところで、平成17年10月23日に高岡令恵さんがインターネットに提供した情報によると、「陽光桜」の名前には、「天地に恵みを与える太陽」という願いが、世界平和への祈りとともに込められているようである。すなわち、昭和15年から青年学校で教鞭をとっていた父・高岡正明さんが、教え子たちの戦死の知らせに接して、戦後自らの軍国教育に対する自責の念に苦しむうち、青年学校の跡地に桜が満開に咲いているのを見て、生徒１人ひとりの命の証であり平和の象徴でもある桜をつくり、世界に広めていくことが自分の残された人生の最大の仕事だと思い至り、苦労の末につくり出したのが陽光桜だそうである。里桜の天城吉野と寒緋桜との交配種である。

　氏は平成13年９月、享年92歳で死去したが、世界中に無償で寄贈した桜の苗木は約５万本余だと紹介されている。

2013年3月20日（水）

110 沖縄県民斯ク戦ヘリ

　春分の日を迎えた。今日も、朝から気温は14度ほどもあり、モクレンも開花した。

　先日の沖縄セミナーの際にお世話になった沖縄債権回収株式会社の平良孝夫社長から、田村洋三著『沖縄県民斯ク戦ヘリ』（2007年・光人社刊）を送っていただき、本日読了した。副題は、「大田實中将一家の昭和史」であるが、大田中将は陸軍32軍とともに沖縄戦に参加した海軍沖縄方面根拠地隊司令官、著者は『弁護士日記秋桜』の68話で紹介した島田叡を主人公とした『沖縄の島守り』（2006年・中央公論新社刊）の著者でもある。

　沖縄本島地区における最終的な日本側の陸上兵力は11万6400人とされる。陸軍が8万6400人、海軍が1万人弱のほか、「防衛隊」と俗称される現地編成の補助兵力が2万人強である。海軍部隊は当時の陸戦隊の精鋭であるが、陸軍との協同を命ぜられ、陸軍主導の作戦の中で不条理な犠牲を強いられることが多く、ついには豊見城村の小禄に取り残されて孤立する。陸軍の力を借りずに徹底抗戦し、ついには全滅を遂げるが、司令官の大田中将は今なお沖縄の人たちからも慕われ、将兵が拠った小禄にある火番森の壕の跡地は海軍壕公園として整備され、地元の人たちによって「海軍戦没者慰霊之塔」が建立されている。

　彼は、昭和20年6月13日に自決するが、1週間前の6日大本営に向けて電報を打つ。以下、この部分を転記する（ただし、紙幅の都合上行を詰める）。
発　沖縄根拠地隊司令官　　宛　海軍次官
左ノ電□□次官ニ御通報方取計ヲ得度
沖縄県民ノ実情ニ関シテハ県知事ヨリ報告セラルベキモ　県ニハ既ニ通信力ナク　三二軍司令部又通信ノ余力ナシト認メラルルニ付　本職県知事ノ依頼

110 沖縄県民斯ク戦ヘリ

ヲ受ケタルニ非ザレドモ　現状ヲ看過スルニ忍ビズ　之ニ代ツテ緊急御通知申上グ

沖縄島ニ敵攻略ヲ開始以来　陸海軍方面　防衛戦闘ニ専念シ　県民ニ関シテハ殆ド顧ミルニ暇ナカリキ　然レドモ本職ノ知レル範囲ニ於テハ　県民ハ青壮年ノ全部ヲ防衛召集ニ捧ゲ　残ル老幼婦女子ノミガ相次ギ砲爆撃ニ家屋ト家財ノ全部ヲ焼却セラレ　僅ニ身ヲ以テ軍ノ作戦ニ差支ナキ場所ノ小防空壕ニ避難　尚　砲爆撃下□□□風雨ニ曝サレツツ　乏シキ生活ニ甘ンジアリタリ　而モ若キ婦人ハ卒先軍ニ身ヲ捧ゲ　看護婦烹炊婦ハモトヨリ　砲弾運ビ挺身切込隊スラ申出ルモノアリ　所詮　敵来リナバ老人子供ハ殺サルベク　婦女子ハ後方ニ運ビ去ラレテ毒牙ニ供セラルベシトテ　親子生別レ　娘ヲ軍衛門ニ捨ツル親アリ　看護婦ニ至リテハ軍移動ニ際シ　衛生兵既ニ出発シ身寄無キ重傷者ヲ助ケテ□□　真面目ニシテ一時ノ感情ニ馳セラレタルモノトハ思ハレズ　更ニ軍ニ於テ作戦ノ大転換アルヤ　自給自足　夜ノ中ニ遥ニ遠隔地方ノ住居地区ヲ指定セラレ　輸送力皆無ノ者黙々トシテ雨中ヲ移動スルアリ　之ヲ要スルニ陸海軍沖縄ニ進駐以来　終始一貫　勤労奉仕　物資節約ヲ強要セラレツツ（一部ハ兎角ノ悪評ナキニシモアラザルモ）只管日本人トシテノ御奉公ノ誇ヲ胸ニ抱キツツ　遂ニ□□□□与ヘ□コトナクシテ　本戦闘ノ末期ト沖縄島ハ実情形□□□□□□　一木一草焦土ト化セン　糧食六月一杯ヲ支フルノミナリト謂フ　沖縄県民斯ク戦ヘリ　県民ニ対シ後世格別ノ御高配ヲ賜ランコトヲ

　太平洋戦争末期に極限までの犠牲を強いられた沖縄県民への「格別ノ御高配」なくして、わが国の再生はないことを、現代日本の政治家とヤマトンチュウが忘れてしまって久しい。

Ⅲ Kさんの死

　今日まで烏帽子形公園の隅に見慣れない灌木が植えられていることに気づかなかったが、何と黄色い可憐な花が五分咲きとなっている。早速朝の散歩後に調べてみると、ヒュウガミズキと知れた。マンサク科トサミズキ属であるが、同属のトサミズキ種は花が房状に咲くので、違いがわかる。また一つ賢くなった気がする。

　午前10時30分過ぎであったろうか。S建設から電話連絡があった。私はS建設の先代社長とは長い付き合いであったが、数年前に亡くなり、そのご子息が会社を継いでいる。

　昔、元暴力団員で組同士の出入りの際に殺人を犯して長期間服役していた人物がいる。Aさんとする。Aさんは出所後向精神薬の中毒となり、これを常用していたほか、酒乱でもあり、ある日、向精神薬と酒との同時過量摂取により心神耗弱状態となり、別の殺人罪を犯してしまった。Aさんの父親からの依頼で、私は弁護を引き受けた。

　その彼が、前刑で出所した際、抗争事件当時に所属していた組が解散してしまっていて、帰る場所がなくなっていた。その時に、無償でAさんの面倒をみたのがS建設の先代社長である。当時はすでに堅気になっていた先代社長には、昔の渡世の義理があったのであろう。やがて、私はS建設の法律相談にも応じるようになり、盆暮れに過分な挨拶の品をもらうようになったが、その豪華さは修羅場をくぐってきたと思しい彼の過去の人生を彷彿とさせた。

　他方で、私の知合いに若い頃、国選弁護事件で知り合ったKさんがいた。九州の中学校卒業後集団就職で大阪にやってきて、印刷工として活字拾いの仕事をやってきたが、時代の変化でその技術には何の価値もなくなり、やが

てリストラにより解雇されて、極貧の生活を強いられるようになった。当時は西成に行けば土方仕事にありつけた時代であったが、彼はみるからに身体虚弱を思わせるような体形で、実際に力も弱かったことと、いじめに弱い性格もあって、一見粗野にみえることもある肉体労働者の人たちと仲良く仕事できるタイプではなかった。

彼は、クリスチャンであることで自分の矜持を維持しようとしたが、信仰自体は深いものではなく、寂しい時、困った時にいろいろな教会に押しかけて世話になるという具合であった。そして、生活費に窮してしまうと、つい教会等で窃盗を働くことがあり、ある時のそうした窃盗事件が契機で、私はKさんと知り合ったのである。

彼は何度か娑婆と刑務所との間を往復したが、そのうち刑務所から小遣いの無心の手紙が届くようになった。また、出所した時には挨拶に来てくれるようになり、私はささやかなお祝いを渡した。娑婆生活の間でも生活費に窮すると連絡してくれるようになった。私は少額の援助にはとどめるが、決して断らないことで彼を受け止めようと考えた。

ある時、刑務所から出所したKさんに、「今度こそ、どこにも住む所がない」と泣きつかれて紹介したのがS建設の先代社長である。Kさんは、住所不定であったため生活保護も受けられず、途方に暮れていた。社長は、アパートを建設して生活保護世帯への賃貸業に用いていた。私は、「Kさんには覚醒剤の前科はない」ことを保証し、先代社長がKさんに1室を賃貸してくれることになった。生活保護の申請手続もアドバイスしてもらい、Kさんの生活は安定することになった。その後もKさんは時々私の事務所に遊びに来ていたが、最近2年間ほど音信が途絶えていた。

本日の電話は、そのKさんが亡くなったという知らせであった。

2013年3月24日（日）

112 賀名生梅林

　近畿地方で梅が最初に開花するのは和歌山県田辺周辺の梅林であるが、最も遅く開花するのは奈良県賀名生梅林である。本日は日曜日でもあり、散歩がてらのドライブの走行距離を伸ばすことにする。自宅を出発して、国道310号線を東進し、奈良県五条市内に入って南に向かう。

　賀名生梅林の梅は少し盛りを過ぎたようであったが、約2万本といわれる樹にたくさんの花が残っていて、一目千本といわれる風情が美しかった。妻は、行きつけの店で山葵の葉を買って料理するのが楽しみであり、今回も3束ほど購入した。熱湯にさっと漬けてから引上げ、密封容器に入れて、しっかりと振り続けると辛みが出てくるのであるが、同じように調理した心算でも、微妙な加減で辛さが全く違ってくる。今年の出来映えは70点くらいというところか。

　賀名生の里は南朝ゆかりの土地でもある。延元元（1336）年12月、足利尊氏によって京都を追われた後醍醐天皇が、吉野山へ向かう途中にこの地に寄り、郷士堀孫太郎信増の邸宅に迎えられた。また正平3（1348）年には、後村上天皇が吉野山より難を逃れてここに入っている。その後、正平6（1351）年10月尊氏が南朝に帰順したので、翌年の正月に後村上天皇が京都に還幸された際に、「願いが叶って目出度い」との思し召しから「加名生（かなう）」と名づけた。のちに「加名生」はおそれ多いと「賀名生」に改められ、明治の初めに「あのう」に呼び方が統一された。

　堀邸は、その後も長慶天皇、後亀山天皇の行宮となったと伝えられている。堂々とした冠木門のある藁葺き屋根の堀家住宅は、重要文化財に指定され、現在、賀名生皇居跡として公開されている。この館には天誅組の総裁吉村寅太郎の筆になる「賀名生皇居」の扁額が掲げられていて、幕末の歴史が

偲ばれる。

　隣接する賀名生の里歴史民俗資料館には、後醍醐天皇から下賜された「駅鈴」と、ご使用の「天目台」、さらには、日本最古と伝えられている「日の丸御旗」のほかに、「一節切笛」や「小楠公の陣鐘」などが常設展示されている。近くには北畠親房の墓もあるが、楠公さんを苦しめた公家の１人でもあるので、私は好きになれない。

　賀名生の里は西吉野町の入口にあるが、西吉野町は柿の産地となっている。柿生産の歴史は大正末期までさかのぼり、この頃「換金樹木作物」として畑地への植え付けが開始され、それと同時に耕地を果樹畑に転換し、開墾も進められたようである。

　この柿の葉を利用した和歌山県推薦優良土産品が「柿の葉寿司」である。一口大の酢飯に鯖や鮭・小鯛などの切り身を合わせ、柿の葉で包んで押しをかけたものである。柿の葉には殺菌効果があり、食物の保存に適している。柿の葉を柔らかくしたり、殺菌効果を高めるために、塩漬けにすることもあるらしい。

　賀名生の南方にある西吉野温泉の歴史は古く、南北朝の時代には吉野へ行幸される天皇が立ち寄ったとされ、幕末の頃から温泉宿が建ち並び、街道を往来する旅人の宿場となっていた。

　さらに南下していくと、十津川村に至り、長さ297ｍ高さ54ｍの谷瀬の吊橋を見ることができる。今から約60年前の昭和29（1954）年に谷瀬集落の人が費用を出し合ってかけた橋である。十津川をさらに南下すると、熊野方面に至る。

　本日は賀名生の里で梅を満喫するにとどめたが、また、新緑の頃には、その先をめざしてみたいと思っている。

╔═══ 2013年3月26日（火）═══╗

113 わが国の整理回収機構の失敗

╚═══════════════════════╝

　ここのところ休みなく働いていたので、平日に休息日を入れようと思い立ち、自宅で業務を処理することにして、懸案であった編集中の書籍における私の担当部分の原稿を完成させることにした。

　私たちは、以前、『最新事業再編の理論・実務と論点』（2009年・民事法研究会刊）を世に問い、私的整理手続の有用性の啓蒙と具体的な手法の解説に努めたが、私的整理の再評価のためには、この問題に関係してきた整理回収機構と預金保険機構の活動の実態や反省点を総括しておく必要を感じ、第2期事業再編実務研究会の研究成果を踏まえて、『あるべき私的整理手続の実務』の出版を企画した。

　米国では、1989年米国で投資貯蓄銀行（S&L）が大量に破綻したことに伴い、S&Lに対して多額の債権を有する連邦預金保険公社が破綻したため、その破綻処理を行う政府機関として整理信託公社（Resolution Trust Corporation：RTCと略される）が設立され、米国の民間企業が、RTCとパートナーシップを組んで、企業再生の経験を積んでいった。

　S&Lの融資先であった破綻企業の標準的再生手法は、投資ファンドが金融機関債権者から最優先順位の不良債権を取得したうえで、同一の優先順位をもつ金融機関と債務者企業再生のために提携するか、またはさらに債権を買い増すことによって再生の主導権を握り、債務者企業を再生させるという方法であった。そして、のちに債権を株式に振り替えて、換価するか、債務者企業上場を通じて資本市場での株式売却により投資を回収することで多額の利潤を確保した。

　わが国でも、RTCに倣って、整理回収機構（RCC）が設立されて、銀行から不良債権を取得したうえで、当時新設されたたくさんのサービサー会社

や、再生ビジネスに参入する内外の投資ファンドと提携する等して、RCCが取得した不良債権を回収または換価することとなった。

しかし、RCCは不良債権を売却したり、これを債務者企業の株式に振り替えて資本市場で投資を回収するような手法による換価には成功しなかったと、私は考えている。それは、RCCが経済に音痴である弁護士を社長としたこと、自らサービサー会社として永続的な存在となることをめざしたこと等から、企業の過剰債務問題の処理が長引くことに痛痒を感じることや、回収コストに意を払うことに乏しく、また、債務者企業をして短期的に再生の目的を遂げさせようとめざすこともなく、それが不況を長引かせる原因の一つになったと私は考える。

もっとも、米国流の再生手法をとらなかったのはRCCだけの責任ではない。再生ビジネスに参入したファンドも、彼らが当初期待した成果をあげられなかったことはわが国の倒産事件史をみれば明らかである。

わが国では、債務者企業の資産に対する担保の設定方法の特異性から、同一の債務者企業に対する複数の金融機関からの不良債権の買収は必ずしも容易ではない。また、わが国の金融機関は、しばしば、債務者企業の再生支援はしないが、不良債権の早期売却もせず、将来の再生計画の中で可及的高額の回収をめざすことがある。それらの理由により、投資ファンド等が金融機関から不良債権を買い取っても、債務者企業の再生の主導権まで握れる事例は稀有なことであり、現に再生ビジネスに成功して、投資を回収できるに至った事例は決して多くない。

ちなみに、韓国でのちに設立された韓国RTCの場合にも、わが国とはまた別な意味で過酷な取立てが行われたようであるが、韓国RTCの存続期間が限定されていたことから、企業の過剰債務の処理に、一定の経済的合理性が付随するとともに、金融機関の不良債権の拡大も最小限にとどめることができたように思われる。

114 弘川寺と西行の桜

2013年3月27日（水）

　昨日の午後弘川寺の桜を見に出掛けたが、南北に連なる金剛葛木山脈の西側にあるせいか、桜の開花は遅く、比較的多く植えられている山桜だけはいく分開きかけているが、ソメイヨシノ等の蕾はいまだ固い様子であった。

　竜池山弘川寺は、大阪府南河内郡河南町弘川にある真言宗醍醐派の寺院で、665年、役小角によって創建されたと伝えられ、676年にこの寺で祈雨法が修せられ、天武天皇から山号が与えられたという。本尊は薬師如来で、伝役行者の作である。737年に行基が一夏の間滞在されたほか、平安時代の812年に空海によって中興され、三密の教法が修練されたとされている。1188年には、空寂が宮中で「尊勝仏頂法」を厳修して後鳥羽天皇の病気平癒を祈願し、その功績によって弘川寺奥の院として「養成寺」が建てられるなどして全盛期を迎えたが、1463年兵火により焼失している。

　「河内名所図会」では、境内に「すや桜」、「規桜（ぶんまわし）」と命名された紅枝垂桜があるとされ、南朝の忠臣、弘川城主の隅屋与市が奮戦の後、規桜の下で討死したと伝えられている。その後、規桜は絶えたが、「すや桜」は残っており、ちょうど満開であった。

　弘川寺は、とりわけ歌聖西行法師の終焉の地として有名である。境内に西行記念館が建てられ、西行直筆といわれる掛け軸をはじめ、西行法師にまつわる数多くの資料が展示されている。

　1189年に、西行法師が空寂上人を慕ってこの寺を訪れ、翌年2月16日この地で没している。西行法師は、以前から「願はくは花のもとにて春死なむその如月の望月の頃」と詠っており、釈迦の入寂の日でもある2月15日から1日遅れであるが、まさに望月の「頃」に死去したことになる。西行の墓域には、「仏には　桜の花を奉れ　わが後の世を　人とぶらはば」と彫り込まれ

た歌碑も建っている。弘川寺から山道を少し登った所に再現されている現在の西行堂の横にも、「年たけて　又越ゆべしと思ひきや　命なりけり　小夜の中山」と刻まれた歌碑があるが、それは川田順の筆によるものである。その近くには、「鶯や　いつの世までを　さびしさに」と刻まれた松瀬青々の句碑もある。

　江戸時代に入り寛延年間（1747〜1750年）に、歌僧似雲が西行の墓をこの寺に訪ねあて、庵を結んで西行堂を建立し、以後、似雲法師は、西行が愛した桜の木千本を西行の墓を囲むように植えて、心からの弔いとした。墳墓上の老いた山桜をはじめ、今では1500本もの桜が墓を抱く山を覆っている。似雲法師もまた弘川寺で没している。彼の墓は、西行墳と向かい合うようにつくられていて、その近くには、彼が詠んだ、「尋ねえて　袖に涙のかかるかな　弘川寺に残る古墳」という歌と、安田章生の「西行人のみたまつつむと春ごとに　花散りかゝる　そのはかのうえ」という歌碑が建てられている。そして、似雲法師が居住していたと伝えられる「花の庵」跡には、「いくたびの　春の思い出　西行忌」という阿波野青畝の句碑が建てられている。

　4月9日からの観桜会にお誘いした柳瀬隆次元裁判長が訪れたい場所としてあげられていたこともあって、今年の開花の模様を確かめるとともに、スマートフォンに撮影しておいたが、吉野の桜を見学した後に向かうのも、一興かもしれない。

　ちなみに、22年前狭心症から生還した私が、最初に山歩きしたのは弘川寺の遊歩道である。

2013年3月30日（土）

115 未批准のILO132号条約

　鉢植えの花スオウも満開である。中国原産のマメ科ジャケツイバラ亜科の落葉低木で、成長すれば高さ2〜3mになるが、わが家のは1m程度の若木である。枝には赤紫の花芽を多数つけていて、次々と開花している。花の大きさは1cmにも満たず、サクラガイが殻を閉じたような形の2枚の花弁の根元に、3枚の花弁が扇型についていて、まさにマメ科らしい形をしている。花スオウの名は、花弁の色が蘇芳で染めた色に似ているためにつけられ、蘇芳もジャケツイバラ亜科に属するが、心材等から蘇芳色の染料ブラジリンがとれるそうである。

　さて、今月発行された京都産業大学論集30号には、興味深い論文が掲載されていた。経済学部准教授藤野敦子氏の「我が国における正社員の有給休暇及び連続休暇の取得の要因に関する実証分析」である。

　ILO（国際労働機関）は、1919年に創設された世界の労働者の労働条件と生活水準の改善を目的として、本部をジュネーヴにおいて、国際連盟の一機構として設立され、第二次世界大戦後は国際連合の専門機関として引き継がれた機関である。1936年に採択された有給休暇条約（第52号）および1952年に採択された有給休暇（農業）条約（第101号）の改正条約が、1970年6月24日に開かれた第54回総会で、「年次有給休暇に関する条約（1970年の改正条約）」として採択されて、ILO132号とよばれている。この条約では、被用者に3労働週以上の年次有給休暇が与えられ、そのうち少なくとも2労働週は連続休暇でなければならないと定められているが、わが国では未批准である。

　EU諸国では、年次有給休暇制度がさらに充実していて、EU指令により、最低4労働週の年次有給休暇を与えることとされ、フランスでは30日、ドイ

ツでは24日であるという。彼らがバカンスを楽しんでいるのには、こうした労働政策が背景に存在するからである。

　藤野准教授は、わが国の労働基準法39条に定める年次有給休暇制度が国際基準であるILO基準を満たしていないうえに、2010年調査では付与された年次有給休暇の実際の取得率がわずか48.1％であることの要因を、同年正社員1300人からのアンケートの分析を通じて究明し、生活が不安定である労働者ほど有給休暇を消化できていないと指摘する。

　連続休暇が取得できる被用者の属性や家族状況および業の属性については、「配偶者が正規雇用であること」、「余暇志向であること」、「大学卒以上であること」、「小売・卸売・飲食以外の業務であること」、「1000人以上の大企業勤務者であること」、「専門・技術職であること」、「賃金水準が高いこと」等をあげることができるという。

　勤務時間や休暇取得に関する権利の保護を今後強化していくことが、わが国の喫緊の課題となっているのではないであろうか。社会的立場の弱い労働者の保護に適うだけではなく、雇用率の上昇にもつながる。ワーク・シェアリングの結果として、被用者の賃金が引き下げられたとしても、社会全体としての貧困対策、雇用対策は進むことにならないか。

　また、長期休暇を契機として、多くの人たちがスロー・ライフの重要性に気づくことによって、精神疾患の罹患率や、自殺率を低下させるとともに、グリーン・ツーリズムの振興が果たされれば、農業への就労人口の移動もまた進むのではないかとも考えられている。

　そして、核家族が長期休暇を活用することができれば、学童期の児童・生徒と親との間で、緊密な家族関係を築き上げることを通じて、わが国の現代の教育や家庭が抱える多くの問題の解決の道筋も開かれるのではないであろうか。

［追記］2014年4月に開設したコスモス法律事務所の就業規則で、2労働週以上の年次有給休暇の取得を義務づけたところ、労働基準監督署から指導があり、「奨励される」に変更することになった。

116 楓果ちゃんの誕生

2013年4月1日（月）

　わが家には家族間でエイプリルフールのだまし合いを楽しむ習慣がある。とはいえ、もう長い間同居家族は、私たち夫婦と母の3人だけになっている。

　私は、起床と同時に1日であることを思い出し、妻に対して、「今朝は出勤が早いことを忘れていた。すぐに出掛ける支度をしてくれ」と申し向けた。どうやら、妻のほうも、私に仕掛けをするタイミングを計っていたところだったようで、「エイプリルフールでしょう」と笑う。そして、「お母さんは大分歳をとってきたから、嘘を信じて驚かせるのも可哀そうなので、お母さんをだますのはやめにする」と付け加えた。

　さて、今日は姪が出産するという慶事があった。姪のCちゃんは長野県に住んでいるが、少し前から、私の妹でもある彼女の母親が住む河内長野に出産のため帰省していたのである。

　昨日昼頃産気づき、長野から京都に出張して庭師の仕事に従事中であったご主人に連絡して駆け付けてもらい、夜陣痛の襲う間隔が短くなって緊急入院し、本日午前4時にご主人の出産立会いのうえで健康な女児を出産し、楓果ちゃんと命名したのである。

　最近は、夫君の出産立会いが普通になっているようであるが、私は、血を見るのは事件記録を精査する時や裁判の証拠を調べる時だけでよい。そもそも、私たちが若い頃は勤務中に夫が子の出産に駆け付けるような習慣はなかったように思う。私の長男の場合、津地家裁四日市支部に勤務していた私は、少年院見学のために金沢に向かう途中、豪雪のため、乗車中の電車が臨時停車を余儀なくされていた駅の公衆電話を通じて、義父から無事出産の知らせを受けた。

116 楓果ちゃんの誕生

　金沢に到着後赤酒を買って宿で独り祝杯をあげたことを鮮明に記憶している。考えてみると爾来私は子の教育等には決して熱心な父親ではなかったと、反省しきりである。

　今日は執務予定があったので、いつものとおり事務所に出掛けたが、吉報を受けて、早めに退所し、河内長野駅で妻の出迎えを受けて、姪の入院している病院に駆け付ける。折から、姪の母親や私たちの長男も到着し、一緒に病室に向かう。

　姪が入院していた個室のベッドには楓果ちゃんも寝かされていた。それも、新生児用のベッドが搬入されているわけではなく、母親のベッドで添い寝してもらっている。聞くところでは、母親の免疫を最大限利用するために、母親との接触を濃厚にする目的に出たものだそうで、出産直後も産湯に入れず、体も清拭しただけだそうである。病院は元国立病院であるから、決して荒唐無稽なことをしているのではなく、医学の知識が日進月歩なのであろう。

　ともあれ、楓果ちゃんと最初に対面した印象としては、「赤ちゃんは小さいんだ」ということであった。私たちの時代は、新生児は、他の新生児と一緒に、新生児室に入れられていて、見舞客は、そこに案内されて対面した。紹介されたわが子は、他の子よりもしっかりして大きいように思われた。顔だけは、一瞬どの新生児とも同じような猿顔に見えてがっかりしたが、次の瞬間、五体満足で何の障害もなさそうなことに安堵し、次いで、子の体の一部が家族に似ていることに気づいて、可愛いという気持が次第に湧いてきたように思う。長男の場合には、私の父と同様の、耳朶の上側に捻じれたような小さな皺があることに気づいて、わが子だと確信したことを記憶している。

　子が小さく見えるとともに、会った瞬間可愛いと思えるのは、直接的には責任のない他人の子であるからかもしれない。人間ははなはだ勝手な代物である。

233

117 川奈ホテルゴルフコース

顧問先の柳茂樹社長の計らいで、昨日から2日間、川奈ホテルゴルフコースでのプレーを楽しんだ。

川奈ホテルゴルフコースの大島コースは、1928（昭和3）年6月にゴルフ界の重鎮である大谷光明氏の設計でつくられた静岡県最古のゴルフ場である。1936（昭和11）年に仮開場したのが9ホールの富士コースであり、設計者はチャールズ・ヒュー・アリソンとされているが、赤星六郎説もあるようである。その翌年には18ホールが完成し、1939（昭和14）年には日本プロゴルフ選手権が開催され、戦争による閉鎖を経て、1952（昭和27）年に営業を再開している。

富士コースは、1974（昭和49）年から2004（平成16）年までは男子ゴルフの「フジサンケイクラシック」が行われていたほか、2005（平成17）年からは女子の「フジサンケイレディスクラシック」が行われている関係で、こちらのコースのほうが有名ではある。

午前6時20分頃の新幹線に乗車し、熱海で伊東線に乗り換え、伊東駅からはタクシーで、川奈ホテルに到着。早速、大島コースのスタート室に向かう。

残念ながら雨天、雨合羽を着こんで、厳重な雨対策のうえで、大島コースをスタートするが、1番ミドルで8を叩き、2番ショートはボギーにとどまったが、最初の5ホールのパー19を34叩き戦意喪失、結局この日の成績も110の王で、練習の成果が本番には出ない。

雨足が緩むことがなかったので、海の景色が見られなかったのが残念であったが、スルーでラウンドし、早めにあがって、川奈ホテルの温泉でゆっくりと体を温める。

117　川奈ホテルゴルフコース

　夕食は、ラウンド途中の茶店の女性店員に教えてもらった「ステーキ・ハウス池田」に向かう。私が一番若い4人のグループ。皆さん平素「厚生大臣」からカロリー制限を受けていることもあって、この日は、「鬼のいぬ間にナントヤラ」であったが、私は制限を守った。

　昨夜のうちに低気圧が通り過ぎることを期待していたが、本日もやはり天気予報のとおり朝から雨がやまず、おまけに昨日よりも風の強さが増している。今日は富士コースをまわったが、晴れていれば見えるはずの大島以下の伊豆諸島や三浦半島、房総半島等は見るべくもなく、インターネットで調べたような海岸線の見晴らしも得られなかった。各ホールの状況も雨にかすんで鮮明には見通せず、16番や18番の名物コースも何とか盲蛇に怖じずですぎてしまった。

　ところで、川奈ホテルゴルフコースは、元々ホテルオークラが経営していて、一定の格式を保って維持されてきたことから、わが国では最高のゴルフ場として長く喧伝されてきたが、バブル崩壊後の不況の深刻化の中で、逐年売上げが減少していくにもかかわらず、過去のビジネスモデルを追及するあまり、経費節減のための努力が不足し、経営的にはかなり厳しい状態に陥ったようである。現在、西武グループの傘下に入っているが、過去にスポンサー探しが行われた際に、スポンサー候補者の依頼で私も関与したことがある。

　ともあれ、名門ゴルフ場でのプレーを楽しんだ後帰路につき、伊東駅前では、現地の人に聞いた「鯵屋」で、「クサヤ」を買い求める。酒のツマミに良し、茶漬けに良し、私の大好物であるが、生の物を買うと、家中で焼くのも庭で焼くのも家人に嫌われるので、焼いた身をほぐして真空パックにした物を買う。

　伊東線の車中から、同行4人で、2日間の思い出を肴に、早速酒盛りを始める。

　帰宅後、さらにクサヤで日本酒を楽しむ。久しぶりの匂いと味に満足であった。

118 生存中から始まる相続争い

　わが家の庭には海棠が咲き始めたが、大阪城公園の桃園の花が満開である。この月曜日に事務所の若手弁護士を誘って出向いたところ、「源平桃」のほかに、白い花の「照手白」、ピンクの花の「照手桃」、赤い花の「照手赤」が競って大柄の八重の花を咲かせていた。

　照手種は、中国原産のバラ目バラ科サクラ属の落葉性低木であるハナモモを、神奈川県農業総合研究所が品種改良した立性の品種だそうである。通常のハナモモが枝を横に広げるのに対し、照手種は、縦にまとまった樹形をしているが、その名前は神奈川県藤沢市ゆかりの「小栗判官と照手姫伝説」の照手からつけられたそうである。

　ところで、小栗判官は地獄から生還するが、生身の人間は死から生還することはない。そして、死後に残した遺産は相続人によって分割される。相続の相談は、被相続人が死去してから受けるのが普通であるが、被相続人の生存中に遺産争いの前哨戦が始まることも稀ではない。

　（ケース１）事業家のＡさんの法定相続人は長男（Ｂさん）以下男性３人と女性（Ｃさん）１人であったが、Ａさんの死後、Ｃさんが、「全財産をＣに相続させる」と書かれたＡさんの遺言書を出してきた。ところが、Ｂさんも、「全財産をＢに相続させる」と書かれた、より作成日付の新しい遺言書を出してきた。他の兄弟の知らないうちにＢさんとＣさんとの間で、遺産の争奪戦が始まっていたのである。そして、ＣさんはＢさんに対し、後に作成された遺言書について遺言無効の確認訴訟を提起するとともに、ＢさんはＣさんに対し、Ｃさんがその名義で保有する財産がＡさんの遺産であることの確認を求めて提訴し、泥沼に入っていく。

　（ケース２）亡夫の遺産である住居に一人住まいしていた母親（Ｄさん）を

近所に住む長男（Eさん）夫婦がお世話していたが、ある日突然、長女（Fさん）夫婦がDさんを連れ出し、自分の別荘に監禁してしまった。Dさんからの助けを求める電話を受けて、Eさんは別荘を訪れたものの、厳重に施錠されていて連れ帰ることができなかったという。Dさんの死後に判明したが、亡夫の遺産の不動産は、不動産取引の仲介業者であったFさんの夫により売却され、代金も同人に贈与されてしまっていた。贈与されたのがFさんであれば、相続の時に、生前に受けた贈与の額を、残余遺産の分割時に差し引く持戻計算という制度があるが、相続人でないFさんの夫が受贈者であるため、Fさん夫婦は取り得ということになる。

（ケース3）母親の老後のお世話をしていた長男（Gさん）夫婦は、母親から、夫の生前に散々親不孝している次男（Hさん）には、自分の遺産を相続させたくないから、自分名義の定期預金の払戻しを受けて、Gさんの妻（Iさん）に贈与したいとの申出を受けて、そのように計らったが、その際、Iさん名義の新しい預金口座を開設して、その口座に全額入金してしまった。その結果、預金の権利者は名義人ではなく出捐者であるとするのが確定判例であるため、母親の死後、HさんはIさんに対し、新しい預金が遺産であることの確認を求めて提訴するに至った。

こうした事例を数多く経験していると、相続争いに関しては、被相続人の生前、被相続人を抱え込んでいたほうが有利であり、被相続人を奪われたほうが失地を回復することはつくづく難しいと思う。他面、せっかくアドバンテージを得ていても、法的な知識を欠くばかりに、それを活かしきれない場合もあり、実に悲喜こもごもである。

私には昭和29年に相続が開始した事案を昭和60年を過ぎてから扱い、平成になる直前になって遺産分割の協議を成立させることができた経験がある。

119 ロータリークラブの家族親睦1泊旅行

2013年4月7日（日）

　昨日から気温がぐんと下がり、雨風も強い。最近の天候の変化は激しく、最低気温のほうも高いときは10数度、低いときは数度と、摂氏10度以上の上がり下がりを続けている。

　昨日から2日間、所属している河内長野東ロータリークラブの家族親睦1泊旅行で上京した。新幹線で東京駅に向かい、駅からは宿泊場所の第一ホテル両国に向かい、チェックインの後に隅田川の屋形船に乗り込む。本来両岸の景色を楽しむところであるが、雨に煙ってほとんど何も見えない。しかも桜はすでに散った後であった。出航後間もなく宴会が始まる。この日の参加者は20数名。6人の会員の奥様と、2人の会員の孫とがいる。少人数のロータリークラブで親睦旅行を成立させるために大勢が協力した結果である。やがては、カラオケ大会となり、全会員が少なくとも2回はマイクを握った。私も2曲ほど歌ったが酔いのあまり曲名は覚えていない。

　宿泊場所となった第一ホテル両国は、2000（平成12）年5月26日に会社更生法の適用を申請している。2001（平成13）年7月31日、東京地裁によって更生計画が認可されたが、会社更生支援企業は阪急電鉄であり、同年11月21日をもって更生手続は終了した。その後、阪急電鉄傘下の株式会社阪急ホテルズに吸収合併され、さらに株式会社阪急阪神ホテルズに事業が承継されて、今日に至っている。

　今朝は起床後、妻とともに両国界隈を散策する。ホテル隣の横網町公園に入り、関東大震災や第二次世界大戦の犠牲者の慰霊堂を参拝し、その後南に向かい、安田庭園の前を通って国技館に出て、さらに回向院にまで足を延ばす。振袖火事とよばれる明暦の大火の犠牲者のために築かれた万人塚が始まりで、のちに安政大地震の犠牲者や、その他水死者や焼死者・刑死者など横

死者の無縁仏も埋葬するようになったとされる。

　回向院からは東に方向を変えて、吉良邸跡を訪ね、さらに東本所両国公園内の勝海舟の生誕の地を訪ねる。公園では朝のラジオ体操会が行われていたが、皆さんの前を失礼して、石碑を見学する。杜子春の一節が刻まれている芥川龍之介の文学碑は見落としたが、その後ホテルに向かい、午前7時に到着して朝食バイキング会場に赴く。

　食後、チェックアウトから出発までの間、幕臣江川太郎左衛門の江戸屋敷跡等がある付近を再び散策する。彼は韮山代官の家に生まれ、高嶋秋帆の砲術塾に入門し、幕府鉄砲方に任ぜられて、小型反射炉を試作したり、海防策を建白する等し、品川砲台・反射炉・大砲・洋式船等の建設にもかかわった人物である。小林一茶や立川焉馬の旧居跡、河竹黙阿弥終焉の地も訪ねる。

　午前9時ホテルを出発。スカイツリーは、強風のため、昨日から、本日のエレベーターの運転休止が発表されていたため、浅草寺と仲見世見学に向かう。仲見世には思い出の店が2軒ある。1軒は浅草の靴屋の会社更生手続開始の申立てを行った時に会社社長に案内してもらったシチューの店であり、もう1軒は、妻と一緒に訪ねたことのある「豆かん」の梅園である

　スカイツリーの近くには、かつて義父が勤めていたアサヒビールの本社ビルがある。同社は樋口廣太郎社長時代に吹田市に歴代社員等の慰霊碑を建立し、義母が亡き義父に代わって除幕式に招待されたことに感銘を受けたことがある。隣の吾妻橋本社ビルの建物の屋上に飾られた金色の雲の巨大モニュメントは、フィリップ・スタルクのデザインした燃え盛る炎を形象した「金の炎」であるが、行政の指導で元の設計と異なる現状のような向きに変更されたが、その形状と色彩から、しばしば「うんこビル」の別名でよばれているようである。

120 虎の門界隈

　昨日は、浅草寺からスカイツリーに向かい、ソラマチでショッピングを楽しむ。少々の土産物を買い、妻へのささやかなプレゼントも選び、お返しにハンチング帽を買ってもらった後は、時間が余るので、たまたまみつけた小さなカフェでビールを注文してくつろぐ。

　小一時間して向かったのが、虎の門のレストラン「立山」である。今回依頼した小さな旅行会社の社長兼添乗員の知り合いが経営しているとのことで、一般顧客用の部屋とは別のゆったりとした一室を貸切りにしてくれて、盛りだくさんな料理を出してくれる。あらかじめ、インターネットで下調べをし、どうやらエビフライとハンバーグが美味しそうだと目をつけていたので、まずは、それらとビーフシチューを皿にとる。さすがに美味い。

　ところで、虎の門は、私の所属する弁護士法人が、東京に進出した際に最初に事務所を設けた場所である。結構たくさんの名所・旧跡が近くにある。

　まず、栄閑院猿寺であり、そこには解体新書や蘭学事始で有名な杉田玄白の墓がある。彼は享保18年9月13日（1733年10月20日）、江戸牛込の小浜藩酒井家の下屋敷に生まれ、明和2（1765）年には藩の奥医師となるが、前野良沢、中川淳庵らとともに『ターヘル・アナトミア』を和訳し、安永3（1774）年に『解体新書』として刊行しているほか、晩年には回想録として『蘭学事始』を執筆し、のちに福沢諭吉により公刊されている。腑分けを最初に行ったのは関西の山脇東洋であるが、上方人は死者の魂を祀ることを疎かにしないのに対し、杉田玄白ら江戸人は死体を物として扱っていて、文化の違いが印象的である。

　虎の門の愛宕神社は、徳川家康の命により江戸の防火の神様として祀られた神社であり、神社のある愛宕山は水戸浪士が井伊直弼を討つ桜田門外の変

の前に集結した場所としても、また勝海舟と西郷隆盛とが山から江戸の町を見渡し、江戸の町を戦火で焼失させてしまうのは忍びないと考えるに至った場所としても知られている。また、時代がさかのぼるが、愛宕神社にあがる石段は、講談話の「寛永三馬術」の中の、曲垣平九郎が秀忠の命により馬で昇り降りした故事にちなんで、「出世の石段」とよばれている。この故事に倣おうとした柳生宗矩は、沢庵和尚に「馬上に人なし、鞍下に人なし」と諭されて開眼、ようやく目的を遂げたとされている。

　それから、食いしん坊の私としては、「岡埜榮川」の豆大福のほかに、「虎の門砂場」の蕎麦を紹介しておきたい。現在、東京には何店かの「砂場」があるが、元々は大阪にあった店であり、名称の由来は、大坂城築城に際しての資材置き場「砂場」によるとされる。1730年に出版された文献に「和泉屋」の店頭風景が掲載されていること等から、その頃に存在した蕎麦屋を場所名でよぶことが定着し、「砂場」の屋号が生まれたと考えられている。現在、大阪市内にある新町南公園には、「ここに砂場ありき」と刻んだ石碑が立っていて、「虎の門砂場」も暖簾に「大阪屋」の文字も染め抜くことで、由来を表している。私は「砂場」の蕎麦が一番好きである。大阪のうどん店「美々卯」はうどんすきで有名であるが、これは1930（昭和5）年に考案されたメニューであり、創業時には蕎麦屋として出発、当時大阪にあった「砂場」から技術を習得したといわれている。今も、隠れた人気商品である。

　なお、「神田やぶそば」の祖である堀田七兵衛も、元は「砂場」系であったようである。

　昼食後は、最近新装開店した東京駅の大丸でのショッピングが予定されていたが、私は仕事のため暫時別行動をとったうえで、新幹線の発車時刻に再び仲間と合流、良い1日であった。

2013年4月9日（火）

[121] 柳瀬隆次裁判長を囲んで

　昨年の私の脳梗塞からの快気祝いには、私が裁判官に任官して最初に赴任した東京地裁刑事第4部の柳瀬隆次裁判長に主賓としてご来臨願ったが、その際、次の年の春の観桜の時期には、ぜひ奈良を案内させてほしいとお願いしたことがきっかけで、本日から3日間関西の桜を楽しんでいただく予定である。

　柳瀬裁判長とは正午頃、近鉄西大寺駅の北口広場で再会したが、同時刻その場所には、私の初任時代の右陪席判事であられた近藤壽夫氏も駆け付けてくださったので、3人で早速出掛ける。案内は奈良ロイヤルホテルの社員のS氏が引き受けてくださる。

　柳生に向かう途中にある忍辱山円城寺では、運慶が25歳頃に造像した国宝の大日如来が多宝塔の中に安置されておりその、瑞々しい美しさがえも言われないので、ぜひにと足を止めていただいた。伽藍は小振りではあるが、国宝の春日堂と白山堂もあり、境内に植えられた桔梗が開花する頃には大勢の人が訪れる。寺の前に広がる庭園は、元々、寝殿造りの屋敷の庭園から発展した浄土式庭園であり、閑静な地にあって、落ち着いた雰囲気に包まれている。

　その後、一路柳生の里に向かい、柳生家の菩提寺である神護山芳徳禅寺を訪れる。寛永15（1638）年柳生又右衛門宗矩が亡父石舟斎宗厳の供養のため創建したものであり、開山は沢庵和尚で、本尊である釈迦如来三尊の両脇にも柳生但馬守宗矩と、沢庵和尚と、列堂和尚義仙像（宗矩の四男）の座像が安置されている。一時荒廃し明治末期には無住の寺となったが、大正15（1926）年6月に赴任し、のちに住職になった橋本定芳氏が再興に奔走、柳生新陰流の普及にも努めた。吉川英治ら数多くの文化人や政治家らの賛同を

得、全国から資金を集め、昭和38（1963）年に、寺への坂の途中に、奈良地方裁判所として使用されていた興福寺別当一条院の建物を移築し、剣道と座禅の道場である正木坂剣禅道場を開設している。早くから社会福祉事業にも目を向け、昭和3（1928）年には境内に大和青少年道場（現在の成美学寮）を開設し、知的障害児の保護育成にも尽力しているが、寺社がこのような事業を行うことは尊いことである。

　芳徳禅寺の裏手にある柳生家の墓にお参りした後、寺の参道に咲き残っている桜や、柳生街道から見える山や里に随分残っている桜を楽しみながら、奈良公園に戻る。現在、奈良県内の公園や施設において1万本以上植えられ、桜の最後を飾る「奈良の八重桜」は、東大寺塔頭知足院のものが研究されて天然記念物に指定されていて、昭和43（1968）年3月1日奈良県の県花に選ばれ、奈良市の花にも指定されている。例年の花期は4月下旬〜5月上旬で、蕾の頃は濃い紅色であるが、開花すると白に近い淡紅色に、散り際に再び紅色を深めるという。

　時期的には早いので違うかもしれないが、この桜に似た八重桜の下で記念撮影をして、奈良ロイヤルホテルに帰る。ホテルには私の後任の判事補として赴任して来られた佐々木茂美元高裁長官が駆け付けてくれ、和食料理の「竹の家」で、午後5時30分から懇親会を開いた。

　参加者全員法曹として年輪を刻んだ方ばかりであり、お互いに穏やかに枯れていっているのか、昔の思い出話は楽しいものばかりで、苦い話や悔しい話はなかった。一時、戦場を共にしたという仲間意識と、柳瀬裁判長から法曹人生の手解きと薫陶を受けたことに対する感謝の気持とが満ち満ちた、暖かく、懐かしい時間が、刻々と過ぎていった。

　午後8時過ぎ、佐保川の土手の桜を見物しながら、近藤氏と佐々木氏とを新大宮までお送りして別れ、1日の予定を終えた。

[122] 観桜会2日目、3日目

　10日の観桜の目的地は吉野。午前8時にあらかじめ依頼してあったお迎えのタクシーで出発し、途中、壺阪寺（正式には壺阪山法華寺）に立ち寄る。703年に元興寺の弁基上人により開かれたとされ、京都の清水寺の北法華寺に対し南法華寺とよばれる。本尊十一面観音は眼病に霊験があるとされ、観音霊場として栄えている。お里・沢市の夫婦愛をうたった壺阪寺を舞台とする人形浄瑠璃「壺坂霊験記」の原曲は1875年頃に書かれ、1879年10月に大阪大江橋席で初演、その後改曲されたものが現行曲として、明治期以降の新作の中では代表的な人気曲となっている。境内には、インドから招来された大理石づくりの壮大な「天竺渡来大観音像」等の巨大石仏像があるが、先代住職のインドでの救ライ事業への尽力に対する返礼として贈られたものだという。園内には養護盲老人ホーム慈母園がある。

　大峰修験道の出発地点である金峯神社までタクシーで上ったが、健脚の柳瀬裁判長が「西行庵を訪ねたい」と言われ、さらに20分ほど歩いて庵に向かう。歌を友とし旅を棲家とした西行法師が1180年代前半にしばらく隠棲したといわれる小さな庵を復元したものである。近くに、西行が、「とくとくと落つる岩間の苔清水　汲みほすほども　なき住居かな」と歌った奥千本苔清水があり、今も清らかな水が湧き出ている。約500年後の1684年には松尾芭蕉もここを訪れて「つゆとくとく心みに浮世すすがばや」と詠んでいる。

　役行者が創建したとされる金峯山寺の本堂、蔵王堂も拝観。平安時代から焼失と再建とを繰り返し、現存建物は1592年頃の完成だという。秘仏本尊蔵王権現（約7m）3体が有名である。

　本日は、京都を散策することとし、柳瀬裁判長に、仁和寺のおたふく桜と、上賀茂神社の斎王桜、そして、鴨川河畔にある半木の道の枝垂桜の見物

にご案内する。

　仁和寺の歴史は886年第58代光孝天皇が「西山御願寺」と称する一寺の建立を発願されたことに始まる。応仁の乱で一山のほとんどを兵火で焼失するが、その後徳川家光の許しを得て、1646年に伽藍の再建が完了し、今日に至る。仁和寺創建当時の本尊、阿弥陀三尊像（国宝）や、仏画「孔雀明王像」（国宝）等数々の文化財が遺されていて、毎年春、仁和寺は満開の桜に覆われるが、有名なのが、中門内の西側一帯に植えられた「御室桜」とよばれる遅咲き桜の林である。その80％は白い花をつける「御室有明」という里桜の一種であり、背丈が低く（2、3ｍ）、「おたふく桜」とよばれている。桜の下に硬い岩盤があって根を地中深く伸ばせないために背丈が低くなったといわれてきたが、現在の調査では、岩盤ではなく粘土質の土壌であるが、土中に酸素や栄養分が少ないために、桜が根を伸ばせないようである。

　次に、上賀茂神社に、「斎王桜」を訪ねる。正式名を「賀茂別雷神社」といい、かつて、この地を支配していた豪族・賀茂氏の氏神を祀ったのが起こりで、奈良時代・天武天皇の時代（678年）に現在の社殿のもとが造営された。平安遷都以後は国家鎮護の神社として朝廷の崇敬を集めてきたとされるが、厄除の神さまとしても広く信仰されている。その境内に植えられた紅枝垂桜の「斎王桜」は、上賀茂神社に派遣された斎王が愛した枝垂桜とされる。斎王桜と並んで、孝明天皇から下賜された、白い花の枝垂桜「御所桜」も広い枝を張っているが、満開が１週間ほど早かったようで、すでに葉桜であった。

　その後、近くを流れる賀茂川の、北大路橋から北山橋までの土手沿い、約700ｍにわたって続く、「半木の道」の紅枝垂桜を鑑賞する。次第に、柳瀬裁判長とのお別れの時間が迫って来た。

123 倒木更新

　藤の花が咲き始めた。藤はマメ科フジ属のつる性の落葉木本であり、毎年4月から5月にかけて淡紫色または白色の花を房状に垂れ下げて咲かせる。その房の一つひとつをよく見ると、子どもが両掌を閉じたような形の花弁を、大人の両掌のような花弁で包み込み、その全体を、手首の辺りの所に、覆いかぶさるような1枚の花弁で覆っているような形をしている。

　藤といえば幸田文の『木』（1992年・新潮社刊）に面白い一文が掲載されている。幸田文は、父幸田露伴から「子どもの好む木でも花でも買ってやれ」とガマ口を渡されて寺に立った植木市に行く。しかし、子どもが無邪気に欲しがったのは、見事であるが、高価な藤の老木であったので、赤い草花でもどうかと申し向けて、結局山椒の木を買ってやった。幸田露伴はこれを聞いてみるみる不機嫌になったというのである。原文から引用する。

　「好む草なり木なりを買ってやれ、と言いつけたのは自分だ、だからわざわざ自分用のガマ口を渡してやった。子は藤を選んだ。……おまえは親の言いつけも、子の折角の選択も無にして、平気でいる。なんと浅はかな心か。しかも、藤がたかいのバカ値のというが、いったい何を物差にして、価値を決めているのか。多少値の張る買物であったにせよ、その藤を子の心の養いにしてやろうと、なぜ思わないのか。その藤をきっかけに、どの花もいとおしむことを教えてやれば、それはこの子一生の心のうるおい、女一代の目の楽しみにもなろう。もしまたもっと深い機縁があれば、子供は藤から蔦へ、蔦から紅葉へ、松へ杉へと関心の芽を伸ばさないとは限らない。そうなればそれはもう、その子が財産をもったも同じこと、これ以上の価値はない。……さんざんにきめつけられた」。

　この見事な教育観に支えられて、幸田文の感性は研ぎ澄まされ、文章もま

た、磨き上げられている。同書所収の「えぞ松の更新」も興味深い。

　北海道の自然林では、えぞ松は倒木の上に育つという。北海道の自然は厳しいので、倒木の上に着床発芽し、狭い木の上で弱い者を負かす強さと、幸運なものだけが生かされるにすぎない。そして、現在300年400年の成長を遂げているものもあるという。

　幸田文は、倒木の上の1尺ばかりの若木の細根が倒木の亡骸の内側に入り、ひたすら生きんとして猛々しさを隠さないこと、亡軀のほうも苔を自然の着せた屍衣のようにまといながら、なおかつ木の本性を残していることに、何か後味寂しく、胸がかき乱されるのであるが、森の案内人からの話を聞いて考える。

　「倒木と同じ理由で、折れたり伐ったりした根株のうえにも、えぞは育っています。あれなどはその典型的なものですよ、と示された。それは斜面の、たぶん風倒の木の株だろうという、その上にすくっと一本、高く太く、たくましく立っていた。太根を何本も地におろして、みるからに万全堅固に立ち上がっており、その脚の下にはっきり腐朽古木の姿が残っていた。いわばここにいるこの現在の樹は、今はこの古株を大切にし、いとおしんで、我が腹のもとに守っているような形である。たとえその何百年か以前には、容赦なく古株をさいなんで自分の養分にしたろうが、年を経たいまはこの木ある故に、古株は残っていた」。

　生死の継目、輪廻の無残の裏に、暖かい命の受け渡しに伴う「ぬくもり」を感じ、幸田文は、清水を飲んだようにさわやかになる。そして、倒木更新によって、えぞ松たちは真一文字に、すくっと立っているという「なんとかの一つ覚えに心たりている」と締め括る。

> 2013年4月15日（月）

124 中小企業の私的整理

　第3期事業再編実務研究会の第2回目の定例会が開かれた。前回の開催日との間隔が短いので、発起人の私と桃山学院大学教授の松尾順介先生とで、発表を分担した。
　私の発表は、中小企業である創業約60年のＦ社の私的整理による清算の実例の紹介である。Ｆ社は、高級建築用木材の製造販売業を営む会社である。昔は、経済活動によって資産を形成した人にとっては、高価な和風建築の住居を構えることがステータスであった。そのような建物で代表的なものが、河内のほうでは「シコロ葺き」とよばれる建物であり、Ｆ社はその建築用木材を扱っていた。しかし、昭和50年代頃から、プレハブ工法やツーバイ工法等による安価な住宅がつくられるようになったばかりか、付加価値の高い建物も新しい工法と資材で建築されるようになり、Ｆ社の経営状態も次第に悪化していき、3代目の代表者が就任して、経営継続のために努力するも、市場規模の縮小に伴い、廃業のやむなきに至ったのである。
　このような相談を受けた弁護士は、通常、破産手続開始申立手続をすすめるが、私は、私的整理を選んでもらうことが多い。特に、この事例は、歴史のある会社が、商環境の変化による市場規模の縮小の結果、陳腐化していったビジネスモデルを再構築できないままに倒産に至ったものであり、債権者といえば、銀行と永年の付き合いのある仕入取引債権者だけであったから、破産裁判所の手を借りなくても、平穏に清算業務を遂行できると予想されたし、また、そうした手続により清算することを試み、可及的速やかにかつ高率の配当を実施することによって、Ｆ社の新旧代表取締役の責任を全うさせ、そのプライドを守ってあげることが、適当だと考えられた。
　私が、Ｆ社の依頼により、全債権者に対して私的整理通知を発信したの

は、平成20年8月20日であった。同月25日には債権者集会を開催し、①F社としては私的整理を選択したが、債権者から破産申立ての要請があったり、そのための資料提供の要請があったりした場合には、透明な破産手続に移行させる心算である、②しかし、破産手続では、柔軟な残務の整理を図り得ず、配当も多くを期待できないと考え、私的整理を選択したものである、③なお、債権者総数は40名弱であるが、5万円を基準として少額債権の処理を進めると、10名余りに減る、④配布した清算貸借対照表によると、不動産売却金額によっては、一般債権者に対して30％から50％の配当が可能となる、⑤債務者会社の財産の換価・回収作業は、平成20年12月中に完了することを目標として進め、来春には、按分弁済に踏みきりたい等と説明した。

　債権者から格別の異論もなく、その後円滑に私的整理の手続を進め、平成20年9月1日には少額債権の弁済手続を行い、翌年2月2日には第1回配当手続を行って債権元本額の30％を弁済した。その後、逐次担保不動産の売却を進め、平成23年3月14日には、最後配当実施の通知を出し、債権元本額に対して累計で約60％の配当を実現できた。高率の配当ができた理由は、破産管財人が選任された場合と異なり、F社の資産の換価・回収事務をその旧代表取締役（その後代表清算人）が行ったので、売掛金について売掛先から手元不如意の抗弁を出されることがなかったこと、在庫商品も従前の取引先に、より少ない値引きで引き取ってもらえたことによってもたらされたものである。その結果、F社の会長夫妻については、多額の保証債務が存在するため私的整理を行ったが、その全額を弁済して、なお、余剰金が残った。残る代表取締役については、住宅ローン債務があったので、住宅資金特別条項付きの個人債務者再生手続の申立てにより債務軽減を図ることができた。法的手続を選択したのはこの1件のみである。

2013年4月16日（火）

125 法の強制力の根拠

　ウグイスの鳴き方もかなり上手になってきた。山中で1羽が鳴くと、他のウグイスもこれに応じ、それぞれが盛んに自分をアピールしていて、本格的な恋の季節が始まりつつあるように思える。もっとも、高い澄んだ声で「ホーホケキョ」とキッパリと鳴けるまでに上達したものはいまだいないようで、「ホー、ホキキキョ」とか、「ホー、ケキョケキョケキョ」等と訛っているところは初々しい。

　今日は、法科大学院での法曹倫理の春期の第1回目の授業があった。受講生との間で相互に自己紹介をした後、法律とは何かについて一緒に考えてみた。すなわち、法は、社会の存在するところでは、その秩序を確保するためには不可欠な装置であるが、その強制力の根拠は何かということを考えてみたのである。

　まずは、人間の理性が信じられた古代ギリシャでは、人間社会は、流動転変する森羅万象の流転の法則たる理法（ロゴス）に従うように規律されていると説かれ、ある者は、このロゴスを人によって千差万別の主観のうちにも存在する客観的な公道であると説明し、またある者は、彼岸にある常住絶対の理念（Idea）は、哲人によって明らかにされる等と説く。

　他方、中世では、全能なる創造者の法則は、世界の隅々にまで調和と秩序を与え、人もこれによって規律され、罪ある人間の社会に秩序を与えるのが国家である以上、国家も神の摂理のもとに否定を通じて肯定されると考えられ、やがて、神の摂理たる「永久法」のほかに、人間が「永久法」に参与することによって認識できる「自然法」と、自然法を基礎とする国家の法たる「人定法」とが認識されるに至るが、それらは絶対なる神の叡智のもとに調和を保つとされる。

これに対して、近世では、啓蒙思想に代表されるように、人間は生まれながらにして自由であるが、生活条件の安全を保障する制度が必要であることから、自ら進んで相互に契約を結び、統一ある国家生活を創始し、国家の法に服することとしたと考えられた。そして、原始状態の自由に拘束が加えられるのは国民の意思に基づいて定立された法によらなければならず、民意を基礎としない法をもって権力者がみだりに国民の自由を制限する場合には、これを打破することは、自然法に立脚する国民の正当な権利であるとする。

現代では、法が以上のような自然法として制定されるものでもないことが知られるに至ったが、なお、法には内在的合理性があるものとして理解しようとする法実証主義の立場が現れた。法は、客観的に、社会の存立のために必要な社会的倫理の最小限しか要求せず、主観的にも、倫理的心情の最小限で満足するもので、社会的な事実や慣習的な存在が規範的な力をもつとか、実定法は、その本質において主権者の命令であるが、そのような命令が人民あるいは政治社会の大多数の人の同意に依拠することが服従義務の根拠となると説明する。

これとは反対に、「在るべき法」を考えることは無意味であって、「在る法」を考えようとか、「判決の真の理由は政策や社会的利益の考慮であり、解決が、単に論理とか何人も争わない法の一般命題によって達成できると考えるのは、馬鹿げた考えである」と説明するリアリズム法学も現れている。そして、このような思考をさらに進めて、法的実践の政治性や非合理的側面を明るみに出そうとするポストモダン法学も提唱されるに至っている。

私たちは法に関与することを職業としようと考える以上、法をいかに理解するかという基本的視座を各自が定めておかなければならないのである。

126 観心寺の七星如意輪観音像

　富田林市内を流れる石川の河川敷に鯉のぼりがあがったようだと妻から知らされて、朝のドライブの行き先とする。富田林市内を北流する石川の、近鉄長野線の川西駅と富田林西口駅との中間の真東付近の右岸に、約50本ほどの長い竿が立ち並んでいて、それぞれに10匹程度の鯉のぼりが結ばれている。

　今朝は午前10時から富田林簡易裁判所で調停委員としての務めがあるので、事務所には出ないことにして、簡裁の職務終了後近くのスポーツ施設での運動後、帰宅して、昼食をとる。

　午後は、河内長野の名刹観心寺で毎年2日間だけ行われる秘仏七星如意輪観音像の御開帳を見学に行く。観音像の紹介に先立ち同寺の歴史を紹介しておく。

　観心寺は、文武天皇の頃大宝元（701）年に役小角によって開かれ、初め雲心寺とよばれていた。その後、平安時代の初め大同3（808）年に弘法大師空海が当寺を訪ねられた時、境内に北斗七星を勧請され、弘仁6（815）年衆生の厄除のために本尊如意輪観音菩薩を刻まれて寺号を観心寺と改称される。弘法大師は当寺を道興大師実恵に附属され、実恵は淳和天皇から伽藍建立を拝命して、その弟子真紹とともに天長4（827）年より造営工事に着手された。以後、当時は国家安泰と厄除の祈願寺として、また高野山と奈良・京都の中宿として発展する。

　後醍醐天皇は、楠木家ゆかりの当寺を厚く信任され、建武新政後（1334年頃）、楠木正成を奉行として金堂外陣造営の勅を出され、現在の金堂ができた。正成自身も報恩のため三重塔建立を誓願されるが、それが今に残る建掛塔である。延元元（1336）年、神戸の湊川で討死後、正成の首級が当寺

に送り届けられ、首塚として祀られている。その後、当寺は足利、織田、徳川からそれぞれ圧迫を受け、最盛期五十余坊あった塔頭も現在わずか二坊になっているが、自然に恵まれた環境の中で、山岳寺院の景観を保持している。

　金堂は、大阪府下で本堂として最古の国宝建造物であり、七間四方、単層入母屋造り、和様、禅宗様、大仏様の折衷様式の代表的な遺構である。室町時代初期に建立され、江戸時代初期・中期、明治の初め、昭和の初め等たびたび修理し、昭和59（1984）年に昭和大修理の落慶をみた。本尊は如意輪観音で脇侍は不動明王、愛染明王、内陣に板製の両界曼荼羅がある。なお、元慶7（833）年に作成された「観心寺勘録縁起資材帳」もまた、国宝であり、その頃の伽藍を彷彿とさせてくれる。

　本尊の如意輪観音菩薩もまた、国宝に指定されていて、鮮やかな色が今に残っている彩色の六臂像で、像高109.4cm、如意宝珠を持つので如意輪観音という。平安時代の密教美術の最高の仏像といわれており、秘仏とされ、毎年4月17日と18日の両日のみ開帳されている。空海が開いた真言宗では、荘厳な祈りや厳格な儀式を重視し、儀式の作法や仏像の姿等も図像のとおりであることが求められた。そして、こうした厳しい信仰を背景として、一木造りの貞観彫刻による仏像がつくられるようになった。本尊の如意輪観音菩薩はその代表作の一つである。六臂ともにバランス良く造形されているが、それぞれの手が六道の一つひとつを指し、輪廻の中にとどまる衆生の苦を抜き、世間・出世間の利益を与えることを本意とするとされる（「49　観心寺のライトアップ」もあわせ参照されたい）。

　穏やかであるが、どこまでも静かで、慎み深い表情と、豊満でありながら、同時に引き締まっている体全体が表す優しさが、私の心をとらえる。仏像の前にじっと座っていると、如意輪観音の優しさに包み込まれるような安心感を覚えるのである。私は、毎年、拝観に訪れている。

127　庭を彩る花々

　清明の日を迎えて以来、わが家の庭にも、色とりどりの花が開花し、美しく飾ってくれている。昼頃、妻との会話で40種類くらいは咲いているかなと雑談したことをきっかけとして、徒然なるままに妻と一緒に庭に出て、咲いている花の種類を数えてみた。

　散り残した花が残っているものが、沈丁花、海棠、花蘇芳。私は沈丁花の香りが好きであるが、水の管理が難しく、樹勢が衰え始めると素人の手には負えない。現在咲いているのは3代目の鉢植えである。海棠や花蘇芳は、折々に夫婦で衝動買いをした鉢植えの花である。花期が終わろうとしているのが葉牡丹。妻は、正月に飾る葉牡丹を楽しんだ後、鉢植えのまま生育に任せてこの時期の開花を楽しむ。すっかり伸びきった茎の上に、菜の花状の十字花を咲かせている。シクラメン、ミニシクラメン等もクリスマスの頃にいただいた鉢植えのものを室内で鑑賞した後、春暖かくなってから外に出すと、美しい花を咲かせ続けてくれる。

　盛りを過ぎて、なお元気なのが、チューリップ、ニホンサクラソウ、西洋サクラソウ、パンジー、すみれ、チェリー・セージ、白っぽいピンクと赤色の椿、ハナミズキである。チューリップは今は亡き観心寺の先代ご住職の奥様からたくさんの球根をもらったのがきっかけで、毎年、妻が球根を買い増ししながら楽しんでいる。サクラソウは近所の趣味で栽培している方からいただいたものが今日まで残っている。パンジーは妻が好きで毎年買い求めているものである。

　今が盛りの花は、ノースポール、クリスマスローズ、プリムラ、デージー、ペチュニア、ソナリア（姫金魚草）、イベリス、ツルニチソウである。それらは、妻が隣近所の方々と、種から発芽したばかりの小さな苗を交換し

合いながら育てて、今日に至ったものである。

　ツツジも今が盛りである。そして赤い椿、地味な花がついている松は、亡き父が、現在の地に住居を求めた際に植えたもので、約40年が経過している。松は、当時わが家に出入りしていた庭師の指導を受けながら、父自身が、毎年古い葉をむしったり、枝の剪定をしていた自慢の樹であるが、父が亡くなり、庭師も引退された後、現在の庭師に世話を依頼するようになり、すっかり樹の姿が変わった。任せた以上、今後の工夫を待つしかないであろう。

　タンポポやカタバミ等の雑草は、種が飛んできたものである。

　多肉植物のベンケイソウは、母の青春時代の友人がたまたま河内長野市内に単身で住んでおられて、わが家では家族中でお付き合いをさせていただいていたが、その方が高齢に達して故郷に帰られる際に、住居の庭に生えていたものの一部をいただいたもので、元気に子孫を増やし続けている。その方もすでに亡くなり、今では形見となってしまった。単子葉植物のスノーフレーク、オオアマナ、シャガ、ムスカリ、黄色のベル水仙と、白色八重の水仙。シャガは河内長野市内の山地にもたくさん咲き、清楚な花弁は白いが、花の中心部にアクセントになる模様があって、私の好きな花である。水仙は、元々私たち夫婦が結婚した直後に赴任した津地裁四日市支部在任当時の官舎の庭にたくさん植えられており、転勤の際にいただいてきた球根に加えて、その後越前海岸や淡路島の水仙境等を訪れた際に買った球根や、その他折々に買い求めた球根の何種類かが今も残っている。

　咲き始めたばかりなのがヤマボウシ、ヒメツルソバ、カワラナデシコ、モッコウバラである。

128 「歴史の教訓」と最高裁

　今朝の日経新聞の「日曜に考える」というコラムに、面白い記事が掲載されていた。「『歴史の教訓』と最高裁」という標題、「欠かせぬ砂川判決の検証」という副題の論説（小林省太論説委員）である。まず、砂川事件とは、東京都北多摩郡砂川町（現在の立川市内）のアメリカ軍の立川基地拡張に対する反対運動の一環として、1957（昭和32）年7月8日に特別調達庁東京調達局が強制測量をした際に、基地拡張に反対するデモ隊の一部が、アメリカ軍基地の立入禁止地区に数m立ち入ったとして、デモ隊のうち7名が日本国とアメリカ合衆国との間の相互協力及び安全保障条約6条に基づく施設及び区域並びに日本国における合衆国軍隊の地位に関する協定の実施に伴う刑事特別法違反で起訴された事件である。

　東京地方裁判所（裁判長判事・伊達秋雄）は、1959（昭和34）年3月30日、「日本政府がアメリカ軍の駐留を許容したのは、日本国憲法第9条2項前段によって禁止される戦力の保持にあたり、違憲である、したがって、刑事特別法の罰則は日本国憲法第31条に違反する不合理なものである」として、全員無罪の判決を下した（下級裁判所刑事裁判例集1巻3号776頁）。これに対し、検察側は直ちに最高裁判所へ跳躍上告した。最高裁判所（大法廷、裁判長・田中耕太郎長官）は、同年12月16日、「憲法第9条は日本が主権国として持つ固有の自衛権を否定しておらず、同条が禁止する戦力とは日本国が指揮・管理できる戦力のことであるから、外国の軍隊は戦力にあたらない。したがって、アメリカ軍の駐留は憲法及び前文の趣旨に反しない。他方で、日米安全保障条約のように高度な政治性をもつ条約については、一見してきわめて明白に違憲無効と認められない限り、その内容について違憲かどうかの法的判断を下すことはできない」として原判決を破棄し、地裁に差し戻した

（最高裁判所刑事判例集13巻13号3225頁）。

　論説が言及しているのは、情報公開によって、米国から明らかにされた情報の中にあった、マッカーサー駐日大使が国務長官に宛てた次のような公電についてである。

　①1959.4.24付公電「内密の話し合い……で、田中長官は大使に対して、判決に到達するまでに少なくとも数カ月かかると語った」、②1959.8.3付公電「田中長官は主席公使に、砂川事件の判決はおそらく12月だろうと考えていると語った。長官は、世論を揺さぶるもとになる少数意見を回避するやり方で運ばれることを願っていると付言した」、③1959.11.6付公電「最近の非公式会談のなかで、砂川事件について短時間話し合った。田中長官は下級審の判決が支持されると思っている様子は見せなかった」、④1959.12.17付公電（この判決は）「田中長官の手腕と政治力に負うところが大きい」。

　論説は、田中長官の「これらの一連の行為が、司法の独立と信頼を無にする行為として、批判されてしかるべきである」とし、当時の世相、米国の司法介入の実態を含めて、「過去の事実を批判の対象にすることで将来の行動を律する規範にする」ためには、何より事実を日本側から裏付ける必要があるとし、開示に消極的なわが国の最高裁判所の態度に疑問を呈している。

　田中長官は、わが国の代表的な冤罪事件である松川事件の第一次最高裁判決に際しても、現下の政治情勢を憂慮するあまりに、有罪の少数意見を主張したことでも知られる。この被告人全員の無罪が確定したのは、1963（昭和38）年9月12日、第二次最高裁判決が、検察側による再上告を棄却した時であった。

　最高裁は、長沼訴訟、百里基地事件でも、自衛隊についての憲法判断を回避している。

129 プロフェッション

　春には葉が出る前に開花する樹種が多いが、葉とともにまことに地味な花をつける樹種もある。たとえば、モミジである。新緑鮮やかな葉の間から赤いヒモが無数に垂れ下がっているように見えて、近づくと小さな花がたくさん密集していることがわかる。アラカシ等も無数の花が房状にぶら下がっているが、一見して花と気づく人はほとんどいないであろう。毎朝、烏帽子形公園等を散策し、さまざまな植物に触れられるからこそ、気づかせてくれる。

　本日は、本年度の法科大学院での法曹倫理の2回目の授業日であった。テーマは、「プロフェッションについて考える」ことであり、緒方洪庵の「扶氏医戒之略」や、原佐一郎（柳郎）の事績の紹介の後に、この言葉の概念についても学生と一緒に考えてみた。

　近代ローマ法以前には、教師、医師、弁護士等、委任契約に基づき自由人として労務を提供する職業をプロフェッションとよんだとされる。

　中世ヨーロッパ社会では、プロフェッションとは神に誓いを立てて従事する神父・医師等の知識専門家の職業を指していたとされる。キリスト教社会において、彼らは職業を通して社会や人々に対して責任を負うとされ、厳しい倫理観が要請されたが、それは新約聖書の福音書の「すべて多く与えられた者は、多く求められ、多く任された者は、更に多く要求される」（「ルカによる福音書」12章48節）（新共同訳）という言葉に由来しているとされる。

　しかし、今日では、近代市民社会成立前に真実そのような職業観が成立していたのかは疑問とされ、近代市民社会の成立に伴い専門職業が社会学の研究対象として取り扱われるに至った結果、研究者によりつくり上げられた1つの虚構であったのかもしれないとする人もいる。

129 プロフェッション

　近代市民社会成立後は、医師等だけではなく、広く、会計士、法曹等の養成を高等教育機関が担当するようになり、それら専門職業が一種の特権として理解されるようなった。折から、イギリスの女優のF. A. ケンブル（1809～1893年）が、1837年に、手紙に「……確かに『貴族が義務を負う（noblesse oblige）』のならば、王族はより多くの義務を負わねばならない」と書いたことがきっかけで、「モラル・エコノミー」すなわち特権はそれをもたない人々への義務によって釣り合いが保たれるべきだという言葉を要約する際に、しばしば「ノブレス・オブリージュ」という言葉が用いられるようになった。その核心は、貴族等に自発的な無私の行動を促す明文化されない社会の心理である。同時に、貴族らにとっては、心理的な自負・自尊でもある。

　今日、プロフェッションの意義について、英米系の国では、①業務が高度かつ専門的であること、②高い倫理性が求められ、依頼者との間に特別の信頼関係が成立すること、③専門家団体の自治に服すること、④職業活動に利他性があり、営利が排除されることがその特徴であると理解されているが、大陸法系の国では、「自由職業」ともいわれ①から④までに加えて、⑤経済的自立性の中で職務を遂行するものと理解され、企業内弁護士についての考え方等に差が生じているようである。

　ところで、わが国では、弁護士等のプロフェッションとよばれる職業は、明治以降の海外文化の輸入により専門職業として確立した。国の裁可によって創設され、営業の独占を許されたものであって、権力が媒介する階級として成立したものであり、権力との対立という経験を経ていないという自己矛盾をはらんでいる。その結果、プロフェッションという言葉は、ギルド的権益擁護の隠れ蓑として使用されてきたように思えてならない。

　私たちは今こそ、現代社会に求められるプロフェッションの使命を正しく理解すべきである。

2013年4月25日（木）

130 ボストンマラソン中の悲劇

　2013年4月15日、アメリカ北東部・ボストンで開催されていたボストンマラソンのゴール付近で2回の爆発が起き、100人以上が死傷する事件が発生した。午後2時50分（日本時間16日午前3時50分）レース開始から約4時間後で、男性の部の優勝者がゴールしてから約2時間が過ぎており、約1万8000人がレースを終えていた。ゴールの数十m手前のコース沿道で爆発。1回目から数秒後さらに数十m後方で爆発した。

　ボストンマラソンは、毎年4月にマサチューセッツ州ボストンで開催されるマラソン大会である。1897年から開催されていて、オリンピックに次いで歴史の古いスポーツ大会である。1982年からは42.195kmで競われているが、日本人では、重松森雄（1965年）、君原健二（1966年）、采谷義秋（1969年）が各1回、瀬古利彦（1981年・1987年）が2回優勝している。

　オバマ米大統領は声明で犯人への「裁き」を約束し、米連邦捜査局（FBI）は、懸命な捜査の結果、18日ボストン市内で記者会見して、容疑者の男2人が映った映像と写真8枚を公開、広く市民に対して情報提供を呼びかけた。容疑者の映像が公開された後の現地時間18日の深夜、ボストン郊外のケンブリッジ地区で路上に駐車してあった車に、突然銃を持った男が押し入って、これを強奪したが、逃走中にボストン郊外のウォータータウン地区で警察に追い詰められ、銃撃戦の末、兄のタメルラン・ツァルナエフ容疑者は死亡し、弟のジョハル・ツァルナエフ容疑者はその場から逃走したものの、住宅の裏庭にあったボートの中に潜んでいるところを発見された。そして、米司法当局は22日、大量破壊を行う武器を使用した等の連邦法違反の疑いで、チェチェン系のジョハル・ツァルナエフ容疑者（当時19歳）を訴追した。マサチューセッツ州法には死刑はないが、連邦法で訴追されれば有罪ならば最高

刑は死刑である。

　米連邦捜査局（FBI）は2011年にロシアから兄タメルラン容疑者について「イスラム原理主義に対する強い信仰をもっている」という懸念を伝えられていたこともあって、出身地のイスラム過激派とのつながりを指摘する声もある。しかし、2人が米国に移住してから10年以上経っていることから、今回のテロは国外組織の犯行ではなく、自国民が独自に引き起こす「ホームグロウン・テロリズム」だとの指摘も根強い。兄弟はチェチェン民族で、旧ソ連南部出身。ロシアのダゲスタン共和国と中央アジアのキルギスタン共和国を転々とし、2002年頃に米国に移住したとされるが、弟ジョハルはのちに米国市民権も得ている。世界は、自らが育った国で過激な思想に触れてテロを起こす「ホームグロウン・テロリズム」に対しては、有効な対策を打てないままだ。これらの「ホームグロウン・テロリズム」に対しては、通常の「水際作戦」は効果がない。

　ロシアの国家対テロ委員会は、2009年4月16日に、チェチェン独立派の掃討が完了したと発表しているが、2007年にイスラム国家としての建国を宣言したカフカース首長国のイスラム過激派たちは、ロシア連邦軍とチェチェン共和国政府に対するゲリラ戦を継続し、兵士や市民を殺害する事態が続いている。ボストンの事件を契機に、ロシアは自らのテロ対策を口実としてチェチェンの封じ込めを正当化しようとし、カフカース首長国側は、米国の「ホームグロウン・テロリズム」であると主張している。そして、この宣伝戦に巻き込まれているのがオバマ政権であり、2011年にロシアからもたらされた情報を有効に活用できていなかったのではないかとの批判にもさらされているようである。

131 マスコミの暴走

2013年4月26日（金）

　米国マサセチューセッツ州ボストンの爆破事件に対しては、オバマ大統領が「テロ」だと明言し、FBIも早くからその可能性を強く肯定したことから、世間は、テロだと断定し、それに伴い、メディア等による「犯人探し」もヒートアップした。

　兄のタメルラン・ツァルナエフ容疑者の死亡と、弟のジョハル・ツァルナエフ容疑者の拘束に至るまでの間に、メディアが垂れ流した情報は、混乱を極めていた。

　まず、発生の翌日、メディアはこぞって、20歳のサウジアラビア国籍の男性が容疑者に浮上したと報じた。FOXニュースは、自身も負傷したこの男性から「火薬の匂いがした」とし、この男が「死人は？」と言ったと伝え、CBSニュースは、この男性が現場から走り去ろうとしたところを捕らえられたと報じたが、いずれも、根拠のない全くの誤報である。要するに、このサウジアラビア人男性は爆弾による負傷者にすぎなかったが、FOXとCBSの報道は、サウジアラビア人はイスラム教徒、イスラム教徒がこの事件の犯人ではないかという偏見に基づき、かつ、そのような偏見に満ちた犯人像の印象を広めたものである。

　同じような例はほかにもあり、ニューヨークポスト紙は1面に、リュックを背負った男と一緒にいる男の2人の写真とともに、「かばん男：FBIはこの2人を追っている」と大々的に掲載した。だがこの男性らは、全く事件には関係なかった。そのうちの1人であるモロッコ系学生（17歳）はメディアの取材に応じ、記事が掲載された日だけで、インターネットで200件以上のメッセージを受け取ったと語った。この男性は、「恐ろしくて学校に行けない。仕事のある家族も恐れをなしている」と嘆いた。そして、自分が疑われ

た理由は、「爆弾が入りそうなリュックを持っていたこと、そして肌の色が濃いこと」だと語っている。そして「学校から出たら車に乗った男性が電話をしながら自分を目で追っていた」という体験も話しているという。結局、警察に駆け込んで助けを求め、ことなきを得ている。ここにも、マスメディアが人種的偏見に基づいた犯人探しを行った形跡がある。もっとも、誤報を出したニューヨークポスト紙は、「写真の2人を容疑者だと特定しているわけではない」とコメントして、開き直っているようであるが、コンプライアンスに欠けることはなはだしい。

「犯人逮捕」という大誤報をとばすという失態を演じたのは、ニュース専門局のCNNも同様である。看板記者のジョン・キングが、テロ発生2日目に現地からのリポートに登場し、当局者からの情報として、容疑者が逮捕されたと語り、その際、キングは「捜査当局者から、容疑者は肌の色が濃い男性だと聞いた」と語ったという。現代の一般的な米国人は、非白人と言われると、アラブ系または黒人系、さらに黒人よりはイスラム教徒を連想するともいわれる。非白人の犯罪、それもイスラム教徒の犯罪であるほうがセンセーショナルなだけに、そのような事件であってほしいと考えるマスメディアの姿勢は危険である。現に、容疑者はチェチェン系だった。チェチェン人の肌は、白人のそれに近く、白い。キングの誤報は、新たな人種的、宗教的差別や憎悪を醸成しようとするものであると批判されても仕方のないものだと思う。

多くのイスラム教徒が、「犯人は、どうかイスラム教徒ではありませんように」と祈ったであろう。世界中の大多数のイスラム教徒たちが、永年にわたって、多民族国家で他の宗教の信者たちと平和裏に暮らしてきたことを、無視してはいけない。

米国発のニュースを金科玉条のように信ずる日本のマスコミにも良い薬であったろう。

132 黒い日銀による政策転換

　昨日、千葉県佐倉市内のN株式会社で、親会社であるH株式会社と、その関連会社の役員の情報交換会と懇親会とが開かれた。私は、朝から、G株式会社の取締役会に監査役として出席した後、H株式会社の監査役として、佐倉に向かい、懇親会に出席した。

　成田のホテルで1泊後、今朝は、成田フェアフィールドゴルフクラブで懇親ゴルフに参加した。コースは、三井建設が設計し、1998年5月16日に開場して、三井不動産の関連会社が経営する6815ヤードの18ホール・パー72のゴルフ場である。関東のゴルフ場であり、関西と比べてアップ・ダウンは少なく、比較的平坦であるため、良い成績がとれることを期待したが、グリーンがよく刈り込まれていて、パットに苦しんだ挙句、結局、「110の王」を卒業できなかった。

　ところで、日本銀行が、本年4月4日の金融政策決定会合で、マネタリーベースを2年間で2倍にするという大胆な金融政策を打ち出した結果、大胆な金融緩和への期待もあって、円が下落し、株価が上昇し、景気回復の期待が表れている。

　この日銀の政策転換は、安倍首相が、本年3月15日までに衆参両議院の承認の可決を得て、金融緩和論者の黒田東彦氏を日銀総裁に、岩田規久男氏を副総裁に、中曽宏氏を日銀理事にあてたことによるものであり、この金融緩和政策は国民に評価され、安倍自民党政権の支持率はあがる一方であり、昨年までの政権党であった民主党は、支持率からみると泡沫政党に成下がってしまっている。

　しかし、前任者の白川方明日銀総裁が懸念していたように、金融緩和が金利の上昇を招きつつあり、国債価格の下落が予想されている。大手都市銀行

や上位地方銀行の債券の回収期間は２年程度であり、影響は少ないが、これが４年程度の地方銀行等の経営に影響を及ぼす可能性はある。しかし、国債の購入も資産管理の一環である以上、自己責任で売買しているはずであり、それらの銀行のために、国が経済政策の転換を躊躇するというのは本末転倒である。

　また、生命保険会社の中には、「資産の運用割合が、株式、債券、外貨建て資産、貸付、不動産など資産ごとに決められているので、株が上がれば、株を売って価格の高くなった債券を買わなければならない。だから、日銀が大胆な金融緩和をして金利が上がるのは困る」と言う人がいるそうである。生保の健全性の指標となるソルベンシーマージンの計算上国債が有利であるとしても、生保の都合で金融緩和策を控えるということにもならないであろう。

　わが国の金融機関には、金融のプロとして資産管理を行うべき責任が、あらためて突きつけられているのである。

　もっとも、大胆な金融緩和策にリスクがないわけではなく、米国の著名投資家ジョージ・ソロス氏は、日銀の量的金融緩和について、「リスクの高い実験」と評し、強い懸念を表明している。ソロス氏は、流動性の巨額の供給を受けてインフレが誘発され、金利は押し上げられ、国債の発行コストが膨らみ、持続不可能な水準になると、ハイパーインフレを引き起こす危険に言及している。

　しかし、このリスクは日本だけが背負っているのではなく、今や、ほぼすべての先進国が「競争的な通貨切り下げ競争」を行うことによって、等しく背負っているリスクであり、その顕在化は最も緩和策の進んでいる米国を中心とする世界大恐慌の引き金になりかねない。ところが、経済低迷を受け入れてきた過去の政権と日銀は、一国のリスクととらえ、その顕在化を恐れた結果、日本経済の「緩やかな死」を受け入れようとしてきたことになる。

133 あの世からの依頼

　いつから咲いているのかわからないけれども、今年もタンポポの黄色い花が咲き、いつの間にか、まん丸い綿毛が見られるようになった。
　私の子どもの頃は、ニホンタンポポの時代で、春になると小振りでペチャッとしたタンポポの黄色い花と柔らかそうな緑の葉が野山一面に広がり、春の訪れを知らせてくれた。しかし、最近は、河内長野の田舎でも田畑以外は舗装されている場所が多く、あの頃のように野山一面のタンポポに降りかかる柔らかな日差しを感じるような場所は少なくなってしまった。
　加えて、今日は、セイヨウタンポポ全盛の時代を迎え、花の根元の総苞片が反り返っているので、花高が高く、ニホンタンポポに感じる可憐さはない。
　ともあれ、綿毛が飛ぶのを見ると、子ども時代を懐かしく思い出す。
　以前、刑務所で病死された知人の思い出に触れたが、彼の生前に、天涯孤独の自分が死んだ時のために、知人として先生の名前を書いた紙を身に着けておくので、その時はよろしくと依頼されたことがある。ほかに依頼する人はいないのだろうと考えて引き受け、万が一の場合の寂しい弔いの段取りや遺骨の処置についても覚悟を決めたことがある。
　このように、私たちが引き受ける仕事は、生きている人のための仕事だけではない。そうした仕事を、実質的には死者から依頼されることもある。
　弁護士登録の直後頃、私は、ある警察署の食堂の年配の調理師から自己破産の申立てを依頼されたことがある。着手金をいただいた翌日、先妻との間に生まれた小さな子どもと、リウマチを患っている後妻さんとを連れて来られた。家族の食糧を購入する資金もないとの訴えであったため、実費以外はお返しして、手続を進めたことがある。その後、長じた子どもＡとリウマ

チの奥様との仲が悪くなり、不良仲間に入った少年の非行を扱ったり、家庭内の調整を頼まれたりして、そのつどお付き合いをしていた。

その後、しばらくこの家族からの連絡が途絶えていたある日、奥様が、ご主人の骨壺を抱いて来られた。仰るには、「主人が病気で亡くなりました。Aは成人した後、罪を犯して受刑中です。せっかく遺骨をお墓に納めても、Aが出所すれば、必ず遺骨を取り返しに来て大騒ぎになるので、先生にお預けしたい、Aが出所すれば、遺骨を渡してあげてほしい」ということであった。

私は、遺骨を事務所倉庫の片隅に保管してAがやって来るのを待ったが、ついに訪れることはなかった。出所予定であった日から3年ほど経った後に、Aの知人と称する者から連絡があり、Aが自殺したことを伝えられた。Aの遺志として、遺骨は、父の配偶者に渡してあげてほしいとの伝言も伝えられた。私は、奥様に連絡し、骨壺をお返ししたが、懐かしい人と対面したように骨壺を撫でまわし、大事に抱えて事務所を出て行かれた姿は、今も忘れられない。死者が帰りたいところに帰るために私を頼ったのかもしれない。

親族の関係がこじれると、兄弟、姉妹の間も実に水臭くなる。実家を相続した兄が多重債務を負担することになり、仲の悪かった弟が実家の住居を破産管財人から購入したことがある。私は、弟の代理人として関与したが、兄は、早くに奥様を亡くしていて、先祖伝来の仏壇に奥様のご位牌を祀っておられた。このご位牌は、破産管財人が間に入って、破産申立代理人と、私の手を通じて、弟から兄に渡された。この場合は奥様が私たちを頼ったことになるのだろう。

134 団塊の世代のゴルフコンペ

2013年5月1日（水）

　団塊の世代である高校時代の友人たちの中にも、定年や早期退職により、悠々自適の生活に移っている人が次々と増えている。医師や歯科医師等の自営業者は、働こうと思えば働けるだけに、なかなか廃業の決心がつかないが、環境の変化や後継者不足等もあって、事業を清算したり、他に売却して、自由の身になる人がいる。

　自由を得た人たちは経済的なバック・グラウンドがそれぞれ違うものの、高校の同窓会に足繁く通ってくれるような人たちは、退職するまでの間にまじめに年金を積み立ててきた人たちであり、結構、趣味に旅行にと、人生を楽しんでいる。あるいは、楽しみ方を模索している。

　私も、自営業者の1人として、おそらく仕事を当面続けていくのであろうが、心身の老齢化と社会での役割の変化とに伴い、彼らと同様に自由気儘に生きるという視点をもっていないと、身近な社会のもとでの年相応の自分の役割を見過ごしたり、力以上の責任を背負い込んで、顧客に迷惑をかけるようなことも起こりかねないと、日々自省している。

　ところで、徳島県立城南高校の昭和42年卒業生の在阪の同窓会では、年に2、3回ゴルフ・コンペを開催しているが、本日は、堺カントリークラブにおいて9人ほどでコンペを開催することになっていて、私も参加した。いつもはダブルペリア方式で成績を競っているが、いくら公平な方式であっても、実力のある者が優勝しがちで、そうでない者は面白くなかろうと、元シングルプレーヤーのYさんが気を遣って、最近の参加者の成績を基準に各自のハンディを決めてくれた。今日はそのハンディ戦の第1回目の日であった。

　このゴルフ場は、ホームページには、「金剛生駒山系の風光明媚な丘陵地

131 団塊の世代のゴルフコンペ

帯に展開する全体的にフラットなコースで、ブラインドも少なく豪快なティーショットを楽しめる。距離的にはやや短めで中高年層・女性に適しているが、グリーンがやや小さめの砲台グリーンが多く正確なショットが必要となる為上級者にも楽しめるレイアウトになっている」と記載されている。紹介どおりのゴルフ場で、その地形等は、隣接する有名な会員制ゴルフクラブの泉カントリー倶楽部とそっくりでもあり、私の好きなコースであり、縁があって、古くから会員となっている。

しかし、経営母体であったK株式会社が平成16年3月に、債権者である整理回収機構から会社更生手続開始の申立てを受けて倒産し、その結果、同17年6月ゴールドマン・サックスグループをスポンサーとする更生計画が認可されて、アコーディア・ゴルフグループ（AGC）に入ったことで、私の預託金は消えてしまった。元々、Kグループ時代は、グループの保有するゴルフ場の儲け頭としてたくさんのプレーヤーを入会させていたこと、AGCがカジュアルゴルフをめざし、会員制ゴルフクラブとして売り出す意思はない関係で、知名度は今一つである。

私と一緒にラウンドしたのは、医師で私の主治医でもあるK先生と、自営業を営んでいて最近事業を他に譲って、自らは廃業したばかりのSさんとの3人であった。参加者全員親しい仲であるだけに、遠慮がなく、そのため、ついつい私は朝からビールを飲むことにした。

そのようなわけで、ティーグラウンドに立った時は、いささかの緊張感もなく、絶好のゴルフ日和の好天を仰ぎ見ながら、ドライバーを振ることができた。自分でも信じられないことに、200ヤード以上の飛距離のショットが数本あったのは、嬉しかった。後は、ひたすら、「頭をあげない」と心の中で念仏を唱えながら、コースをまわった。

何と、アウト49、イン49、合計98で、「110の王」を脱し、コンペにも優勝できた。

135 河出書店の世界文学全集

　久しぶりに別荘のベッドの中で朝を迎える。窓の外には、桜や樫の木等の大木の太い幹や、程々の高さの木の樹冠が見えて、それらの上をわたって来る風が清々しい。

　実は、昨日鍵を開けて別荘に入った妻が、「何。これ！」と声をあげた。室内に300匹ばかりの蜂が死んでいたのである。形はミツバチと似ているが、西洋ミツバチよりは大きく、かつ、全体に黒っぽい色をしていた。後で、インターネットで調べた限りでは、クロマルハナバチに最も似ている。私の推測は、クロマルハナバチの分封が行われ、女王蜂が新しい住処としてわが別荘を選んでしまい、多くの働き蜂とともに、出るに出られず、餓死してしまったというものである。マルハナバチ属は女王蜂が生き残りをかけて、巣の争奪戦を敢行することがあるらしいが、新天地を求めて失敗した彼らに哀れを感じざるを得なかった。

　ところで、私の幼年時代には、郷里徳島県下では、春の菜花の開花の時期にはミツバチが乱舞していた記憶があるが、マルハナバチを見た記憶はない。

　日本ではトマトのハウス栽培の花粉媒介昆虫としてヨーロッパ原産のセイヨウオオマルハナバチが利用されてきたが、外来種として問題視されるようになると、今度は日本に元々生息する在来種であるクロマルハナバチが代替で活用され始めたようである。その結果、一定の地域では、クロマルハナバチが大量生産されて、農業に用いられ、今度は、増殖したクロマルハナバチが、国内外来種として地域のマルハナバチを遺伝子レベルで脅かすことが懸念されるに至っているようである。別荘の室内に死んでいる蜂の群れの背後には、結構深刻な環境破壊の問題が潜んでいたのかもしれない。

昨日、買っておいた食材で朝食をとり、片づけをした後に、階下の倉庫に入り、自宅からあふれて持ち込んでいた書籍を整理する。倒産関係の書籍は法科大学院の研究室に、来春事務所独立の際に新事務所の書架に開架予定の書籍は事務所に、それぞれ宅配便で送付し、廃棄を視野においている書籍は自宅に持ち帰ることにする。倉庫内に残されたものは、全集ものだけとなる。父が購入した古い国内作家の文学全集は湿気で傷んでいるが、父の思い出が残るので、来年から読破することに挑戦してみたい。

　ほかに、河出書房が刊行した世界の文学全集がある。同社は、1886（明治19）年に河出靜一郎（1857〜1936年）によって岐阜の「成美堂書店」の東京支店として設立されたのが始まりで、1933（昭和8）年に河出書房に改称したとのことである。1957（昭和32）年に一度経営破綻し、新たに河出書房新社を創設し再建したが、1967（昭和42）年に会社更生法を申請し再度倒産している。世界文学全集の刊行は、新旧の河出書店が携った事業である。

　そうした良心的な出版物の刊行を社是としてきたことが、河出書房の二度にわたる破綻の原因であったと私は記憶している。外国の書籍は、刊行の新旧ではなく、翻訳の良否こそが大切であり、倉庫内では幸い全く傷んでいなかったので、有効利用したいと考えている。

　荷物の整理を完了してから、帰途につく。

　河内長野では、友人の営む花屋で菖蒲を買い求めて、妻が菖蒲湯を沸してくれる。毎年の端午の節句におけるわが家の恒例の行事であり、ゆっくりと心ゆくまで温まる。また、湯に浸したタオルを絞って、愛犬レモンの体も拭いてやる。今年も居間には妻が節句の飾りを出してくれている。

あとがき

　2011年7月7日、脳梗塞に倒れた私は、徒然なるままに、永年携わってきた弁護士の激務を通じて感じたこと、当時思っていたこと等を書き連ねた日記を、『弁護士日記秋桜』として出版する機会を得た。友人、知人の皆様に、病気平癒と出版とを祝うパーティーまで開いていただき、たくさんの方々のご出席を賜ったほか、多くの方々から読後感をお送りいただいた。皆々様のご厚情に対し、心から感謝を申し上げたい。

　ところで、私は、『弁護士日記秋桜』には、一番書きたいことを書いていない。

　弁護士の仕事は、依頼者の人生と交錯することから始まり、その人生と寄り添う仕事であることから、依頼者や関係者の死とも不可避的に向き合うことになる。その経験や、それをとおして考えたことを認めたかったのである。しかし、関係者が自分のことを書かれたと気づいて不快感を覚えられては困るし、多少のフィクションを交えるとしても、それで1人の死の重みが薄らぐようでは、私の思いを果たすことができない。このジレンマを乗り越える自信がなかったので、『弁護士日記秋桜』では、依頼者や関係者の死には触れなかった。

　世間では、企業法務や渉外法務、あるいは大型倒産事件等で活躍することが、優秀な弁護士の証であると考える傾向があり、特別な得意分野における活動をテーマにした出版物も多い。その反面、一般市民の生活とかかわりの深い法務について、詳しく紹介される機会は多くない。

　それだけに、私には、弁護士という職業にとって最も大切な事柄であるところの、人の人生と寄り添うということの重みを他に伝えたいという気持がどうしてもやみがたかった。

　そこで、『弁護士日記秋桜』出版後の2012年9月1日から、再び日記をつけ始め、課題の克服に努めた。そして、2013年5月5日まで、ほとんど毎日つけた日記の中から、適宜選択して、その後約1年余の時間をかけて編集し

あとがき

たものが本書である。編集意図どおりとならずに、関係者を傷つけていないであろうかという危惧はいまだ完全には払拭できないものの、『弁護士日記 秋桜』発行当時よりは、伝えたいことが伝えられるようになったのではないかと思う。

　私は幸せな星のもとに生まれているのか、人生の節々において、そのつど素晴らしい恩師とめぐり会っている。本書の推薦のお言葉を、私が法曹として出発するに際し手解きを受けた柳瀬隆次元裁判長にお願いしたところ、ご快諾をいただいた。そして頂戴した原稿を拝読した時は、私たち夫婦共に目頭を熱くした。心から厚く御礼を申し上げる。

　本書、書名の「すみれ」は、2013年2月15日の日記からとった。すみれは春に咲く野草であり、小さなラッパ状の花をやや斜め下向きにつける。子どもの頃は、道端に小さくて深い紫のすみれをみつけると春が来たのだと実感して、嬉しくなったものである。私だけが懐かしく思うのではない。妻の好きな野草でもあり、本書の命名者は妻である。夫婦していろいろなすみれを集めたが、次第に淘汰されて、庭に残っているのはわずかな種にすぎない。

　すみれの花言葉は「温順・謙虚・慎み深さ・愛・純潔・誠実・小さな幸せ」とされている。それらの言葉の重みを十分に尊重できるような「生涯一弁護士」でありたいと、私は願っている。

　なお、私は65歳になった機会に、所属していた弁護士法人を円満退社し、その協力を得て、2014年4月1日にコスモス法律事務所を開設した。この1年単独事務所での自由を満喫していることを付記させていただく。

　最後になったが、本書の刊行を快諾いただいた民事法研究会代表取締役田口信義氏、多大なご協力をいただいた安倍雄一氏に、心からの謝意を表すものである。

　2015年3月吉日

　　　　　　　　　　　　　　　　　　　　　　弁護士　四宮　章夫

『弁護士日記秋桜』〔表記訂正表〕

5頁上から12行目
〔誤〕 慫慂　　〔正〕 従容
8頁下から7行目
〔誤〕 未だ子が　　〔正〕 未だ子が
16頁下から10行目
〔誤〕 法人ある　　〔正〕 法人である
21頁下から2行目
〔誤〕 依らしむべからず
〔正〕 依らしむべし
22頁上から6行目
〔誤〕 罪を科される
〔正〕 法的に咎められる
33頁上から10行目
〔誤〕 交感神経　　〔正〕 副交感神経
49頁下から9行目
〔誤〕 前方中止　　〔正〕 前方注視
54頁上から4行目
〔誤〕 作制　　〔正〕 作成
56頁上から13行目
〔誤〕 知らしむべからず
〔正〕 依らしむべし
65頁上から4行目
〔誤〕 機密　　〔正〕 気密
65頁下から4行目
〔誤〕 表れた　　〔正〕 現れた
72頁下から6行目
〔誤〕 1856年　　〔正〕 1986年
104頁上から1行目
〔誤〕 聖光学園　　〔正〕 光生学院
104頁上から8行目
〔誤〕 方々　　〔正〕 旁々
104頁下から8行目
〔誤〕 小額　　〔正〕 少額
104頁下から6行目
〔誤〕 正当事由足り得ない
〔正〕 正当事由たりえない
118頁上から5行目
〔誤〕 決済判　　〔正〕 決裁判
158頁上から3行目
〔誤〕 必用　　〔正〕 必要
161頁上から13行目
〔誤〕 扶氏医戒の略　　〔正〕 扶氏医戒之略
162頁上から10行目
〔誤〕 ㊼刑罰正当性の根拠
〔正〕 ㊽刑罰正当性の根拠
165頁上から9行目
〔誤〕 東京銀行　　〔正〕 新銀行東京
172頁上から6行目
〔誤〕 経常赤字　　〔正〕 経常支出
177頁上から4行目
〔誤〕 1991年の12月
〔正〕 1991年12月
185頁下から11行目
〔誤〕 事務方言い換え
〔正〕 事務方、言い換え
187頁上から7行目
〔誤〕 飯田蛇笏　　〔正〕 正岡子規
187頁下から1行目
〔誤〕 明くる世ばかり
〔正〕 明くる夜ばかり
192頁上から7行目
〔誤〕 格別　　〔正〕 各別
195頁上から5行目
〔誤〕 円教寺　　〔正〕 圓教寺
195頁上から12行目
〔誤〕 園教寺　　〔正〕 圓教寺
195頁下から2行目
〔誤〕 円教寺　　〔正〕 圓教寺
204頁下から1行目
〔誤〕 急展開　　〔正〕 急旋回

【著者略歴】

四宮 章夫（しのみや　あきお）

〔略　歴〕　昭和48年3月司法修習終了、昭和48年4月判事補任官、昭和56年判事補退官、大阪弁護士会登録

〔主な著書〕　『弁護士日記秋桜』（単著・民事法研究会）、「私的整理の研究Ⅰ」産大法学48巻1・2号259頁、「プロフェッショナルとしての自覚と倫理」市民と法21号104頁、『よくわかる民事再生法』（経済法令研究会）、『よくわかる個人債務者再生法』（経済法令研究会）、「DIP型の更生手続」債権管理95号157頁、『よくわかる入門民事再生法』（共著・経済法令研究会）、『書式　民事再生の実務』（共著・民事法研究会）、『注釈　民事再生法』（共著・金融財政事情研究会）、『書式　商事非訟の実務』（共編著・民事法研究会）、『Q＆A民事再生法の実務』（共編著・民事再生実務研究会）、『一問一答私的整理ガイドライン』（共編著・商事法務研究会）、『一問一答改正会社更生法の実務』（共編著・経済法令研究会）、『企業再生のための法的整理の実務』（編集・金融財政事情研究会）、『最新事業再編の理論・実務と論点』（共編著・民事法研究会）、『あるべき私的整理手続の実務』（共編著・民事法研究会）など多数。

〔事務所所在地〕　コスモス法律事務所

〒541－0041　大阪府大阪市中央区北浜3－6－13
日土地淀屋橋ビル7階
TEL　06－6210－5430　FAX　06－6210－5431
E-mail：a-shinomiya@cosmos-law-office.com
URL：http://cosmos-seifuan.com

弁護士日記 すみれ

平成27年5月15日　第1刷発行

定価　本体1,400円＋税

著　者	四宮　章夫	
発　行	株式会社　民事法研究会	
印　刷	藤原印刷株式会社	

発行所　株式会社　民事法研究会
〒150-0013 東京都渋谷区恵比寿3-7-16
〔営業〕TEL 03(5798)7257　FAX 03(5798)7258
〔編集〕TEL 03(5798)7277　FAX 03(5798)7278
http://www.minjiho.com/　　info@minjiho.com

落丁・乱丁はおとりかえします。　ISBN978-4-86556-016-9　C0095　¥1400E
カバーデザイン：関野美香

■脳梗塞に倒れ生還するまでの日々を綴った随筆！■

弁護士日記 秋桜

四宮章夫 著

A5判・224頁・定価 1,365円（税込、本体価格 1300円）

京都大学名誉教授
元最高裁判所判事 **奥田昌道先生推薦！**

本書の特色と狙い

▶ 法曹歴約40年の弁護士が脳梗塞に倒れ生還するまでの日々の中でさまざまな想いを綴った約100日の日記！
▶ 法曹養成、東日本大震災の危機管理、趣味等、トップランナー弁護士の思考と生活がわかる！
▶ 死や後遺障害の恐怖と闘いながら、病と向き合い、そのうえで社会の事象への深い考察と家族への愛情、弁護士という職業への誇りと責任感を持ち続ける著者の姿を通して、人生のありようを考えるに最適の書！

本書の主要内容

1 発 病〈7月7日（木）〉
2 死を引き受ける〈7月8日（金）昼〉
3 仕事の引継ぎなど〈7月8日（金）夜〉
4 遺伝子の継承について考える〈7月9日（土）昼〉
5 食事のこと、同級生のこと〈7月9日（夜）〉
6 臓器移植法の改正〈7月10日（日）〉
7 東日本大震災から4カ月〈7月11日（月）〉
8 生涯現役をめざして〈7月12日（火）〉
9 菅首相の危機対応〈7月13日（水）〉
10 原子力発電への対応〈7月14日（木）〉
11 延命治療の中止と人権意識〈7月15日（金）〉
12 息子の祈り〈7月16日（土）〉
13 大相撲八百長問題と相撲協会〈7月17日（日）〉
14 なでしこジャパンのワールドカップ優勝に思う〈7月18日（月）朝〉
15 セント・アンドリュース・リンクスに立つ〈7月18日（月）昼〉
16 狭心症の発作〈7月19日（火）〉
17 ジェネリクス医薬品〈7月20日（水）〉
18 刑事司法は死んだのか〈7月21日（水）昼〉
19 患者の自己決定権〈7月21日（水）夕方〉
20 リハビリ卒業〈7月22日（金）〉
21 退院決定と報道番組への疑問〈7月23日（土）〉
22 安楽死を考える〈7月24日（日）〉
23 退院前日〈7月25日（月）〉
24 退 院〈7月26日（火）〉

※一部抜粋（全106本）

発行 民事法研究会

〒150-0013 東京都渋谷区恵比寿3-7-16
（営業）TEL. 03-5798-7257　FAX. 03-5798-7258
http://www.minjiho.com/　info@minjiho.com

▶企業再建・事業再生のための「材料」が満載！

あるべき私的整理手続の実務

事業再編実務研究会 編

A5判・584頁・定価　本体5,400円＋税

東京大学名誉教授／早稲田大学客員教授　**伊藤　眞氏推薦！**

本書の特色と狙い

▶平成25年3月の金融円滑化法の終了を受けて、金融円滑化法の検証から現在の企業をめぐる経済環境、中小企業支援のためのネットワーク等を解説！

▶私的整理の現状、事業再編の歴史や世界各国との比較法的考察を踏まえ、私的整理のあり方について適正な企業価値の評価・再生計画・再建手続、スポンサーの保護から税務等を多様な執筆陣が豊富な図表を織り込み解説！

▶弁護士、研究者等の法律の専門家のみならず、経営の視点から経営学の研究者、コンサル会社社員、債権者の視点から銀行等金融関係企業、会計・税務の視点から公認会計士・税理士等さまざまなプロフェッショナルが、「企業再建・事業再生の手法」を開示！

本書の主要内容

第1編　金融円滑化法の終了を迎えて
　第1章　金融円滑化法
　第2章　わが国の企業をめぐる経済環境
　第3章　中小企業支援ネットワーク
　第4章　私的整理をめぐる社会資源

第2編　私的整理のすすめ
　第1章　倒産処理の不易と流行
　第2章　私的整理の枠組み
　第3章　事業再編に関する比較法的考察
　第4章　日本における事業再編の歴史

第3編　あるべき私的整理手続の実務
　第1章　私的整理手続概説
　第2章　適正な再生計画
　第3章　適正な再生手続
　第4章　スポンサーの保護
　第5章　事業再編と税務

・事項索引　ほか

発行　**民事法研究会**

〒150-0013　東京都渋谷区恵比寿3-7-16
（営業）TEL. 03-5798-7257　FAX. 03-5798-7258
http://www.minjiho.com/　info@minjiho.com